民國文化與文學 研究文叢

（蘇州大學特輯）

九 編

湯哲聲、李怡 主編

第2冊

晚清民國通俗小說論稿（下）

范伯群 著

國家圖書館出版品預行編目資料

晚清民國通俗小說論稿（下）／范伯群 著 — 初版 — 新北市：
花木蘭文化事業有限公司，2017〔民 106〕
目 2+156 面；19×26 公分
（民國文化與文學研究文叢 九編：第 2 冊）
ISBN 978-986-485-024-2（精裝）
1. 中國小說　2. 通俗小說　3. 文學評論
820.9　　　　　　　　　　　　　　　　　106012772

ISBN-978-986-485-024-2

9 789864 850242

民國文化與文學研究文叢
九 編　第 二 冊　　　　　　ISBN：978-986-485-024-2

晚清民國通俗小說論稿（下）

作　　者　范伯群
主　　編　湯哲聲、李怡
企　　劃　四川大學現代中國文化與文學研究中心
　　　　　北京師範大學民國歷史文化與文學研究中心
總 編 輯　杜潔祥
副總編輯　楊嘉樂
編　　輯　許郁翎、王　筑　美術編輯　陳逸婷
出　　版　花木蘭文化事業有限公司
社　　長　高小娟
聯絡地址　235 新北市中和區中安街七二號十三樓
　　　　　電話：02-2923-1455 ／傳眞：02-2923-1452
網　　址　http://www.huamulan.tw 信箱 hml810518@gmail.com
印　　刷　普羅文化出版廣告事業
初　　版　2017 年 9 月
全書字數　275328 字
定　　價　九編 8 冊（精裝）新台幣 15,000 元

晚清民國通俗小說論稿（下）

范伯群　著

目次

移民大都市與移民題材小說
——論清末民初上海小說中的移民題材中長篇

在傳統社會中，城市社會結構的變動往往只是靜態的微調。可是在鴉片戰爭後，有的沿海沿江的一些小縣城被辟爲商埠，有的小漁村被建成碼頭——上海、天津、青島、大連、漢口等地都開始在城市化的過程中脫穎而出，天時地利使它們改變了昔日的面貌，紛紛躍陞進入都市的行列。青島原先不過是個荒島——黃海之濱、膠州灣上的五個小村；大連也僅是個六十戶人家的半農半漁的村莊；漢口，明清時曾是鎮的建制，屬江夏縣治；天津在 1860 年開埠後，城市面積竟超過了舊城廂的八倍；上海開埠前是一個屬於松江府的僅有十條街的縣城，可是它很快取代了廣州的地位成爲中國最大的外貿中心，並一躍而爲中國第一大都會。據 1927 年統計，人口超百萬的中國都市依次是上海、武漢、北京和天津，除北京是老大帝都外，其他都是雄踞於江海要津的城市，特別是上海已經擁有人口 260 萬，它在中國的都市化中更具典型性，值得作爲移民城市中的一個「精品」加以解剖。

所謂非常態的「都市化」實際上就是在工商發達的大背景下移民潮所形成的人口爆炸——都市裏的新式企業創造了數以萬計的工商就業職位；而在中國的農村與小城鎮中，人們又往往飽經連年戰亂和災荒的煎熬；但在清末民初的太平天國、中法戰爭、八國聯軍、日俄戰爭、辛亥革命、江浙戰爭中，上海的租界當局，卻都以中立的姿態出現，在內地的硝煙滾滾中，租界仍然在風平浪靜中生息繁衍。於是在國人的心目中，上海就成了避難所與淘金場，

大量的投資者、手工業者和農民就湧流到上海。上海成爲國內最典型的一座移民大都會。當時上海的租界沿襲西方城市習尚，沒有戶口登記管理制度，人口流動更是頻繁。統計數字驚人地告訴我們，1885 年，移民約占上海人口的 85%，1930 年占 78%。〔註 1〕我們今天俗稱的「鄉下人進城」這個概念還不能概括「移民潮」的全部內涵。因爲在當時「難於計數的逃難者，投資者，冒險者，躲債者，亡命者，尋找出路者，追求理想者，有文化的，沒文化的，富翁，窮漢，紅男，綠女，政客，流氓，都向上海湧來。上海成了容納五湖四海各色人等的人的海洋。」〔註 2〕以上所列舉的均屬國內移民；可是在這個國際大都市中，還有數量不小、能量超群的國際移民。這些國內、國際的移民使上海處於不間斷的裂變之中，釀成種種驚天奇觀，對它的瞭解，不僅要靠經濟學、政治學、社會學……等一系列科學著述去勾勒其面容，而且也需要有文學作品對它作形象的反映。與其他的大都市相比，上海這個特大的移民城市似乎有著更豐厚的積累——在清末民初的文學中有著大量的反映當地「移民」題材的通俗小説、特別是眾多的長篇，將當年的「移民」生活的圖景「定格」，形成一道永不消逝的風景線，不僅使我們後代能形象地瞭解歷史，而且還可「借昔鑒今」。但是這份豐厚的寶藏卻長期被忽視、輕視，甚至蔑視。我們從來沒有從移民的角度去開掘這座富礦，提煉出對我們今天也極有參照意義的借鏡。

最早反映這股移民潮的是 1892 年開始連載、1894 年全書出版的長篇小説《海上花列傳》，它的第一回就是《趙樸齋鹹瓜街訪舅，洪善卿聚秀堂做媒》，寫的是趙樸齋這一「鄉下人進城」，而他的舅舅洪善卿則是一個久居上海的商業移民。小説中有眾多的移民形象：投資經商者，爲官爲吏者，文人清客，流落海上的娼妓……形形色色，不一而足。從此寫移民生活，成了通俗小説的一條文字漫遊熱線。《發財秘訣》寫廣州人到上海，《海上繁華夢》、《人海潮》和《甲子絮談》寫蘇州人進上海，《恨海孤舟記》寫北京學生南下上海，《人海夢》寫寧波人到上海，《人間地獄》寫杭州人到上海，《市聲》中則是寫揚州人、無錫人進上海，《上海春秋》除寫蘇州人到上海之外，揚州人到上海也佔了相當的篇幅，而在《上海大觀園》和《黑幕中之黑幕》中則寫了國

〔註 1〕鄒依仁：《舊上海人口變遷的研究》第 112～113 頁，上海人民出版社 1980 年版。

〔註 2〕熊月之：《上海通史·第 1 卷·導論》第 72 頁，上海人民出版社 1999 年版。

際移民的多種面目。這些人到上海或投資辦廠、經商，或做買辦、通事，或避難躲災，或讀書而後又將上海作爲留洋的跳板，或辦報辦學傳播知識，或揮金如土浪遊縱樂，當然極大多數是成爲出賣勞動的工人苦力，甚至淪爲賣笑的娼家。應該說，這些通俗小說家抓住了對城市發展至關重要的移民生活，通過這一具有典型意義的窗口，讓讀者看到了當年上海的眾生相。我們還應該看到，有些通俗小說家並非是與這一重要題材偶然相遇，相反，他們對反映移民生活是有著很強的自覺欲望。在網珠生的《人海潮》（即平襟亞、又名沈平衡）中有著一段「論述」寫作社會小說（包括移民題材小說）的重要性的對話，對話的雙方是兩位鄉村知識者——一對戀人。少女湘林稱贊迭更司的一支筆彷彿一面顯微鏡，能把社會上的一針一芥放大幾千倍，描摹刻畫入木三分。由此他們談到社會小說的作者非要有閱歷，有胸襟，有文采，要有讀千卷書，行萬里路，能深刻洞悉社會者才能勝任。湘林說：寫社會小說在鄉村街坊有三處材料總批發所，那「便是小茶館、小酒店、燕子窠（鴉片館——引者注）」。可是她的男友沈衣雲說出了一番更有見地的話：

> 我有一處人們注意不到的小說資料，要比你說的三處地方來得有趣味、有統系，寫出來一定有刺激性，能夠哄得人笑啼並作。……這塊地方小雖小，卻是流動的，普遍在各鄉各鎮，便是一條駁船。這駁船每天清晨開往塘口，接上海小輪上的搭客，駁送到各鄉鎮；垂晚又把各鄉鎮往上海的搭客，駁到塘口小輪，每天滿載一船。這其間，男女老幼，哭的、笑的、歎的、憂的，千態萬狀，哀樂不齊。哭的，無非夫妻勃谿、母女口角，一時氣憤，遁跡海上；笑的，贏獲巨金，衣錦還鄉；歎的，入得寶山，赤手空回；憂的，身懷私貨，中心彷徨。這是現面的事，細究內幕，更不少傷心黑暗的資料。（第8回）

這席話說明當時的一些通俗作家已經自覺地意識到「鄉下人進城」這一題材有著不少深刻的社會內容可供開掘。作家看到了這一條條小小駁船每天連接著塘口（蘇州所屬的一鄉鎮，每天有班船開往上海）的小火輪，使上海周邊的鄉鎮與中國第一大都市發生千絲萬縷的聯繫，它滿載著鄉民們的喜怒哀樂，從中可以探索他們在上海的種種遭遇，進而深究上海種種社會內幕。於是湘林稱贊衣雲說：「你的形容也絕妙的了，照你說，這艘駁船內，確有不少小說材料。」平襟亞的這部《人海潮》共50回，前10回寫蘇州農村，後40回寫這些蘇州的各色人等到上海的種種際遇，有的定居下來成了上海移

民，有的帶著心靈的創傷又乘著這條駁船回到了農村，這樣的構思，卻是有著它的獨到之處。

（二）

當通俗作家的小說中出現大批農村勞動者流向城市時，他們能清晰地反映出這些下層移民的窘況：那就是他們在城市中幾乎沒有任何可以利用的社會資源；而他們的農業耕作技術在大都市已無用武之地，他們缺乏城市所需的技能與職業培訓，除了自己的體力之外，別無長物。於是他們只能在城市裏從事苦力勞作，婦女則成為家庭傭工。即使是能出賣勞力，他們中的有些人也就覺得心滿意足了。如清末上海周邊的農村「婦女貪上海租界傭價之昂，趨之若鶩，甚有棄家者，此又昔之所未見者。」〔註3〕這種前所未見的情況，在《人海潮》中就有所反映：「現在鄉間女子，真不比往前了，只要心中稍受委曲，便走這條路，上海商埠，彷彿專為她設的。自從有了上海，丈夫父母便不好責備妻女，否則便是驅雀入淵。等到身入繁華之地，簡直沒有還鄉之望。」但是農村移民除了「勞力」這點資源是遠遠不夠的。《人海潮》中寫鄉村小皮匠小春到上海，淪為乞丐。難道他不能仍舊靠做小皮匠的技能為生嗎？他的確這樣做過，可是要在上海的里弄口擺個皮匠攤又但乎容易？上海隨便做什麼是要有自己的「地盤」才能立足的。小春說得好：「上海地方來尋飯吃，倘使只該一雙空拳，不識字、不熟路、沒力氣、沒薦保，簡直乞丐公會裏好預定一個位置，不走這條路不行。除非『虧得』兩字，虧得朋友……，虧得親眷……，虧得女兒……，虧得妻子……，平空可以發財。」那意思就是說，識字者，找職業的路子要比文盲寬些，道路熟至少可以去拉車，有力氣才能幹苦力活，而隨便去做何種職業，都得要有「殷實鋪保」。而小春即使做乞丐也是拜了師傅的，他在乞丐師傅的蔭蔽下才有一塊可以乞求的「地盤」。在他的一席話中我們可以知道，這些下層的移民除了他們的體力之外，也只有親戚、朋友、族人、同鄉作為他們的社會資源了。所以他說了這麼許多「虧得」。而虧得「女兒」和「妻子」可以「平空發財」，那就是可憐到只能靠出賣妻女的肉體作為資本了。所以除了體力之外，肉體就成了一些女性的可憐的「資源」。在《人海潮》中的衣雲有這樣的議論：「一鄉只要出一個在上海青樓做鴇母的，一鄉中的優秀女子，便斷送她一人手中。鴇母回鄉，能夠哄動合村

〔註3〕黃葦、夏林根編《近代上海地區方志經濟史料選輯》第 336 頁，上海人民出版社 1984 年版。

的虛榮心，她安坐在家裏，魔力比大學、中學登報招生還大。入她那所無額學校好在不須試驗，大批滿載而去。」畢倚虹的《人間地獄》的開端，就是寫鴇母蘭阿奶，從杭州將薇琴帶到上海從事淫業，在蘭阿奶的嘴裏是：「上海的日子好過，比杭州要便當得多了。你在杭州隨便怎樣做，老實說人是糟掉，一輩子也不能出頭。我幫你到上海來。只要你……」鴇母回鄉「招生」，抹掉女性的羞恥心，加固女性的虛榮性，發揚女性的不勞而獲的精神，然後將這些女性推入火坑，過著萬劫不復的「人間地獄」的生活。

但有的女子淪爲娼妓，並非是由於鴇母的「勾引」，她們是出於被生活所脅迫，在走投無路中只好饑不擇食。《人海潮》中的銀珠就是生活脅迫與父親金大的「虧得」的合力所塑成的娼妓。銀珠曾很沉痛地敘述：「我吃這碗飯，也叫末著棋子。養活爺娘是頂要緊。當初爺娘弄得六腳無逃，我沒有法想，只好老老面皮，踏進堂子門，平心而論，總不是體面生意經。結底歸根，對不起祖宗，沒有面孔見親親眷眷……」她逃荒剛到上海時，進了妓院做大姐（傭工），她不是妓女卻也要受無恥嫖客的調戲。於是就去做刺繡女紅，繡了四整天僅得了四毛錢，被她嗜酒的父親金大討去只夠吃了一頓酒。金大眼看女兒手上被繡花針刺出的鮮血，他一邊喝酒一邊流淚，覺得對不起女兒。他盤算了一夜，「虧得」兩字冒上了頭：「女兒面貌身材也不差，做手工總弄不好，自己酒又不能不喝，拿她手工錢喝酒，委實不忍。非替她計劃一番大事業，讓她吃一碗省力飯不行。」其實以後銀珠的生活才是血淚的生活。但這種血淚生活在恬不知恥的鴇母嘴裏卻另有一種說法：

> 你現在一切功架已是不差，一張嘴還欠圓活一點。因爲你做小先生（指不與嫖客發生性關係的雛妓——引者注），更加要圓活，否則大少爺難爲了許多錢，瞧些甚麼顏色呢！天下世界，千穿萬穿，馬屁弗穿。老話說得好，打殺人要償命，騙殺人弗償命，你對付客人，專靠一張花言巧語的嘴，……你只要打定主意，店裏的底貨弗賣好了。……這件寶貝，就是你一生一世靠著它吃著不盡的一隻金飯碗。只是現在做小先生，用不著它，只消靠上頭兩爿嘴唇皮。便是將來用得著金飯碗時，也不好隨處亂用。……只要在緊要關子上獻一獻，你越小氣，人家越要轉你念頭。

這部《人海潮》的開端第一回就寫鄉村赤貧者金大到小鎮上千方百計想賒酒吃。到「虧得女兒」才使這位嗜酒的醉漢有酒吃，而到了小說的末一回寫銀珠「衣錦還鄉」探親，而她的父親金大現在已闊極闊極，屋宇連雲，呼

奴使婢了。這種笑貧不笑娼的觀念使小說中的主人公沈衣雲惋歎不止，也算是這部寫善良的移民——失意者沈衣雲的生活時，與之對比的一條線索。

　　通俗作家慣寫移民中的娼妓生活，也與他們接受狹邪小說的傳統有關。但出賣「底貨」的生活，卻又是女性移民掙扎在死亡線上的血淚寫照。據 1920 年工部局的調查統計，上海娼妓總數為 60141 人。〔註4〕而據《第一次中國勞動年鑒》統計，民國初年上海的人力車夫卻只有 50000 人。娼妓的人數竟然比整天在大街小巷中辛勞奔波、招手即可雇到的、幾乎遍地皆是的「黃包車夫」還多，豈不令人驚悚！

　　通俗作家在涉及下層移民題材時，除了指出他們幾乎不佔有任何社會資源之外，還非常客觀地強調，這個孤苦無告的群體也必然會帶來一個嚴重的後果——城市中出現一支龐大的失業大軍。而在無業群體的無序膨脹的「流向」中，如果「流幅」與「流速」失控，就會導至嚴重的城市社會問題。這個問題在清末民初的通俗小說中反映得最為典型的是自然災害時的災民與戰亂時期的難民「潮湧」，隨之而來的城市不安全因素大增。包天笑的長篇小說《甲子絮談》就是反映 1924 年的江浙戰爭時的難民潮。「流向」是非常集中的——彈丸之地的上海租界，其「流幅」之寬，「流速」之快，使租界無法有序消化。包天笑首先反映的是「房荒」，但他沒有止步於這個浮面的層次上；接著他寫了上海的下層移民被軍閥拉去作「民夫」的慘象。但包天笑重點指出的是，「流幅」、「流向」的失控，無業遊民的激增，使租界變成了盜匪橫行的世界，偷竊搶掠隨時發生，百姓財產沒有保障，生命也缺乏了安全感。小說的第六回「棘地荊天坦途匪易，槍聲燈影廣市不寧」就是寫的持槍搶劫案，寫出了「越貨傷人成慣技，可憐群盜正如毛」的都市混亂局面。而第十八回與十九回「掌上失明珠竟成惡讖，眼前留匪窟大有疑蹤」；「驅馳逆旅肉券贖嬌兒，揮斥家財淚珠拋阿母」就是寫租界上的綁票案。

（三）

　　在描寫下層移民居於都市受苦受難的慘狀時，有些作家很容易犯的一個片面性，那就是墜入「城惡鄉善」的模式而不能自拔：片面地只強調城市是罪惡的淵藪。可是也有不少通俗作家在當年就自覺地捨棄了這個片面模式，而是全面看待城市在國計民生中的重要地位與作用。正如包天笑在《上海春

〔註4〕王書奴：《中國娼妓史》第 331 頁，上海生活書店 1934 年版。

秋》的「贅言」中非常有分寸感地指出的：「都市者，文明之淵而罪惡之藪也。覘一國之文化者，必於都市，而種種窮奇檮杌變幻魍魎之事，亦惟潛伏橫行於都市。」他認爲中國最大的都市上海在這兩方面都是極具代表性的。

在 1904 年，歐陽鉅源寫長篇《負曝閒談》時就指出上海是維新派的根據地：

> 原來，那時候上海地方，幾乎做了維新黨的巢穴。有本錢有本事的辦報，沒本錢有本事的譯書，沒本錢沒本事的全靠帶著維新黨的幌子，到處煽騙，弄著幾文的，便高車駟馬鬧得發昏，弄不了幾文的，便篳路藍縷，窮得淌屎。他們自己跟自己起了一個名目，叫做「運動員」（第 12 回）

他的小說則側重於揭露假維新派的「運動員」們的醜陋面目。到 1907 年吳趼人所寫的中篇《上海遊驂錄》中，從鄉下來的政治避難者辜望延一心想到上海找革命黨：「上海租界上革命黨最多，我何妨先到上海去訪問革命黨。」他到了上海讀了許多新書，包括當時的禁書《革命軍》，可是辜望延在生活中並沒有找到革命黨，遇見的只是「譚味辛」（空談維新者）之流。於是他想到日本再去進一步求索：「那幾個談革命的行爲，倘與他們同了一黨，未免玷污了自己。左想也不是，右想也不是，且待到了日本，看看那邊中國人的人格再定主意。」

在歐陽鉅源與吳趼人筆下，只是提及了上海是維新派與革命派在國內的大本營，也是一個大造革命輿論的中心。但是在他們的小說中沒有出現真正的革命者的形象。儘管當時像蔡元培、章太炎、鄒容、吳稚暉等革命派作爲外地的移民彙聚在上海，辦起了愛國學社，在張園頻頻舉行愛國集會，鼓吹反清革命。

在通俗小說中正面反映辛亥革命前後革命黨的種種活動的是姚鵷雛的《恨海孤舟記》。小說反映的是知識移民，其中有不少革命黨人或革命的同情者，彙聚在上海，利用租界的「縫隙效應」，從事輿論宣傳，策劃革命暴動，直至掌控辛亥以後的革命政權。小說中的不少出場者都是實有的歷史人物，如陳髦公（陳其美，浙江湖州人）、張樵江（宋教仁，湖南桃源人）、莊乘伯（章太炎，浙江餘杭人）、花吳奴（葉楚傖，江蘇吳縣人）、楊平若（柳亞子，江蘇吳江人）、趙棲桐（其中部分事跡是作者自況，江蘇松江人〔現屬上海市〕）……小說是以寫北京大學生南下上海爲開端：辛亥年八月十九日，北

京風聲鶴唳，說是當晚要嚴閉內城搜殺漢族，而且要從已經剪辮子的人殺起。京師大學（北大前身）和譯學館當然首當其衝。紛擾得學校只好停課，學生也相繼離校回家。趙棲桐到了上海，還未返里，就被《東海日報》的花吳奴聘爲編輯：「請你替我編兩版中央要聞吧，帶做一個時評。磐磐大才，只好暫屈。我今日便說定了。」在上海沒有成爲大都市之前，它的文化底蘊是並不深厚的。但在開埠之前，特別是科舉廢除之後，中國的士人們爲了要找尋新的出路，在社會上爲自己重新定位，就紛紛到上海做「知識勞工」：

> 上海在開埠以後二三十年中，已逐漸形成一個新型知識分子群。這些人主要分佈在出版、教育、新聞等文化事業中，到戊戌維新時期，上海新型知識分子已頗具規模。戊戌政變以後，各地知識分子紛紛彙聚上海，如容閎在政變後逃出北京來到上海；張元濟因參加維新被革職而南下上海；蔡元培在政變後輾轉來到上海。1900年北方戰亂，又驅使一批新型知識分子進入上海。……據估計，到1903年，上海至少彙集了3000名擁有一定新知識的知識分子。……這批人中產生了許多中國傑出的教育家、出版家、翻譯家、名記者、國學大師、文學大師、小說家、詩人、律師、政治家等。〔註5〕

在1903年已有約3000人，何況是在1905年科舉廢除之後呢？《恨海孤舟記》就是在一定程度上反映了外來的知識移民對上海成爲文化中心與革命前哨所作出的貢獻。特別在是反對袁世凱吞噬革命成果、妄圖恢復稱帝時，上海的革命黨人的英勇鬥爭與獻身精神。小說中反映了袁世凱在1913年和1916年先後陰謀刺殺革命黨領袖人物宋教仁與陳其美的兩大事件，爲歷史留下了形象化的史料。當然他也用了很大的篇幅續寫謝柏山（蔡鍔）如何逃脫袁世凱的軟禁，到雲南高揭反袁義旗。《恨海孤舟記》打破了那種淺薄的「城惡鄉善」模式，顯示了在清末民初上海這個城市發揮著文明新知的重鎮與二次革命中的堡壘作用。姚鵷雛後來對自己這部小說是一再表示不滿的，這是因爲他用了很多的篇幅去敘述趙棲桐接連兩次在妓院墮入情網；作爲一個知識者，他在找不到出路時，消極頹廢，遁跡空門，不知所終。但這部小說寫了那麼多的歷史事件與歷史人物的活動，還是有其一定的價值的。

比《恨海孤舟記》更進一層的是嚴獨鶴的《人海夢》，它的視野更爲闊大。小說的主要定位是將上海作爲一個傳播新知、培養革命者的搖籃，並將青年送

〔註5〕熊月之：《上海通史·第1卷·導論》第23頁，上海人民出版社1999年版。

出國門，使他們成爲反對清廷的健將，也爲辛亥革命輸送了幹部。小說以寫寧波人進上海爲開端，主人公華國雄與表兄鍾溫如到上海求學，進入了假道學的官僚所開辦的腐敗的正誼學校讀書，看到學校中的形形色色的怪事；但他們卻是追求正義與眞理的青年。一天學校當局以迅雷不及掩耳之勢、突襲搜查學生有否私藏革命書刊，查出他們的宿舍裏有《黨人魂》、《革命軍》和《自由血》等禁書，學校當局「竟要一面通稟上憲，一面將他們送往上海縣中拘押起來，聽候治罪」。以此事爲契機，華國雄去日本留學，加入了同盟會，步入了他的職業革命生涯。在辛亥革命成功後，國內正急需革命骨干時，立即回到上海，成了滬軍都督府的一位科長。小說除了涉及他們的故鄉寧波之外，主要寫上海、日本還有是南京這三處地方，而寫南京則又是華國雄及其女友——也是一位革命奇女子馮蕊仙，與兩江總督方制臺之間的多次機警智巧的鬥爭。

在這些清末民初的通俗小說中，上海被描寫成反抗清政府和北洋政府的進步人士的活動基地，也在它的移民中培育了大批革命中堅分子，大大樹立了上海的正面形象。

（四）

上海既是帝國主義侵略中國的橋頭堡，也是中國人民反帝反封建鬥爭的前沿陣地。這不僅表現在政治鬥爭中，同時也表現在經濟鬥爭和文化鬥爭等多個方面。在清末民初的通俗小說中，將這個以商興市、以港興市的上海描寫成民族資產階級與帝國主義及買辦勢力進行商戰的主要戰場。爲了要反映這一經濟領域的鏖戰，也就必然會寫出若干商業移民的面貌。這裡既有帝國主義的代理人，也有民族資產階級的代表人物。在清末民初的移民小說中，也的確有值得一讀的作品。

在鴉片戰爭之前，清朝不僅實行海禁，而且嚴格規定「一口通商」，即一切外貿皆以廣州入關爲限。在鴉片戰爭失敗後訂立了《南京條約》，五口（廣州、福州、廈門、寧波、上海）通商使上海在 1943 年正式開埠。由於地利條件優越，加上當時主要出口商品生絲、茶葉、棉紗產地皆就近於上海港口等等原因，上海很快超越了廣州的貿易額而居全國外貿的龍頭老大地位。於是「一批野心勃勃、富有對華貿易經驗的洋行大班，挾鉅資先後踏上了黃浦灘；『通事』與『買辦』亦尾隨他們而來。」〔註6〕最初在通俗小說中比較集中反

〔註6〕熊月之主編，陳正書著《上海通史·第 4 卷·晚清經濟》第 225 頁，上海人民出版社 1999 年版。

映這批買辦移民的是吳趼人在 1907 年發表的中篇小說《發財秘訣》（又名《黃奴外史》）。從這個「又名」中，讀者就可以知道作者是怎樣爲這批特殊的商業移民定性的。

中篇一共十回，前五回主要是寫這批黃奴在廣州的活動，他們開初不過是洋行中的聽差一類的人物，他們用著自己的「奴性」爲洋大班忠心耿耿地效勞，以博得外商的信任。在第五回中，他們已開始嗅到洋大班要移師上海的行蹤，如能被帶到這個新開闢的商業戰場上去，這是他們升遷的極佳機會。

> 秀幹忽對慶雲道：「方才我聽見說大班日間要到上海，不知可曾對你說起。」慶雲道：「我也聽見說，不知確否。」又圍插嘴道：「倘使連家眷一起去，只怕你兄弟兩個，都要去了。」秀乾道：「阿樞（慶雲的小名——引者注）總不肯留心，須知我們既然得了這種好事，總不宜輕易丟了。我已經和女東家說過，求她是必帶我們兩個。」

陶秀幹以黃奴的敏感，覺得非抓住這個千載難逢的開拓新機不可。他很怪老弟慶雲的遲鈍。可是陶慶雲卻很得意洋洋地說：「這是家兄瞎操心。老實說，敝東和我就同一個人一般。憑他到上海、到下海，怕他少得了我？我們這樣人，老實說，誰見了誰歡喜。你看和我們一輩的人，那一個不是一年換兩三個東家。頂了不得的做了一年也要滾蛋的了。我從在澳門跟著敝東，直到此時，足足三個年頭了，那一天他不贊我兩句？……你想他能離得了我麼？」這說明了他是一個質量上乘的「黃奴」。在第六回中，我們看到他的確成了上海的商業移民。通過旁人之口介紹，我們已知，「同鄉到上海的，陶慶雲得意的最快了。……此刻是臺口洋行的副買辦了。東家信用了他，只怕不久要升正買辦呢！」請聽陶慶雲自述他的從洋行傭工一類的角色如何爬上副買辦的高位的「黃奴經」：

> 老實說，像兄弟這幾年，倘不是說話靈通，任憑東家怎麼好，也到不了這個地位。對了洋人，第一要會揣摩他的脾氣；第二要誠實；第三也輪到說話了，倘使說話不能精通，懂了以上這兩層，也是無用的。我此刻雖算是東家賞臉，然而也要自己會幹、會說話，才有今天啊！

這會揣摩脾氣，當然是黃奴善於逢迎拍馬的必備條件；這誠實當然不是對所有的人誠實，而是只對東家一個人「誠實」；陶慶雲還一再強調「會說話」這一點，他非常注重學外語，當時，像他這類買辦精通外國文字的很少，但

是他們的口語、特別是商業口語能力是很強的，陶慶雲在廣州時，一直強調要學好「雜話」，也就是後來上海稱爲「洋涇浜」式的外語的。初期的買辦是在中外相互懸隔的夾縫上滋生起來的社會力量。他們不僅懂商業投機，而且憑著他們能與外國商人在語言上交流的「強勢」，從中獲取最大的利益。王韜曾說：「滬地百貨闌集，中外貿易，惟憑通事一言，半皆粵人爲之，頃刻間，千金赤手可致。」〔註7〕正因爲他們能在頃刻間可以「無本萬利」，所以在上海開埠初期的商人移民中，就形成如此有勢力的「廣潮幫」。但這些人在中外貿易之間，主要不是賺洋商的錢，而是設下許多陷阱，爲虎作倀，殘酷剝削中國商人。這在《發財秘訣》中有著很深刻的反映。請聽陶慶雲與花雪畦的一段對話：

> 慶雲道：「……要靠賺外國人的錢，可就難了，縱然發財也有限得很。」雪畦聽到這裡，不覺愕然道：「聽說辦洋裝茶是專作外國人生意的，請教不賺外國人的錢，還賺誰的錢呢」慶雲道：「賺外國人的錢是有數的，全靠賺山客的錢。」雪畦道：「甚麼叫做山客。」慶雲道：「山客是從山裏販茶出來的，到了漢口，專靠茶棧代他銷脫。要賺他們的錢，全靠權術。他初到的時候，要和他說得今年茶市怎樣好，怎樣好，外洋如何缺貨，洋行裏如何肯出價。說得他心動了，把貨捺住，不肯就放手。一面還向洋行裏說謊話，說今年內地的茶收成怎樣好，山客怎樣多。洋行自然要看定市面再還價了。把他耽擱下來，耽擱到他盤纏完了，內地有信催他回去了。這邊市面價錢卻死命不肯加起來。鬧得他沒了法子。那時候卻出賤價錢和他買下來。自然是我的世界了。」雪畦道：「這樣一辦，那山客吃虧大了。」慶雲道：「豈但吃虧，自從靄蘭這樣一辦，那山客投江的、上吊的、吃鴉片的，也不知多少。那個管他，須知世界上不狠心的人一輩子也不能發財。

　　這就是他們千金赤手可致的手段。他們匍匐在洋東的腳下，啃著同胞的屍體連骨頭也不吐。他們的奴性已達到了數典忘祖的境界，上海有利洋行買辦魏又園的人生座右銘是：「我家叔時常教我，情願餓死了，也不要做中國人的事。這句話眞是一點也不錯。依我看起來，還是情願做外國人的狗，還不願做中國的人呢！」吳趼人在描摹這些人物時，眞是「怒皆爲之先裂」。這些

黃奴的確有他們的「發財秘訣」，吳趼人借知微子之口總結了這一秘訣：把「本有的人心挖去，換上一個獸心。」

如果說，吳趼人較好地反映了上海商業移民中的買辦一類的人物的話，那麼姬文的《市聲》則寫了一心想與外國資本進行商戰的中國民族資本家們。小說連載於 1905 年的《繡像小說》，該刊於 1906 年停刊時，小說發表到第 25 回中斷，可是到 1908 年 3 月由商務印書館出版全本 36 回的單行本。

過去，評論者只提及這一題材在當年小說中屬鳳毛麟角，當時中國很少有商業題材的小說；但由於這部作品結構比較散漫，許多事跡也描繪得較爲抽象，因此就很少有人對它進行較爲詳細的剖析。不過我們如果瞭解從 1901 年至 1910 年上海華商界通過自強而與洋商抗爭的史實，就會知道《市聲》這部小說中所描寫的事實皆有若干現實的「影子」，它不僅是與上海商業移民所做的事是「同步」的，有的甚至是「超前」的。作者寫出了這類商業移民正在爲中國的民族工商業的振興發揮自己的智與力。小說的藝術性差是不能原諒的，但能與生活同步甚或超前的作品存有若干缺陷，至少是可以被理解的。

小說的第一回寫一位商界的「憂時豪傑」名叫華興的寧波商人，他一心「要合洋商爭勝負」。他挾鉅資來到上海，可是他經營失敗，「生生把百萬家私，折去九十多萬。」現在他只好收了攤子回老家寧波去。他的帳房以爲失敗的根子就在於「與洋商爭勝負」：「東翁，你開口閉口，要合洋商鬥勝負，這是個病根。如今洋人的勢力還能鬥得過麼？」但華興卻有東山再起的豪氣：「報上載的，我們京城裏開了什麼工藝局，還有什麼實業學堂，只怕我們經商的也要學學才是。我一些不知道這蹊徑，難怪折閱偌大的本錢。我回家去，倒要拼幾個財東，開個商務學堂才是。」在商業移民中，寧波商人在滬上是很有實力的，他們也各有成敗，如 1902 年滬報載，寧波旅滬巨商周某所開的興泰號突然倒閉，滬市爲之震動。姬文寫的不一定是周某，但這些事實是可以使他在現實生活中得到啓發的。可惜這個華興在以後的作品中沒有發展下去。從第一回「折資本豪商返里」至第五回，這一線索沒有得到發展，這幾回小說只是將蠶繭、棉紗、茶葉這三項出口商品的情況作了一個概貌的介紹。小說在《繡像小說》上連載到第五回以後，作者停頓了三個月才發表第六回，他決心另起爐竈，於是另一位揚州豪商在小說中「出世」：「揚州府豪商出世，上海灘繭市開盤」。因此，這部小說從第六回至三十六回實際上是作者考慮了三個月之後的重新開張。這位豪商叫李伯正。作品介紹說：「如今揚州府出了

一位大豪商，家私有個幾千萬兩，誠心合外國人做對，特地放出價錢收買繭子。自己運了西洋機器來，紡織各種新奇花絲綢等類，奪他們外洋進來的絲布買賣。」此人的祖宗是靠鹽商起家的，他自己考了一個當時的「商籍秀才」，平時喜看新翻譯的書刊，很有些華興所沒有的新氣質，他一到上海經商，開口就氣勢不凡：「我的做買賣，用意合別人不同。別人是賺錢的，我是不怕折本。我這收繭子，難道不吃虧麼？原要吃虧才好，我這吃本國人的虧，卻教本國人不吃外國人的虧，我就不算吃虧了。……我所以開繭行，替中國小商家吐氣，每擔只照市價加五兩收下，我有用處。」作者心中不一定有他的模特兒，但當時上海確有從絲業起家的巨賈。1903 年 12 月，報載絲業巨賈莫某創業初見成效，獨資開設絲廠十多家，執縷絲業之牛耳。小說中李伯正投資興建南北兩大絲廠在現實中也不是沒有影子的。

除了李伯正之外，小說還重點寫了無錫商業移民范慕蠡與從外國學成後歸國的南昌技術移民劉浩三。他們不僅與李伯正聯手，而且購地興建校舍，開辦高等實業學堂。他們創建的尚工學堂，不收學費。劉浩三還叫范慕蠡開辦勸業公所，「將來學堂裏製造出器物來，就歸勸業公所發售」。他們團結了一位日本留學歸來的杭州商業移民楊必大，三位實業家抱成團體。楊必大還建議成立工品陳列所，建立工業負販團：「我說這個工業負販團，就合工品陳列所相附而行的。負不起的東西，在陳列所替他們銷售，負得起的東西，等他們苦業界中的人負著販賣，只不過替他們提倡個結團體的法子。……我所以望二位拼著幾間房子，作為負販團的住處，並替他們預備下飯食，只從自己同鄉中招來。那些沒本業的人見有這樣現成的衣食，那個不願來呢？等他們貨物售出，便結算一次，還我們房金飯費，他們也自情願。」其實他們所提的種種「維新事業」在 1905～1908 年的上海還是相當「超前」的設想。清政府在 1903 年設立商部，鼓勵紳商創辦工商企業。1905 年袁世凱在任直隸總督時，為了表示擁戴清政府的新政，開通風氣，在天津設立了工藝總局。1905 年商部又在北京設立勸工陳列所，並要求各省設立高等實業學堂。在上海，1905 年，南洋公學（交通大學前身）改名為高等實業學堂，設電報、輪船、鐵路工程、稅務等科。《市聲》中范、劉的辦尚工學堂，就算是當時的新事物。又如 1908 年 6 月在上海法租界開辦中國商品陳列所，前往觀展者極為踴躍。這是作品出版三個月以後的事，作者在小說中就寫了上海當時還沒有的新事物，那是他將北京、天津的一些做法，先搬到了上海。至於負販團是從日本

學來的方法。當時，日本的負販團十分發達，還組織「東來負販團」到中國販貨。販賣仁丹、胃活之類的東西，甚至深入窮鄉僻壤。從上面的史實看來，《市聲》所反映的「維新事業」在上海皆是萌芽時期，作為振興民族工商業，上海的商業移民們作出了重大貢獻。

（五）

清末民初的上海小說中出現過一些外國移民的形象。通俗作家從愛國的立場出發，對帝國主義的侵略是義憤填膺的，可是他們一般不從狹隘的民族主義的立場出發，一味去醜化外國人。中國的一些小說家當時就已經跳出了「洋惡中善」的模式。如在李伯元的《文明小史》中就有非常好的傳教士，拯救被清廷迫害的一群文士，然後以負責到底的精神將他們送到上海租界，擺脫了清廷政治迫害的魔掌。

在孫玉聲的《海上繁華夢》已出現了外國僑民，但只是在堂子裏看到他們的身影。但是在他的《黑幕中之黑幕》中卻進而出現了多種類型的外國移民。孫玉聲為小說中的人物取名時，往往使你一眼就可以看出這個人的性格，如毛藻人，此人的性格就非常急躁；而鍾厚丞則是個很地道的忠厚人，如此等等。因此他筆下人物的性格常常顯得單一而類型化。他為外國移民取名時，也用的同一種手法。如這部小說中出現了佛立哥、麥克麥克、麥乃來和畢的生斯等四個外國人的形象。這其實都是用的當時上海的「洋涇浜」英語的譯音。其中畢的生斯是個沒有國籍的無業流氓，不僅品德惡劣，而且與中國的騙子相勾結，靠著一張白種人的面孔，到處胡作非為。畢的生斯就是英語中的 Emptycents，即不名一文的空光蛋。當甄朗之在上海開珠寶店時，幾個中國騙子慫恿他請一個外國人做「出面東家」，此人不要出什麼資本，只領一份乾薪，但店裏遇到麻煩時，就要仗著他是外國人的勢力從中嚇唬對方。當時上海的有些新聞媒體，也請外國人做出面東家，在輿論上觸犯了清廷時也往往可作「保護傘」之用。可是畢的生斯卻存心不良，珠寶店開業不久，他就夥同中國騙子到店裏來「鳩占鵲巢」，以開業廣告上曾刊登他的名字是「東家」為根據，就將甄朗之等中國投資人強行趕出店門。當時外國騙子在中國橫行，是很普遍的事，下面是外國人自己的一個調查數據：

> 據工部局 1864 年 9 月的報告，英美租界內有 360 名「下流的外國人」，其中 260 個沒有任何職業。他們除了機智和冒險精神外，別

無長技和財產。他們蔑視一切法律和權威，來上海的唯一目的就是盡快發一筆橫財，然後離開。……一位在上海發跡的外國強盜說：「我愛上海，甚至超過我的祖國。」其原因就是「上海使我成為一個體面的紳士，而在故鄉我只是一個一文不值的壞傢夥。」〔註8〕

這樣的騙局在通俗小說中是司空見慣的。在《市聲》的第 26 回至 30 回，就是寫中國各地軍閥為培植自己的武裝勢力，紛紛到上海採購軍火與軍裝。廣西和直隸來採購軍火與軍裝的大員在中外騙子的合謀下，都上了釣鉤；二品銜直隸候補道魯仲魚一下子就被外國騙子穆尼斯騙去銀子五萬兩。

但在孫玉聲的筆下，正派的外國人也是有的。如甄朗之被畢的生斯逐出店門後，就只能訴諸法律。他們先找到名律師佛力哥，這是英語中的 Vary good 的譯音。孫玉聲寫道：「說那佛力哥的歷史，為人剛方正直，矩步規行，先前在外國曾做過法部大僚，因年老致仕，遊歷至華。在上海辦理律師事務。……在上海律師裏頭可算是鐵中錚錚，庸中矯矯。」他聽了甄朗之的陳述，認為他證據不足，必敗無疑，不願接這個案子。儘管甄朗之願意付大筆律師費。後來改請麥乃來，麥乃是「錢」的譯音，這個律師只要你肯付錢，什麼案子也肯接，當然他是無法勝訴的，只是以拿原告的錢為目的。最後甄朗之只好向外國商人麥克麥克求助，那也是英語的 Make make 譯音，表示賺錢很多頗為富有的意思：甄朗之走投無路時，有人為他想到了一個與他們曾有杯酒往還的麥克麥克：「他正是光明正大的洋商，與畢的生斯大不相同，從來說正能克邪，況且同是外人，可與他講外邦法律。」後來麥克麥克激於中國常說的「俠義」之心，為甄朗之出場。麥克麥克先是怒斥畢的生斯：「好個不要臉的畢的生斯，人家拿出資本，請你做出面大班，你公然喧賓奪主，竟把公司占為己有，我們外國人的體面，被你削盡了。今夜我正為此事而來。你若稍有羞恥之心快把公司依舊讓還朗之……若有半個不字，可與你法律相見。」畢的生斯哪有羞恥之心，而且他也知道對方沒有法律上的證據，他請麥克麥克不要多管閒事。後來還是麥克麥克說甄朗之開公司的錢是向他借款的，他有告他的權力，並且以「驅逐」他出境相威脅，使畢的生斯不得不考慮後果。經過討價還價後，賠償麥克麥克五千兩銀子的「損失」。麥克麥克將這筆錢如數交還了朗之，也分文不受報酬。他算是外國正派商人中的佼佼者了。孫玉

聲筆下的上海外僑雖然寫得較爲類型化，但至少出現了外僑中的各式人等，也反映了上海當時的若干現實。

在通俗小說中，也有寫外國名人行狀的長篇，如 1924 年出版的烏目山人的《海上大觀園》就是寫當年上海首富猶太人哈同（Silas Aaron Hardoon1849～1931）的發跡史。小說沒有用眞名，男主人公名爲「罕通」，寫他如何從一個低級職員到成爲上海首富的暴發簡史。小說寫他娶了羅迦陵（螺螄姑娘）後，時來運轉，專做「地皮煙土，土價日漲，罕通年年賺錢，地皮亦然。果眞娶了螺螄，天然配合，日漸發跡。」爲了加入英國籍，他獨資修某大馬路：「『路固歸我修，我可要從此入籍，算英國人了。』合局贊成，……罕通從此爲英國籍，且爲公共租界領袖董事。」小說中一再頌揚罕通是位忠厚長者，寫他對螺螄是惟命是從的。他熱心慈善事業，也大力支持羅迦陵的各種善舉和推動文化事業的舉措。小說用大量的篇幅寫他出資八十萬元，由烏目山僧黃宗仰（書中名慧眼山僧）設計建築規模宏大的海上大觀園（即愛儷園）。在較爲詳細地寫了園中整體的格局後，又突出「一乘大橋臨前，橋上造起牌樓，題『西風東漸』四字。」

> 總計園中共有樓八十，臺十二，閣十六，亭四十八，池沼八，小榭四，十大院落，九條馬路，七乘橋，大小樹木，約八千有奇，花數百種，眞是洋洋大觀。

> 園牆之外，即後買之一百餘畝，擬開闢「罕通路」，作官路，路西造數十條弄，擬取名「民德里」，約有千餘幢房屋出租，中間造小菜場……

罕通儼然成爲上海房地產巨商。書中的種種情節有一定的記實性，也爲外國僑民興建海上大觀園——愛儷園留下了形象資料。可惜小說以羅迦陵爲第一主角，她的事跡寫得非常詳盡；相比之下，罕通的經商與生活實錄卻顯得不足。這恐怕與小說作者在愛儷園中所擔任的角色有關。作者烏目山人被有些人誤認爲是鼎鼎大名的黃宗仰。其實烏目山人與烏目山僧雖只有一字之差，卻完全是兩個不同的人。據香港《大成》雜誌上載文考證，作者乃郭某，是園中所辦的學校中的一位國文教員。因此，他對辦學過程、成立「廣倉學會」、爲考試而設「廣倉文會」、行古禮、奏古樂、耆老會等事寫得較爲詳細。但從小說中我們也可以看到罕通雖花了大量金錢委託羅迦陵資助中國文化事業，不過復古的氣息實在太濃，且有姬覺彌（書中名周儒檀、號意君）的不

懂裝懂和好大喜功的成分在內。不過有人在《大成》雜誌上評論說：「書中描寫的，也許有一半以上是近乎事實的」。〔註9〕看來清末民初的小說家的視野還是寬闊的，他們不僅反映了中國移民的生活，也兼及了外國僑民在上海的行狀。

（六）

通俗小說再現了上海早期的移民生活，它們得到了當時廣大移民的喜愛。其中一個重要的原因是它們能告訴移民們，上海雖然是「文明之淵」，可是千萬不要忘記它也是「罪惡之藪」，種種魑魅魍魎都潛伏橫行於其間。移民到了這個新興的大都市中，若想安身立命，就得有一雙火眼金睛，要能識破各種鬼蜮技倆，且莫踩上那些騙子們預先埋下的「路邊炸彈」，否則不僅不能安身立命，反而會遭到粉身碎骨的厄運。因此不少通俗小說寫了大量的陷阱與騙局，例如在孫玉聲的《海上繁華夢》中，在包天笑的《上海春秋》中，在朱瘦菊的《歇浦潮》中，張春帆的《九尾龜》中……，真可謂不勝枚舉。不少小說均指出酒色誤人，賭局翻戲、人口販子等等皆是坑人的陷阱，再加上什麼「僊人跳」、「放白鴿」之類的「專用名詞」，簡直層出不窮。關於這類小說歷來是有爭論的。一種意見認為這些乃是「罪惡教科書」、「嫖學教科書」。這一種意見也是有一定的道理的，如果一些作惡者想從中學到騙人的法門，或是對付妓女的手段，豈非就會成了教唆工具。但是從另一個角度去觀察，對廣大的民眾說來，他們並不想去學那些犯罪作惡的歪門邪道，他們只想從中學到自衛和防範的必要警惕，那麼這些小說就會發揮積極的效果。因此應該用兩分法去看待這些小說，如果作者以炫耀為能事，也許消極作用會大些。但是有些作品，如我們上面所提到的孫玉聲的《黑幕中之黑幕》，在盲目地反對「黑幕小說」的中國，名聲是一直不大好聽的。可是這是一些沒有看過這部小說的人的想當然的「先驗」結論。其實這部小說是寫了一個非常有超前意識的好題材。它是寫在租界內，一些中外騙子會利用中國居民缺乏法律意識的弱點，鑽空子實行連環的騙局。例如先用女色勾引甄朗之，發展到賃屋同居的熱度，買了高檔家俱，騙去了不少首飾，然後女方的「丈夫」出現了。雙方訴之法庭。「丈夫」在法庭上出示事先準備好的結婚證書，女方還保留了

〔註9〕以上兩處提到《大成》雜誌的材料，均見該刊第 255 期上哈同鄰的《羅迦陵與姬覺彌》一文。

買家俱的發票。在租界的法庭上是重證據的。於是甄朗之人財兩失，反受牢獄之災。接下來就是問他要不要「取保候審」，又要被騙去不少金錢。取保候審未果，繼而爲他設計，要不要裝病取得「保外就醫」的機會，於是又夥同滑頭醫院與醫生進行騙財的種種機巧。總之，他們以法律程序的種種規章制度，別有用心地一步一步都從中撈取大量的不義之財。除了這種連環騙局稱爲「黑幕中之黑幕」之外，還有的就是「螳螂捕蟬，黃雀在後」，也是一種黑幕背後還有黑幕的寫法。應該說，上海的居民的法律意識要比其他中小城市的居民略高，這與上海的這種客觀環境以及這些通俗小說的教育是有關係的。因此我們應該對這些上海的移民題材的小說「刮目相看」，就它們的主流而言，它們應該得到這樣高度的評價而當之無愧。

報人雜感——引領平頭百姓的輿論導向
——以《新聞報》嚴獨鶴和《申報》周瘦鵑的雜感為中心

（一）

　　被稱爲「鴛鴦蝴蝶派」的不少文人是具有「雙重身份」的，第一重身份是作家和文藝刊物的編者；第二重身份是「新聞工作者」，但那時他們自己通稱爲「報人」，其實這才是他們的「職業」——「主業」。嚴獨鶴是《新聞報·快活林》（抗戰後改名《新園林》）的主編；而周瘦鵑則是《申報》副刊《自由談》和《春秋》的主編。《新聞報》號稱日銷二十萬份，而《申報》則日銷十五萬份。在當年的上海、乃至全國具有極大的影響力。與此同時，他們除進行「業餘」文藝著譯之外，嚴獨鶴還爲世界書局主編《紅雜誌》、《紅玫瑰》和《偵探世界》等刊物；周瘦鵑則爲大東書局主編《半月》、《紫羅蘭》、《紫蘭花片》和《新家庭》等刊物。無論就編報紙副刊和雜誌，或是進行著譯，他們心目中的主要讀者對象是都市的廣大市民大眾。但這兩重身份對他們而言，職能也是有較大區別的，或者說兩種身份還有各自的分工。就創作與所編的文藝性雜誌來說，他們的主要職能是供普通市民大眾的業餘「休閒」，當然這其中也有「寓教於樂」的成分。周瘦鵑曾引用美國消閒雜誌的暢銷與流行來支持自己編通俗文藝刊物主要就是提供娛樂休閒讀物的觀點：

> 　　吾友程小青言，嘗聞之東吳大學教授美國某博士，美國雜誌無慮數千種，大抵以供人消遣爲宗旨。蓋彼邦男女，服務於社會中者纍纍，公餘之暇，即以雜誌消閒，而尤嗜小說雜誌，若陳義過高，

－163－

稍涉沉悶，即束之高閣，不願瀏覽矣，是故消閒之小説雜誌充斥世上，行銷輒數十萬或竟達百萬二百萬以外，若專事研究文藝之雜誌，則僅二三種，行銷也不廣，徒供一般研究文藝者之參考而已，即英國亦然。著名之小説雜誌如《海濱雜誌》、《倫敦雜誌》等，亦無非供人作消遣之品。有《約翰倫敦》週報一種，爲專研究文藝之雜誌，銷數無多，海上諸大西書肆中竟不備，余嘗以往叩之，苦無以應，尋得之一小書肆中，因訂閱焉。據書肆中人告予云，此報海上絕無銷路，每期僅向英國總社訂定二册，一歸一英國老叟購去，一則歸君耳。觀於此，則可知歐美人專研究文藝者之少矣，返觀海上雜誌界肆力於文藝而獨樹新幟者，亦不過一二種，足以代表全國，其他類爲消閒之雜誌，精粗略備，俱可自立。〔註1〕

但當他們辦報紙副刊時，態度就不同了。副刊是報刊的一個組成部分，因此他們就對當前的社會熱點或國家大事，必然要多加關照，於是就往往能成爲平頭百姓的政治輿論導向。嚴獨鶴在談如何編好一張副刊時，總結了他編副刊所抓住的三個要領：「其一是每期須有一篇好的短文（言論）；其二是須有一幅好的漫畫；其三是須有一部好的連載。唯有如此，方能相得益彰，吸引讀者。」〔註2〕而嚴獨鶴的所謂「言論」的內容則是「取材則上自時政大事，下至市井瑣聞，皆爲市民所切切關心者」。〔註3〕而且每當世界或國內政壇出現大變故時，他們的言論就會變得非常關注時政大事。往往在副刊的頭條，就用雜感文體配以精彩的漫畫議論時政或抨擊弊端。在他們所編的副刊中「鴛鴦蝴蝶」之類的文字最多僅表現在連載小説中，而「一篇好的短文」和「一幅好的漫畫」主要用來諷喻時事或關心民生。

嚴獨鶴於1914年8月受聘於《新聞報》，主持副刊。他就將舊式副刊《莊諧叢錄》改名爲新式副刊《快活林》。自此他就實踐「一篇好的短文」和「一幅好的漫畫」的模式。而且提出副刊宜雅俗共賞的理由：

雅，皆似不適於普通讀者。蓋報紙之功用，捨傳播消息主持輿論外，亦可目爲通俗教育之一種利器，與其他藝術專書雅俗合參：

〔註1〕周瘦鵑：《説消閒之小説雜誌》，載《申報・自由談》，1921年7月17日第18版。
〔註2〕嚴祖祐：《父親嚴獨鶴散記》，載《嚴獨鶴雜感集》第458頁，上海遠東出版社2009年版。
〔註3〕同上。

文藝之作，宜取高雅，此固正當之論第。就報紙之性質以言之，則陳義過高，取材過、文學著作，只供通人研究者不同；若一編既出，而不能得一般人士之瞭解，則已失其報紙之效用矣。故快活林之文字，頗取通俗，求適於群眾，但淺薄無味或鄙俚不可卒讀者，亦概不闌入，冀其俗不傷雅也。〔註4〕

因此他爲自己的副刊制訂了四個標準：「一、雋雅而不深奧；二、淺顯而不粗俗；三、輕鬆而不浮薄；四、銳利而不尖刻。」〔註5〕

在 1915 年的袁世凱稱帝，1917 年的張勳復辟，1919 年的「五四」，1923 年的曹錕賄選，1925 年的「五卅」，1926 年的 318 慘案，直至抗日戰爭和蔣介石政權的崩潰過程中他都發表了許多通俗而尖銳的雜感。除日寇佔領上海時，他憤而辭職外，自 1914 年至 1949 年這 30 多年中，他一以貫之主編《快活林》（後改名爲《新園林》）。曾任《解放日報》總編輯的陳念雲在 1986 年對嚴獨鶴的言論性的短文作過如下的評價：他的最大的貢獻「是一生留下了近萬篇報紙副刊的言論性文章。他在主編《新聞報》副刊期間，基本上每天發表一篇叫做『談話』的文章，……每篇長則六七百字，短則二三百字，基本內容是兩種，一種是社會雜感，一種是時事雜感。社會雜感主要議論各種社會現象和社會問題，其特點是接近民眾，盡可能反映民眾的疾苦和呼聲。舊中國諸如物價飛漲，民不聊生，畢業即失業等等，就常常在他的筆下有所揭露和抨擊。時事雜感則國際國內，都有評論，而且總是從大處著眼，小處落筆，有的諷刺與批判，還相當尖銳潑辣。總之他的『談話』，每篇都是有感而發，言之有物，從不隨便舞文弄墨，無病呻吟。他的每篇文字還有通俗易懂，而又生動活潑的特點，有時議論風生，詼諧幽默。早年報上的文章，大都是古體文，他是率先用白話體寫文章的一個，因此擁有眾多的讀者。」〔註6〕在這篇文章中陳念雲還說：「《新園林》當年刊登風花雪月的文字本來就不算多。」我們則認爲風花雪月根本不能作爲新文學給所謂鴛鴦蝴蝶派「定罪」的標準。只要不是逃避現實，迷醉喪志，無病呻吟，風花雪月應該是人間倩麗雅潔的美景，蔑視「月光曲」等聖樂奏鳴的只是對瑤琴乾瞪著濁眼的一條笨牛。至於對嚴獨鶴的雜感的藝術性，鄭逸梅曾評價說：「要言不繁，很爲俏皮，又復

〔註4〕嚴獨鶴：《十年中之感想》，《〈新聞報〉三十年紀念冊（1893～1923）》《新聞報館》1923 年印行。

〔註5〕嚴建平：《我的祖父嚴獨鶴》，載《嚴獨鶴雜感集》第 466 頁。

〔註6〕陳念雲：《紀念新聞界前輩嚴獨鶴先生》，載《嚴獨鶴雜感集》第 438～439 頁。

圓轉含蓄，使人讀之，作會心的微笑。有時獨鶴患病，不能到館，由另一編輯余空我代寫，空我依樣畫葫蘆，也是每天來一《談話》，但讀者們覺得不很夠味，認為獨鶴所談是圓圓的，空我所談成為扁扁的了。」可見嚴獨鶴的雜感既無懈可擊，邏輯性極強，又不失機智靈動，頗能適合平頭百姓的口味。

　　至於周瘦鵑，就編副刊而言，他的資格沒有嚴獨鶴老，時間也沒有嚴獨鶴長。他是 1919 年「五四」前夕才進《申報》，他掌控《自由談》筆政的時間約 12 年，後來又主編《申報‧春秋》約 6 年光景，一共是 18 年左右。日寇佔領上海期間，他即脫離報館；而抗戰勝利後，國民黨官僚資本入侵《申報》，他受排擠而只給他掛一個設計委員的空銜。但他在編《自由談》期間，也有不少言論性文章，並配以漫畫。在副刊中他還設多種專欄。計 1919 年 6 月 4 日至 9 月 28 日有《見聞瑣言》14 天次；1920 年 4 月 3 日至 1921 年 8 月 7 日，刊《自由談之自由談》318 天次；1922 年 7 月 1 日至 22 日，設《一片胡言》12 天次；1922 年 7 月 6 日至 12 月 31 日，改《一片胡言》為《隨便說說》136 天次；1931 年 6 月 19 日至 9 月 2 日有《點滴》9 篇，1931 年 9 月 24 日至 10 月 20 日撰《痛心的話》21 篇。這些言論性文章與嚴獨鶴的「談話」的性質相類，甚至是相互呼應的。而他們的這些言論性文章，過去很少受到學界關注，而對他們的評價只是簡單化地套上一個「鴛鴦蝴蝶派」的帽子作為結論，甚至想當然地說他們所編的副刊大多是庸俗黃色的垃圾而已。為了揭示真相，我們須用下面「白紙黑字」的實例作為試金石來加以盤點與鑒定。

（二）

　　嚴獨鶴將《莊諧叢錄》改為《快活林》後，開始並沒有設「談話」這一欄，那時他的言論性專欄名為「諧著」，與過去的《莊諧叢錄》保持了一定的聯貫性，也寓有「快活」的涵義，也含有讓你「輕鬆地閱讀」的意思。而且也不是他一人所寫，大多倒是他的所謂「鴛鴦蝴蝶派」的同人執筆的，這也說明，這一個圈子裏的人關心時政與民生的還大有人在。用「諧著」當然是想用老百姓所喜聞樂見的形式，用他們能理解的社會話語去表達報人的觀點；也即貫徹他的辦副刊要「頗取通俗，求適於群眾」的理念。那就需要與一般給知識分子所看的雜感的風格有所不同。但「諧著」也決不會諧到「化屠戶的兇殘為一笑」的程度，而是實踐自己的宗旨：「淺薄無味或鄙俚不可卒讀者，亦概不闌入，冀其俗不傷雅也。」嚴獨鶴的「談話」專欄則是始於「五

四」時期，說得精確一點是從 1919 年 6 月 6 日「創始」的。就他擔任《新聞報》副刊主編後所遇到的國家大事而言，其中袁世凱稱帝、張勳復辟和曹錕賄選這三次，簡直是一場場政治「鬧劇」，對付它們只能是喜笑怒罵、辛辣諷刺。因此，用「諧著」作爲專欄是相當匹配的。但「五四」在嚴獨鶴看來是一次群眾性的愛國主義運動，因此對付帝國主義就應該義正辭嚴，於是，他就改「諧著」爲「談話」專欄，以此揭露敵人，喚醒民眾。這一「談話」的專欄，一直延續到 1949 年 5 月《新聞報》停刊爲止。要瞭解這個長達 30 年的專欄最簡捷的辦法就是抓住幾個關節時段加以盤點。他上馬伊始，最先遇到的是袁世凱稱帝的鬧劇：

從「袁記」的籌安會成立發表宣言起，「諧著」欄就針對這篇宣言「倒行逆施」的荒謬言論進行了辛辣的譏刺。這份籌安會的「宣言」是拾了一個美國某博士的「牙慧」，說什麼：「君主實較民主爲優，而中國尤不能不用君主國體。」美國不是一個君主立憲國，它因實行民主制而飛速發展。美國某博士倒應該先到美國去宣傳，在美國先實行君主制而取得更大的成功，然後再到中國來指手劃腳，這才有說服力。可是籌安會的頭頭楊度卻舉起這樣一個「破爛法寶」，作爲宣言立論的根據，使全國輿論譁然。因此，「諧著」發表了程瞻廬的諷刺文章《擬籌安會徵求大手筆啓》，文中說：「鑒於是前宣言書之爲世詬病」，「故勸進表一通，尚在遲回審慎之中」，現在籌安會非得徵求一位大手筆來重寫宣言書，「酬潤不惜從豐……並於將來君主登極時，代爲奏請頒給頭等寶星以示優異。」這一篇嘲諷的文章徹底否定了籌安會的第一炮。緊接著又發表蟄民的《時局預言》一文，預測中國的「跪拜褲漲價」，因君主登基後，必行三跪九叩之禮；二是楊度等籌安會發起人所謂「六君子封爵」，但卻預測「在封爵之際，又必有爭功鬥寵諸活劇，出現於北京舞臺，以供看客之欣賞也。」三是預測「小百姓吃苦，天堂未見，地獄先現，吾知籌安會之佳名，必至名實相反。」那就指出他們實乃「籌禍會」。可是籌安六君子還來不及爭功鬥寵，半路裏又殺一彪人馬，梁士詒不甘籌安六君子拔了頭籌，他知道這些書生們以號召進行「學理討論」是遠水解不了近渴的，他想出的辦法更直截，於是發起成立「全國請願聯合會」，動員各界各地通電或在京向參政院請願，以強姦民意的方法要求召集國民會議解決國體問題，一致擁戴袁世凱稱帝。於是拼湊了各種名目的請願團，除各省或各大行業的請願聯合會外，還專門組織了婦女請願團，更異想天開的是還有「乞丐請願團」和「人

力車夫請願團」等，簡直近於戲謔；《快活林》中也一一在「諧著」欄以戲謔回敬。嚴獨鶴在《婦女請願之利益》一文中寫道，一旦帝制復辟，婦女就有做「后妃之希望」，「即下焉者亦可以爲宮嬪、爲秀女」；國體變更，男子可以封王進爵，女子的「誥命之封，亦必恢復」；過去女子有要求參政者，倡議北伐者，鬧得大人先生頭痛，「現在能湊趣，能爲此媚，在大人先生中恢復了女子之名譽」……天台山農還發表《戲擬妓界請願書》，河影還寫了《戲擬囚犯請願書》，意在諷刺梁士詒等可以無恥到無所名目不可以利用的地步。律西則《戲擬上海人力車夫致北京人力車夫書》，揭露梁士詒等用每個車夫簽名後即發「銅元四枚」爲誘餌，因此，那天竟吸引數達萬人之多。這些戲謔將欲稱帝的袁氏龍袍尚未加身，卻先被畫成了一個大花臉。袁世凱的長子袁克定爲了做太子，還組織了一套班子，天天印成一批假報紙，專供袁世凱一人觀看，以僞造全國「民意」一致呼籲改變國體，以迎合袁世凱皇帝夢的急切心態。明明《快活林》天天聲討，可是袁氏看到的《新聞報》卻是一片擁戴聲，致使袁世凱竟對他兒子袁克文說，嚴獨鶴此人眞是不錯。

　　至於張勳復辟，通俗作家也有許多文字，其中寫得最有力度的大概要算是天懺生的《復辟之黑幕》〔註7〕，天懺生在書中說：「既有此無量滑稽之事，當然有滑稽之文副之，理也，亦勢也。」「雖曰遊戲以出之，談笑以道之，其實字字是血，句句是淚。」在《新聞報・快活林》上也將張勳及其辮子兵的嗜血本質進行了痛快淋漓的揭露。張勳是7月1日進北京的，而《諧著》在6月1日就關注他的動向。紛紛用雜感與漫畫爲武器聲討張勳。在「拾塵」的《送蚌將軍歸蚌埠序》中就發出警示，而嚴獨鶴在文章後面就以編者身份加了注釋：「據近日情勢，則蚌將軍率蝦兵蟹將，興妖作怪矣。武人橫行，中原多故，鷸蚌相爭，尚不知呈何結果也。」張勳原駐軍徐蚌，所謂蚌將軍橫行，就是指他正在蠢蠢欲動了。當時正值農曆端午節，「諧著」上發表幾篇有關「端午新五毒」的文章，其中直指「蚌殼精」和「豚尾精」就是影射張勳乃目前之毒物。6月19日，楓隱的《辮子出風頭歌》：六千辮子兵已到天津，到處擾民：「惟有徐州張大帥，依舊要把辮子保，麾下健兒辮盡留。……維時國會散不散，總統保不保，都在辮帥一言中，辮帥風頭既出足，麾下辮兵亦威風，

〔註7〕天懺生，貢少芹的之一筆名，這是一本單行本由翼文編譯社出版，張勳1917年7月1日演出擁戴溥儀復辟，7月12日即失敗逃入荷蘭大使館。這本書的初版也出版於7月，貴在及時。有興趣者可閱《近代文學大系・筆記文學集（2）》所選該書的26則筆記，可知其「一鱗半爪」。

進京之後或向八大胡同嫖小娘，或在六國飯店撒酒風。」7月1日張勳進入北京，瞻廬的「諧著」《煩惱著唐三藏》中說，唐僧徒弟豬八戒的一條豚尾不翼而飛：「豚尾已在北京城中，惹出奇禍，將一座金璧輝煌之羅漢堂，鬧得落花流水，八百羅漢，立時星散（按指立令解散國會——筆者）。於是師徒聚議捕捉豚尾精之法，志在實行，至豚尾之運命如何，今尚在不可知之數，諸君毋躁，徐聽最後之尾聲可也。」而到7月8日，雖然復辟勢力還有掙扎，但全國已一致聲討，大勢已去。那天正值中國舊時的所謂「分龍日」，天台山農發表《分龍日之分龍說》，文中說到文武聖人（按文聖指康有爲，武聖指張大帥——筆者）實行復辟，五色國旗，無端銷滅，共和推翻，皇帝出現，親皇郡王，開氣蟒袍，渾身煊赫，關既復矣，宗社黨，保皇黨，附龍攀鳳，龍運復交。但到了今天分龍之日，轉瞬將打龍袍，人民痛飲黃龍之酒，皇帝復蹈祖龍之轍，神龍見首不見尾了。實際上就預示著復辟已現必敗之徵。而《快活林》中又配以一幅幅「文武聖」抱著一個「小皇帝」的漫畫，則更令人忍俊不禁。

在「五四」前夕，周瘦鵑開始掌控《申報·自由談》，他的雜感政論就與嚴獨鶴的《快活林》同聲呼應。可以說，周瘦鵑是踏著「五四」的鼓點，登上當時媒體的最大平臺之一——《申報》，他在1919年5月31日在《自由談》上發表第一篇文章：《我之小說觀》（一）。6月3日上海爆發了工人罷工、商人罷市，響應北京學生的愛國運動。周瘦鵑從6月4日至28日，以「五九生」爲筆名，寫了14篇《見聞瑣言》，主要報導上海工人罷工和商人罷市的壯舉。在6月8日的報導中說：「上海竟罷市了。華界租界中大大小小的商店，都一起關上了門，停止營業。……醫學家說：病人臨死的當兒，神經昏亂了，往往要發一種死物狂。……我說眼前北京政府的舉動不是很像死物狂麼？一日間平白地拿了一千多個熱心愛國的好學生，似乎要坑死他們才罷。」6月9日：「罷市已一連三天了。昨天我見許多商店的門上都在貼著『不去國賊不開門』，『不誅國賊不開市』的紙條兒。……我聽說幾天來北京學生因爲拿得太多了，沒有這大監獄容納他們，就把個大學法科做一臨時監獄。我說何不把個北京城改造一所天字第一號的大監獄。先把北京學生和附和學生的小百姓一齊拘禁了起來。第二步就把通國罷課的學生、罷市的商人也一網打盡，都去關在這大監獄中，四面用二十萬兵馬團團圍住，絕他們的飲食，瞧他們生生餓死，豈不爽快？只可惜沒有這個魄力罷了。」他對當時的北洋軍閥政府

予以辛辣的諷刺和投以蔑視的一瞥。6月11日，周瘦鵑在《申報》上發表題為《晨鐘——為北京幽囚之學子作》的短篇小說，聲援被捕學生。開端小序中非常鄭重而懇切地以「同學」的身份，向他們致敬：「夜深寂坐，悲憤煎心。起草斯篇，聊以自慰。北望燕京，祝諸君無恙，並遙致最誠摯之敬禮於諸君之前。七年前之上海民立中學學生周國賢敬識。」他覺得用他自己的學名向北京學生致敬，更為隆重。他將北京的愛國學生比作「晨鐘」，這「晨鐘」是「少年中國的福音，喚大家犧牲一切，救這可憐的中國，……我們少年精神不死，中國的精神永永不死。」周瘦鵑也多次報導了學生罷課和集會遊行，其中提到學生遊行隊伍中有不少人還揮舞著「請勿暴動」的小旗。這「暴動」二字又作何解釋，令今天的讀者頗為費解。但在《快活林》的雜感中，嚴獨鶴就為我們解答了這個疑竇。

嚴獨鶴6月6日發表的第一篇「談話」是《同胞聽者》：「對於日人說，我們雖然抵制他，卻須舉動文明，萬萬不可和他們發生衝突……就是要堅決到底，萬勿暴動，請諸君牢年記著。」6月7日嚴獨鶴的《留心假冒》說得更明白：「本市商家罷市，秩序仍舊絲毫不亂；愛國學生，並且各人佩著布帶，執著小旗，都寫著『萬勿暴動』的字樣，幫同街警，維持秩序……都道有某國人扮著中國學生裝束，在路上故意吵鬧毆打，或是拋磚擲石，……簡直是要藉此肇事，嫁禍於學生。」6月9日程瞻廬更用老百姓喜聞樂見的《上海罷市新攤簧》的形式，說明文明抵制的重要：「矮子肚裏疙瘩多，時時刻刻使詭計，有人軋在人叢裏，口出不遜挑撥倪，頂好我倪起暴動，耐末俚篤出仔好生意，打壞一個東洋蹩腳生，索起賠償宛比銀行裏廂大夥計；打破一爿東洋糕餅店，索起賠償就是幾萬幾千幾百幾，所以俚篤挑撥倪，奉勸諸位終要耐耐氣，倘若不耐氣，就要中詭計……所以暴動兩字大家才要避一避，……終要文明抵制有秩序。」既要堅決抵制，抵制到底，又要文明抵制，他們的文章始終關注將民眾的愛國熱情引導到正確的路徑上去。

周瘦鵑不僅在《自由談》中報導「五四」，而且用白話載體發表了小說《亡國奴日記》和《賣國奴日記》。他表白了寫前者的動機：「嘗憶十年前英國名小說家威廉·勒荀氏草《入寇》一書，言德意志之攻陷英國。夫以英國之強，荀氏尚為危辭警其國人，今吾祖國之不振如是，則此《亡國奴日記》烏可以不作哉？」此書不僅熱銷五萬多冊，而且有許多學校指定為課外讀物。在《賣國奴日記》中他痛斥曹汝霖、陸徵祥等的賣國行徑，語多激烈，當時沒有出

版社敢印，他於 1919 年 6 月自費出版。他的愛國主義的熱情在這樁樁件件中得到了充分的展示。

1923 年的曹錕賄選總統，又是政壇上的一次醜態百出大鬧劇，對這次醜劇《快活林》幾乎用每天一文的「日志式」地揭露。從 1923 年 5 月開始至同年 11 月，關涉的文章竟達到 134 篇之多。1923 年 6 月，保定曹錕用武力將總統黎元洪趕下臺，黎就到天津去另立門戶，拉走了一批議員，於是曹錕爲了要拉足議會的法定人數，才能賄選成功，幾番講價，最後商定五千元一票的價格，因此，史稱這批議員爲「豬仔議員」。這筆鉅款，曹錕是不肯自掏腰包的，於是就到各地去敲詐捧他上臺的督軍和政客們的「政治獻金」。嚴獨鶴在 8 月 23 日發表《總統與蟹》一文中寫道：「在中國要做總統，也非橫行不可。蟹肚中滿滿的貯著黃白物。在中國要做總統，更非先儲著許多黃白物不能成功。照這樣說，蟹和總統，簡直可算同類。」當曹錕與豬仔們講定價錢之後，又爲如何付款的辦法發生了分歧：如曹錕先開出支票，豬仔們怕他事後不兌現；而要曹錕付現金，曹錕又怕議員拿了錢就逃脫，因爲天津方面對不參選的議員答應付八千一個；曹錕說先付可以，將錢存在銀行裏，選了再取款，豬仔怕銀行靠不住；說先請律師來公證，議員怕請的是滑頭律師……最後嚴獨鶴提了兩辦法，供雙方議決：一、保方先付款，然後將議員監禁起來，到選舉時由軍警押到會場監督投票；二、議員先投票，然後登報聲明，新總統必先付清款項，選舉才正式生效。請他們二選其一，然後載入憲法中。如此就萬無一失。這種諷刺挖苦，眞是到了極致。而在 10 月 11 日，嚴獨鶴發表《五千身價八千小貨》一文，說 10 月 5 日選舉那天，有的議員先到天津拿了決不參選的八千元，然後躲進北京的妓院，串通警察去抓他們後押進會場，再去領曹錕的五千。萬一警察漏抓，一些議員一定會大呼「快來捉我！」10 月 12 日的《奇形怪狀》一文中又揭露軍警當天的確是坐了汽車到處抓議員，會場外還紮營房架機槍；生病的議員擔架抬入會場，會場還特設病房；會場的牆上還開洞，洞中架有煙槍，以便讓癮君子豬仔輪流過癮；還有戴銅盔的消防隊員站在場內四周，然後還將會場大門緊鎖。終於湊足了法定人數，賄選大功告成。而在周瘦鵑主持的《自由談》上，在曹錕與議員們講價錢時就尖銳地將豬仔議員比作妓女：「我聽說上海賣淫的妓女，有長三、麼二、雉妓三等之分。不過，我們所謂神聖的國會議員，有人收買，也把他們分做了三等：六千、四千、三千，不是個小數目。料他們得了這筆錢，少不得要打情罵悄，曲意獻媚了。唉，國會議員啊，你們可要去

拿這筆錢麼，可還要掛著神聖的招牌麼？」由於像《快活林》這樣的「日志式」的排炮般的揭露，從此，北洋軍閥的政府被老百姓視為「狗彘」。從袁世凱做總統至北伐勝利的十三四年中，在他們內部「狗咬狗」式的爭鬥中，竟換了十三屆總統和四十六個內閣。

在「五卅」慘案中，《自由談》的反應也是快捷的。1925 年 6 月 1 日，周瘦鵑在他的《三言兩語》專欄中立刻作出反映：「地上一抹一抹的血痕，被一夜雨水沖洗了，但願我們心上的所印悲慘的印象，不要也和血痕一樣淡化。」這讓我們自然而然地想到，他同樣顯示了像葉聖陶《五月三十一日急雨中》的滿腔悲憤。但是從 6 月 2 日起由於稿擠的緣故，《自由談》與《快活林》都暫被停刊了。6 月 2 日《新聞報》頭版第一條廣告：「今日本報，快活林及藝海均暫行停刊。」直到 8 月 5 日，該兩刊復刊時還只能間日刊登。同樣，《自由談》也到 8 月 5 日才復刊，復刊第一天頭條周瘦鵑在《三言兩語》中就重提「五卅」：「砰砰的槍聲，紅紅的血痕，孤兒寡婦們熱熱的眼淚，哀哀的哭泣。這是我們中國民族史上所留著的絕大紀念，任是經過了兩個多月，已成陳跡，而我們的心頭腦底，似乎還耿耿難忘吧！……《自由談》銷聲匿跡，已兩個多月了。如今捲土重來，滿望歡歡喜喜的說幾句樂觀的話。然而交涉停頓，勝利難期。在下在本報上和讀者相見，只索得『流淚眼』望『流淚眼』。」周瘦鵑悲憤之情溢於言表。他還在《半月》上創作短篇小說《西市轝屍記》，控訴帝國主義分子在「五卅」槍殺我無辜同胞的罪行。在《快活林》復刊的第一天，嚴獨鶴的《小別重逢之一席話》中也表達了與周瘦鵑一樣的情感。而「小記者」（嚴諤聲）則在《五卅運動中之珍聞》中除報導罷市情況外，還有非常令人注目的兩段話：「五月三十日在南京路流血而死者，聞以同濟學生尹君為最慘。尹被彈後，初不覺，仍高立演講；第二彈洞其胸，仍未覺也，演講如故；至第三彈中腦，始仆地而絕，而口中則仍演講未斷也。」「巨商郭某之子名世澤，肄業於徐匯中學，慘案既起，世澤頗所奔走。其父愛子甚，急召回，羈之一室，使不得出。世澤憤悶甚，乃索閱報紙，其父許之，閱報方兩日，世澤竟受大感觸，乘家人不備，吞毒物以死。此事外人知者鮮，以郭某禁其家人宣泄也。」小記者為我們補報了兩則五卅時的英勇事跡。尹姓同學是偉大不屈的中國青年的標幟性人物；而郭世澤則是「生在連愛國也不自由的家庭，毋寧死」。郭某之愛子實乃「害子」，他可能感知殺子的兇手中也有他的一份。

　　在 1926 年的女師大學潮和 3．18 慘案中，嚴獨鶴與周瘦鵑也有「不約而同」的表現。周瘦鵑針對教育當局的處置在 8 月 28 日發表了自己的意見：「章士釗爲了女師大女生廝守著學堂不肯走，他一時倒沒有法兒想。這也是福至性靈，陡的計上心來，便召集了三四十個壯健的老媽子，浩浩蕩蕩殺奔女師大而去。末了兒畢竟馬到成功，奏凱而歸。這種雷厲風行的手段，我們不得不佩服他。但是女學堂不止女師大一所，起風潮亦在所難免，照區區愚見，不如組織一個常備老媽子隊，專爲應付女學堂風潮之用，免得臨時召集，或有措手不及之虞……但不知密司脫章可能容納我這條陳麼？」而嚴獨鶴則在 8 月 27 日發表《特設國女監》一文：「最可怪的，是當局處置這些女學生，竟和對待罪犯一般，臨時雇用女僕，驅逐學生出校。這已經是很可笑的事；而尤其奇怪的，是段執政還說，學生如此抗拒，便收入女監。」於是輿論譁然。而在 3．18 慘案中竟槍殺 47 人之多，周瘦鵑在 3 月 27 日寫道：「我看了北京慘案中死傷的調查表，不禁嚇了一跳，想段大執政的手段，委實可算得第一等辣了。任是那震動中外的『五卅慘案』，也沒有死傷這樣多的人啊！唉，外邊人要殺，自己人又要殺，這眞是從哪裏說起？」嚴獨鶴抓住段干木是個念佛茹素的人，於是在 3 月 25 日發表《善哉善哉》一文加以聲討：「干木本來是一心念佛的，當然應該慈悲爲本，不料這回卻忽然……大開殺戒，眞是罪過。開了殺戒之後，又忽然要哀悼，這簡直是貓哭老鼠了；不但哀悼，又忽然要善後。我想既善後，前何必惡，況且別的可以善後，這死者不可復生，又何必善其後呢？……或者請干木先生自己出來撚著佛珠，合掌當胸，念幾聲善哉善哉。」這種言論的核心是與魯迅對女師大學潮和《紀念劉和珍君》的文章的態度是一致的。

　　而在對待抗日戰爭的態度上，周瘦鵑與嚴獨鶴在文字上當然是同仇敵愾的。他們二人在敵僞控制《申報》和《新聞報》之後也就憤而與報館脫離了關係，周瘦鵑還上了日本憲兵隊的黑名單；而嚴獨鶴則因他發表大量抗日言論，而收到過夾有子彈的恐嚇信，還有人送了他四盆鮮花，說花下的肥料是人的斷指。他離報社後自辦學校任校長，但敵僞要學校登記註冊，他斷然解散學校，回家過清苦的生活。

　　我們覺得文章雖因引文過多而「冗長」，但也是爲了擺事實後，才能說道理。「冗長」並非廢話。因爲對他們的這些雜感，新文學家中的某些人是有不同的看法的。如《文學旬刊》中曾對嚴獨鶴的「談話」提出過批評的：「……等而下之，以至於今，則所有的文丐幾乎對於什麼事都要取譏嘲的態度。新

聞報上的《快活林》的談話，便是最著之例子。作者似乎是全無心腸的人。說他不注意時事，他又時時講到時事，不像消極的人，說他注意時事，他卻對於無論怎樣大的變故，無論怎樣令人憤慨的事情，他卻好像是一個局外人而不是一個中國人一樣，反而說幾句「開玩笑」的「俏皮話」，博讀者的一笑。」〔註 8〕某些新文學家總認為這樣的言論性文章是只能供小市民在茶餘飯後之談助，是極不嚴肅的。不過我們也得將話說回來：誰沒有個「茶餘飯後」呢？除非是不食煙火的神仙。那些被新文學家視為「庸俗小市民」的普通平頭百姓，能在「茶餘飯後」閒聊時聊出一番對軍閥與政客的否定性的嘲諷，能在帝國主義的屠刀面前關上自己的店門，實行全市總「罷市」，這就有賴於像嚴獨鶴與周瘦鵑這批市民大眾文學作家用「小市民」能接受的方式，用「小市民」所能接受的社會語言，進行輿論誘導。說得更「誇大」一點，正因為將曹錕之流的軍閥，揭露成如此「無恥之尤」，北伐恐怕也不會如此「摧枯拉朽」。所以我們今天回望歷史，新文學家的作品之所以主要只在知識分子中傳播，而不為廣大市民所喜愛，恐怕不得不承認他們與市民之間的隔膜了。如此看來，知識分子喜愛的雜感與平頭百姓所慣讀的言論性文章是會有所不同的。看了上述的「冗長」的例子，難道能說嚴獨鶴與周瘦鵑是「全無心腸的人」的「不是中國人」嗎？此話實在是「言重」了吧！

（三）

2009 年上海遠東出版社出版了《嚴獨鶴雜感集》，蒐集了他在 1945 年 12 月恢復《新園林》之後到 1949 年 5 月《新聞報》停刊前的 400 多篇「談話」專欄文章。其時，官僚資本已侵入《申報》，將周瘦鵑排擠出編輯的行列，嚴獨鶴就只能在《新園林》向平頭百姓作獨唱了。在這段時間，筆者也正是 14 到 18 歲的一個關心政治、并受到物價飛漲和飢餓感威脅的中學生，對嚴獨鶴所寫的雜感也可說是親歷其境，覺得讀《嚴獨鶴雜感集》主要會有兩點重要收穫，一點是可以讓今天的讀者瞭解從抗戰勝利到國民黨敗走臺灣的整個演化過程。從歡慶勝利時的鑼鼓喧天，萬民歡騰到民心喪盡，社會是如何進入「世紀末的瘋狂」的。第二，如果站在歷史的高視點去考察，從歷史的教訓方面去總結，可以得到啓示：一個怎樣的政府，它必垮無疑；相反，如以能以史為鑒，只有避免類似覆轍，一個社會才能欣欣向榮，立於不敗之地。如

〔註 8〕CP：《著作的態度》，載《文學旬刊》第 38 期，1922 年 5 月 21 日出版。

果從後者著眼，那麼這本雜感集，倒是一部不可多得的教科書。據鄭逸回憶：「獨鶴晚年也深感耗了一輩子的心血在《談話》上，迄今成爲廢紙，爲之追悔。」〔註9〕其實用自己的正義感和眞誠的心爲廣大市民立言的心血，就代表著社會良知，市民喉舌，是決不會白廢的。綜觀這部教科書，主要是著重講了兩個重要的歷史的教訓：一、國民黨在勝利後只顧排除異己，實現其獨裁野心，悍然發動內戰，不事生產，不體恤民生，結果是物價飛漲，如脫韁野馬，於是民怨沸騰；二、國民黨的接收大員及其他官員貪污成風，腐敗無能，致使人民對這個政權徹底失望，民心喪盡，都盼其早日垮臺。整部雜感集的主題是說明，就政府自身而言，一定要清廉自律；而政府的最大職能一定要樹立「民生第一」的觀念，國民黨在大陸背離了這兩點，它必然要以慘敗告終。

我們先從 1947 年 8 月 26 日嚴獨鶴的《失敗主義與貪污無能》一文談起。文中提到美國魏德邁氏奉命爲特使到中國來調查，別時發表了一篇聲明，其中特別提出兩點：「其一，是勉勵中國人不應自陷於失敗主義。其二，是指責身居要職之官員，大都貪污無能。」連國民黨的後臺老闆，也痛斥這不爭氣的奴才，可想其腐敗已到了天怒人怨的極限。在二次世界大戰中，中國曾被列爲美、蘇、英、法、中「五強」之一，八年浴血抗戰取得了勝利，怎麼全國會籠罩著「失敗主義」的傳染病？嚴獨鶴指出，這「又不能不歸咎於魏德邁所指責的『貪污與無能』。」他在多篇雜感中指出勝利之後，「天上飛下來，地下鑽出來」了一批接收勝利果實的大員，他們可以說是坐鎮重慶的蔣介石的先遣隊，是淪陷區百姓所見到的第一批國民黨委派來接收淪陷區的官員。盼星星盼月亮般好容易將他們盼來。他們應該來接收什麼？嚴獨鶴在《接收眼淚》一文中說：「接收工作，主要是在接收人心，這原是很透闢的一句話。接收人心，還須接收眼淚，這是更痛切的一句話。」淪陷區的同胞這八年來流了多少血淚，現在自己人來了，那是應該傾聽淪陷區同胞對敵僞的血淚控訴的。可是在接收大員看來，接收人心和眼淚有何用？「可是在『接收』變爲『劫接』的狀態中，連物資的接收，都找不到原始清冊，無從核對。至於人心是否接收、眼淚是否接收，那更不在話下了。」從「接收」變成「劫收」最後竟發展到「劫搜」的地步，大員們要的是張恨水小說中所說的「五子登科」：金子、票子、房子、車子和

〔註 9〕鄭逸梅：《記嚴獨鶴》，香港《大成》雜誌第 129 期，收入《嚴獨鶴雜感集》，見第 454 頁。

女子。於是人民從這批強盜般的「接收大員」看清了這個政府的形象，從期盼勝利建國的熱情中被當頭潑上一大盆冷水，迎來的是大失望，怎麼不充滿著「失敗主義」的情緒呢？在 1947 年所寫的《收拾人心》一文中，開頭就提及：最近參政會提出了一條收拾人心的議案。「如今勝利已經兩年多了，論理早該由收拾人心而進於安定人心，由安定人心而進於振作人心了。」可是一面是饑民遍野，小民呼籲要吃飯；一邊是大發國難財、勝利財、接收財，人心能收拾嗎？嚴獨鶴在《大員大發財》中寫了東北的一個典型個案：「東北各地，在『打麻將』中新興了一個花色，是『東風』、『北風』、『一筒』、『發財』四張聯在一起，可以開槓，還要加上一『翻』，意思是說『東北接收大員大發財』。」（一筒大而圓，諧音爲大員）「有人說這『東』、『北』、『員』、『發』的一槓，如果在槓頭上抓著一張『紅中』，更可說是『槓頭開花』、『五門全』，因爲『紅中』之紅，象徵著鮮血，恭喜大員發財，可憐小民流血，而且大員所以發財，也只爲了善於吸血。」在 1948 年的《今也何如》中說「勝利三年來，人民心理，轉充滿了憂懼與怨恨。」在《教訓與責任》中明確地指出，「經濟改革政策大失敗……是政府失了信，也失了人心。別的失敗還好補救，失了信，是不易挽回的，失了人心，是難於收拾的。『民無信不立』。……僅僅臨民以威，而不能示民於信，在封建之世，已有些行不通，何況現時代。結果是信之不存，威於何有？」國民黨只是用白色恐怖的「臨民於威」，而置民生於不顧，於是最後社會就進入了「世紀末的瘋狂」。在嚴獨鶴的雜感中，也一再提出在「在一片貪污聲，喧騰耳鼓」和「奸商」的投機倒把和囤積居奇下，貧富差距愈拉愈大，「貧者愈貧，多數人逼上了飢餓線；富者愈富，少數人超過了飽和點。」國民黨也叫嚷過懲治貪污，但在《守法精神》中嚴獨鶴揭露，「只捉小魚，大魚便在例外，只拍蒼蠅，老虎便成化外。」國民黨表面上也做出要懲治貪污的樣子，但最多是只打蒼蠅，不打老虎。最大的巨虎就是孔祥熙，就是蔣介石的姻親。雜感指出，官商勾結，「奸商」頭銜裏，「此中有官，呼之欲出」。此話張恨水在抗戰時寫《八十一夢》是就有過一個小標題：「一孔通天」，這個「孔」就是指孔祥熙。嚴獨鶴指出：就「豪門」而言，「大『豪』之豪，不僅豪於資，也豪於勢，豪於資可查，豪於勢者就礙難查。」眼看國民黨政權搖搖欲墜，民間就出現《好老歌》：「大好老飛美國，二好老到香港，三好老來去忙，沒錢的滿街蕩。」……「來去忙」是指爲走私而忙；「滿街蕩」，是因流浪而飄蕩，因失業而閒蕩。在 1948 年除夕，嚴獨鶴寫下了《送別『三十七年』》一文：「送別舊年，任何人都

不會有什麼惜別的情緒，只加以煩惱的詛咒。因爲這『民國三十七年』，論時局是最緊要的一年，論工商業是最衰落的一年，論人民生活，又是最苦痛的一年。一頁又一頁的日曆，其中正隱藏著許多淚痕，許多創痕。眞可謂『流年不利』。」這正是「失敗主義」達到了最高漲的日子，預示著 1949 年的蔣政權的末日的到來。

貪污與無能的政府，當然非垮臺不可。而這個政府的官員只顧自己發財，漠視民生，必然會被人民所唾棄，自食苦果。在勝利之初，嚴獨鶴就在《麵包與牛油》一文中指出：「在戰爭結束以後，所最當注意的，就該是生人之道，而不是殺人之道。就該是民生問題，而不是民死問題。就該不必畏懼原子炸彈的威力，而要關切到麵包牛油的能否大量生產，大量供給。」「民主至上，還是要顧到民生第一。」但國民黨只顧在美國的支持下發動內戰，民主是根本談不上的，更不會去指導農業生產，增加「麵包與牛油」；他們只顧濫發鈔票，從小面額到大面額，從法幣而改「關金券」，美其名曰「新經濟改革政策」。1946 年 6 月底的白米的官價是四萬六一石，而官價卻無貨，暗盤即「黑市」是七萬以上。到 1947 年 12 月，隨著大鈔的發行，本來面額最大的是一萬元，而現在是「二萬元、四萬元、十萬元，同時出世，彷彿一產三胎。」而當時白米每石已暴漲到衝破九十萬大關。在 1948 年 2 月 14 日的《新春飛新鈔》一文中談及「去年最高額一萬元，今年最高額已達十萬元。一年之計在於春，十倍之額在於鈔。」在 1948 年 2 月，米價衝出二百萬大關。而到 3 月份，竟衝出了三百萬大關。嚴獨鶴根據 1947 年的電訊，告訴讀者：天府之國的「蓉市（指四川成都市——引者注）米價，每粒值國幣二角一分，黑市則近四角。」白米竟以「粒」來論價，我們今天聽來簡直可視爲奇談怪論。在《喊冤式的訴願》一文中說：「米價狂跳，大家都認爲是白色的恐怖。」實際上是政治上的白色恐怖與民生上的白色恐怖，一起向老百姓襲來。在 1948 年國民黨的國民代表大會剛閉幕的 4 月份，蔣介石不再是委員長而是就任了總統，但他的政府的貨幣，卻全成了廢紙，在《黃化與白化》一文中說：「都市中盛行的是金本位，鄉鎮中通行的卻是米本位。說得好聽些，是都市『黃化』，鄉村『白化』。說得不好聽些，是都市籠罩著『黃色恐怖』，鄉鎮中呈現著『白色恐怖』。」這個蔣家王朝就只能以「兵敗如山倒」地敗走孤島了。

如此說來，只有倡導「清廉自律」，「蒼蠅」、「老虎」一起打，並確實實踐之的政府；和喊出了「民生第一」而能切實提高人民的幸福感的政府，才

能立於世界之林，圓滿地實現我們的「中國夢」。嚴獨鶴的這本雜感集形象化地為我們提供了一個「反面教員」，這樣的「著作態度」能說是「全無心腸的人」嗎？嚴獨鶴也不必將自己一生的心血花在「談話」中感到白廢，它們凝成了歷史的重要教訓，在我們今天也發揮著警示作用。

所謂鴛鴦蝴蝶派的作家兼報人的雙重身份，過去並未為我們現代文學研究者所重視，我們的研究還只是一面觀，而缺乏雙面觀、全面觀。作為報人，他們還肩負著平頭百姓的政治輿論導向，發揮過積極的能量。從袁世凱統治到蔣介石獨裁，以他們三十多年所寫的有針對性的雜感，都可以證明這一點。

《催醒術》：1909 年發表的「狂人日記」
——兼談「名報人」陳景韓在早期啓蒙時段的文學成就

（一）

現在研究中國近現代新聞史的人都會知道陳景韓，因爲他是近現代中國新聞界的名人。研究中國近現代文學史的人，知道陳景韓的恐怕就不太多了，因爲他從 1913 年就任《申報》總主筆以後，就很少有精力再寫文學作品了。但是他的一些文學作品以其獨特視角，在「前五四」的早期啓蒙中使他成爲文壇領軍人物之一。

陳景韓（1877～1965），別署冷血、冷，還曾與包天笑合用筆名「冷笑」，江蘇松江人（今屬上海市）。老同盟會員，1903 年在日本東京出版的、由江蘇同鄉會編輯發行的《江蘇》刊物上，就連載過他的譯作《明日之戰爭》。1904年，他在上海主編《新新小說》。同年，就任上海《時報》主筆。當時，上海的「申（報）、新（聞報）、時（報）」是鼎足而立的三大報紙。而《時報》當時的主要讀者對象就是知識階層。請容許我多引用幾句胡適的話，說明由陳景韓主持筆政的《時報》的獨樹一幟、銳意革新的面貌。

> 我於前清光緒三十年的二月間從徽州到上海求那當時所謂「新學」。我進梅溪學堂後不到兩個月，《時報》便出版了。那時正當日俄戰爭初起的時候，全國的人心大震動。但是當時的幾家老報紙仍舊做那長篇的古文論說，仍舊保守那遺傳下來的老格式與老辦法，故不能供給當時的需要。就是那比較稍新的《中外日報》也不能滿足許多人的期望。《時報》應此時勢而產生。他的內容與辦法也確然

能夠打破上海報界的許多老習慣，能夠開闢許多新法門，能夠引起許多新興趣。因此《時報》出世不久就成了中國知識階級的一個寵兒。幾年之後《時報》與學校幾乎成了不可分離的伴侶了。

我那年只有 14 歲，求知的欲望正盛，又頗有一點文學的興趣，因此我當時對於《時報》的感情比對於別報都更好些。我在上海六年，幾乎沒有一天不看《時報》的。……我當時把《時報》上的許多小說詩話筆記長篇的專著都剪下來分貼成小冊子，若有一天的報遺失了，我心裏便不快樂，總想設法把他補起來。

我現在回想當時我們那些少年人何以這樣愛戀《時報》呢？我想有兩個大原因：

第一，《時報》的短評在當日是一種創體，做的人也聚精會神的大膽說話，故能引起許多人的注意，故能在讀者腦筋裏發生有力的影響。……《時報》對於這幾件事都有很明決的主張，每日不但有「冷」的短評，有時還有幾個人的簽名短評，同時登出。這種短評在現在已成了日報的常套了，在當時卻是一種文體的革新。用簡單的詞句，用冷雋明利的口吻，幾乎逐句分段，使讀者一目了然……這確是《時報》的一大貢獻。我們試看這種短評，在這十七年來，逐漸變成了中國報界的公用文體，這就可見他們的用處與他們的魔力了。

第二，《時報》在當日確能引起一般少年人的文學興趣。……那時的幾個大報大概都是很乾燥枯寂的，他們至多不過能做一兩篇合於古文義法的長篇論說罷了。《時報》出世以後每日登載「冷」或「笑」譯著的小說，有時每日有兩種冷血先生的白話小說，在當時譯界中確要算很好的譯筆。他有時自己也做一兩篇短篇小說，如福爾摩斯來華偵探案等，也是中國人做新體短篇最早的一段歷史。……我們可以說《時報》的第二個大貢獻是為中國日報界開闢一種帶文學興趣的「附張」。自從《時報》出世以來，這種文學附張的需要也漸漸的成為日報界公認的了。〔註1〕

〔註 1〕胡適：《十七年的回顧》，《胡適文存》第 2 卷第 285～286 頁，黃山書社 1996 年版。

引了這麼一大段，主要是想說明陳景韓在新聞與文學兩方面的具有獨創
性的貢獻。胡適在 1921 年已是文化界的新興的權威人士了，他那麼深情地用
「愛戀」這樣的詞彙來稱頌當年的《時報》，真可謂高度評價了。冷血的獨創
性在他的腦海中留下了至深的印象。其次，胡適在文中也提到了包天笑的小
說與《時報》總經理狄楚青（平子）的「詩話」，當年狄的《平等閣詩話》也
是影響很大的專欄。我過去讀胡適這段話，還覺得他給我提供了許多我所不
懂的知識，例如「時評」是「雙關意」，它最早是專指「《時報》的評論」，顯
示了《時報》的獨樹一幟；以後才發展成爲「時事的評論」的總名與泛稱；
又如報紙與小說的結緣是有一個過程的：最早，1897 年天津《國聞報》發表
《本報附印小說緣起》，這篇論文長達萬字，可是《國聞報》卻連一篇小說也
沒有刊載，什麼原因，不得而知。後來的小報，例如李伯元辦的《世界繁華
報》連載《官場現形記》，很受注目。接著專門的小說刊物也出現了。可是大
報對刊載小說還是很冷淡的，也許總認爲小說不登大雅之堂。而在 1904 年的
《時報》上，才讓大報與小說結緣（是否是全國首創，連胡適也未敢肯定）。
總之，讀了胡適的這篇贊揚《時報》的文章，喚起了我對陳冷血這個人物的
極大的興趣。

（二）

過去，我們談起晚清的小說期刊時，總是說「清末四大小說期刊」，即《新
小說》（1902/11～1906/1，共出 24 期）、《繡像小說》（1903/5～1906/4，共出
72 期）、《月月小說》（1906/11～1909/1，共出 24 期）和《小說林》（1907/2～
1908/10，共出 12 期）。這四種小說期刊被稱爲「大」，那麼其他的小說期刊就
變「小」了。但我認爲還有其他的值得關注的期刊，例如陳景韓主編的《新
新小說》（1904/9～1907/5，共出 10 期）和黃世仲（小配）和黃伯耀兄弟主編
的《粵東小說林》（1906 創刊於廣東，1907 遷香港，改刊名爲《中外小說林》，
至 1908 停刊，我們現在已知 37 期）。這些刊物皆有它們自己的特色。下面只
談陳景韓主編的《新新小說》的特點及其文學上的成就。

首先，它爲什麼取名《新新小說》。在《〈新新小說〉敘例》中他說：「小
說有支配社會之能力，近世學者論之綦詳，……欲社會之日新，必小說之日
新。小說新新無已，社會之革新無已，事物進化之公例……吾非敢謂《新新
小說》之果有以優於去歲出現之《新小說》也，吾惟望是編乙冊之新於甲，

丙冊之新於乙；吾更望繼是編而起者之尤有以新之也，則其有裨於人群豈淺鮮哉！」〔註2〕他是希望期刊生生不已，面貌新新不已。但是如果比較《新小說》與《新新小說》的主旨，那麼是有很大的不同的。梁啟超是改良派，他的《新中國未來記》就是提倡「無血革命」；而陳景韓的《新新小說》倡導的是一種革命精神，有時還不得不採取暴力手段。他宣稱的「任俠好義、忠群愛國」的內核是革命與反帝思想的結晶。因此，我覺得，陳景韓也許認為《新小說》並不新，他編的是比《新小說》更「新」的《新新小說》。他是既同意小說有至偉的社會作用，同時又對梁氏的改良主張並不苟同，因此以「新新不已」的追求目標來自勵。

　　不知為什麼，這一刊物在創刊號上的徵稿啟事與刊物的實際內容是相互矛盾的。它在徵稿啟事中說「凡有詩詞、雜記、奇聞、歌謠、俚諺、遊戲文字，以及燈謎令、楹聯、詞鐘等，不拘新舊體裁，本社均擬廣為徵集，按期錄選，四方風雅勿吝珠玉為幸。」〔註3〕可是刊物上並不多見這些東西。創刊號上的第一、二、三篇分別是政治小說《中國興亡夢》、社會小說《俠客談》和歷史小說《菲律賓外史》（皆是連載小說），好像放「排炮」似地宣告該刊編者有一種變革現狀的迫切願望，而且小說中採取的行動還頗為劇烈與叛逆。在第2期中，首頁就發表《法文馬塞爾士原詞第1章》、《漢譯法蘭西大革命國歌第1章》，也即是陳景韓譯的《馬賽曲》。下班還附上五線譜與簡譜。梁啟超在《新小說》上寫法國革命的小說的題名是《洪水禍》，而陳景韓卻大唱《馬賽曲》，因此，我認為他的《新新小說》是不贊成梁啟超的立憲模式的，而他的《俠客談》中的「俠」，並非是中國武俠小說中的「俠」的概念，他的「俠」是期望要建立一種無視清政府的獨立不羈的權力系統。刊物到了第3期，又在卷首的《本報特白》中宣告：「本報發始，不過為一二友人戲作，後為見者慫恿，因以付刊。故一切定名等類，皆近遊戲。現雖仍舊不背此義，然自本期始，已籌足資本，認定輯員，按期印行，不再稍誤。且本報……又以12期為一主義，如此期內，則以俠客為主義，故期中每冊，皆以俠客為主，而以他類為附。至12期後，乃再行他主義。凡此數語，皆當

〔註2〕俠民：《〈新新小說〉敍例》，《大陸報》第2卷第5號，轉引自陳平原、夏曉虹編《20世紀中國小說理論資料第1卷（1897～1916）》第124～125頁，北大出版社1989年版。

〔註3〕《〈新新小說〉社啟》：《新新小說》第1年第1號封2。1904年9月10日出版。

預告，以代信誓。」〔註4〕我們可以估計，這是出版了兩期之後，幾位刊物的
同人又一次的「新設計」，也圍繞主旨亮出了新版式。從第 3 期起，目錄上就
標明以「俠客談」為總題。將過去連載的《菲律賓外史》冠以《南亞俠客談：
菲律賓外史》的新版式；把第 1、2 期連發的《俠客談》改名為《百年後之俠
客談：刀餘生傳二》；又新發了兩篇譯作《俄羅斯俠客談：虛無黨奇話》和《法
蘭西俠客談：秘密囊》。其他與俠客無關的作品則一列歸入《附錄》與《雜錄》
欄內。後來各期均貫徹這一原則，如政治小說《中國興亡夢》冠以《理想之
俠客談：中國興亡夢》，新作有《女俠客》，新譯有《法國俠客談：決鬥會》
和《俠客別談》等等。

　　在諸多反映俠客的作品中，我們不妨重點分析第 1 期所發表的、乍看能
令人驚邪不已的《俠客談：刀餘生傳》。那是講一個曾殺過很多人的匪窟，這
位「刀餘生」原也是被強盜虜俘來準備宰殺的人，可是經過審查後，刀下餘
生，不僅沒有殺他，以後竟「接班」做了匪首。現在這位後來者被定名為「刀
餘生第二」的旅客也是被強盜俘來的。匪首刀餘生見此人強毅而有定見，頗
為賞識，不僅不殺他，還帶他在匪窟中到處參觀，其中有「洗剝處」、「斬殺
處」、「解剖處」等殺人的場所。虜俘來的人該殺不該殺是有「內定標準」的。
刀餘生介紹說：

> 鴉片煙鬼殺！小腳婦殺！年過五十者殺！殘疾者殺！抱傳染病
> 者殺！身體肥大者殺！侏儒者殺！軀幹斜曲者殺！骨柴瘦無力者
> 殺！面雪白無血色者殺！目斜視或近視者殺！口常不合者殺（其人
> 心思必收檢）！齒色不潔淨者殺！手爪長多垢者殺！手底無堅肉者
> 腳底無厚皮者殺（此數皆為懶惰之證）！氣呆者殺！目定者殺！口
> 急或音不清者殺！眉蹙者殺！多痰嚏者殺！走路成方步者殺（多自
> 大）！與人言搖頭者殺（多予智）！無事時常搖其體或兩腿者殺（腦
> 筋已讀八股讀壞）！與人言未交語先嬉笑者殺（獻媚已慣）！右膝
> 合前屈者殺（請安已慣故）！兩膝蓋有堅肉者殺（屈膝已慣故）！
> 齒常外露者殺（多言多笑故）！力不能自舉其身者殺（小兒不在此
> 例）！凡若此者，均取無去。其能有一定職業，能勞動任事者，均
> 捨去，且勿擾及財物。〔註5〕

〔註4〕《本報特白》：《新新小說》第 1 年第 3 號封 2。1904 年 12 月 7 日出版。
〔註5〕冷血：《俠客談》，《新新小說》第 1 年第 1 號第 22 頁。

　　看上去像是「格殺毋論」，但實質上主要是向中國民族劣根性與若干民族
陋習的一種宣戰。當時在知識分子中「物競天擇」、「生存競爭」的《天演論》
學理深入人心，爲加速淘汰劣敗，就在小說中構想了一幅「血腥」的畫面，
再加上帶點幽默感的「注釋」。讀來確有點像是「戲作」，但更多的是表達了
作者的憤激心情。關於這一點可由匪首刀餘生的一番議論作證：

　　　世界至今日，競爭愈激烈，淘汰亦愈甚，外來之種族，力量強
　　我數十倍。聽其天然之淘汰，勢必不盡滅不止。我故用此殺人之法
　　以救人，與其淘汰於人，不如我先自爲淘汰，與其聽天演之淘汰，
　　不如用我人力之淘汰。〔註6〕

　　陳景韓對那些「該死」的同胞是抱有一種「恨鐵不成鋼」的心理，他對
我國的民族劣根性與若干傳統陋習「咬牙切齒」，苦於無「速成」之法以扭轉
乾坤。於是只好在幻想中將它們「開刀」，殺！殺！殺！不僅如此，作品中還
將這個龐大的盜窟描寫成一個自成體系的新型社會。他們內部不僅有自己的
大金庫，而且成員之間還有精細的分工。犧牲部是專管搶掠與殺人的；營業
部是從事農、工、商業的，他們有了錢可以去買地經營農業，辦廠或開礦，
甚至有人打入官府去做官。考察部是派遣到各處去考察的；而遊學部則是「余
供學費以遊學者」，那是到各國去留學的。總之「能生人，能殺人，能育人，
能用人，能支配人之財，能干涉人之行；有錢，有人，有土地，有事業，政
府能有者，我無一不有！」〔註7〕而匪首刀餘生的目的是「我意欲救我民，救
我國，欲立我國我民於萬國之民之上。」〔註8〕如此看來，《新新小說》的「俠」
精神的第一個層次是要改造國民的精神與體質，革除傳統的陋習，以強硬的
鐵腕，按照自己的理想建立一個國中之國。當然這只能是一個幻想之國。作
者也承認他的刊物中有許多是「戲作」，但是受「慫恿」而將它們發表出來，
就是爲了張揚一種救國救民的「俠主義」。

　　《新新小說》的「俠主義」的第二個層次是介紹外國的革命精神、叛逆
精神和反抗侵略與壓迫的精神。如果我們國人沒有這種民族的魂魄，那就眞
有亡國的危險。在《菲律賓外史‧自敘》中，他甚至用亡國的菲律賓人民強
毅的民族性來刺戟、激勵我同胞：

〔註6〕冷血：《俠客談》，《新新小說》第1年第1號第20頁。
〔註7〕同上，第18頁。
〔註8〕同上，第19頁。

> 菲律賓人，爲近頃亡國健者。其一軛於西（班牙），再軛於美。
> 頻年血戰，兩當強大國之衝；内顚多年之異族政府，外抗甘言之野
> 心狡敵。彈丸黑子，志不稍屈；力竭勢窮，願舉全島爲焦土，遂使
> 菲律賓三字之價值，輝耀於全世界。固一時之雄傑哉！雖頓遭挫折，
> 然其民族之強武，學藝之精邃，文明程度已彬彬乎達於共和自治之
> 域。其視吾東方病夫，任人宰割，猶復謂他人父，忝顏事仇者，固
> 未可同日語也，居嘗欽其俠勇，又以同病之故，感念益深。〔註9〕

《新新小說》動用了許多國家的革命史、反殖史，痛斥奴化思想，喚醒
我同胞，用心是良苦的。這裡應該附帶說及，在 20 世紀之初，陳景韓是我國
翻譯和創作俄國「虛無黨」革命題材最著的作家之一。他筆下的所謂「虛無
黨」實際上是俄國的革命民主主義者。他們對農奴制度和封建君主專制所採
取的鬥爭是前赴後繼的，他們的獻身精神是可歌可泣的。他們有早期革命者
的局限，但也並不像布爾什維克上臺後所「歪曲」的如此不堪。《新新小說》
中有《俄國俠客談：虛無黨奇話》。在《新新小說》停刊後，陳景韓自 1907
年 11 月《月月小說》第 10 期起，連續發表了若干篇有關「虛無黨」的小說。
因爲當時翻譯小說不一定注明是譯作，所以我們也一時分不清陳景韓此類作
品是譯是作。不過在小說的結尾，他往往學太史公的「模式」站出來作幾句
總評，他將「剴實堅定」、「艱苦敏捷」、「堅忍不拔、窮心經營」等優秀品質
獻給這些出生入死的革命民主主義鬥士。

《新新小說》的「俠主義」的第三個層次才是傳統的「劫富濟貧」。在《馬
賊歷史之慷慨談》中寫道：

> 吾屬雖以劫掠爲生，然亦頗有所擇。勞力之貯蓄不取，血汗之
> 貧價不取，正大之商販不取，孤寡貧弱之養贍不取，無業小民，猶
> 時時出其所得金帛，周其緩急。彼貪黷官囊，壟斷盈利，百計千方，
> 爲吾屬聚其財，藏之外府，吾屬不啻爲司出納而均平分配於世，以
> 故良善平民，絕無以吾屬爲可怖者。其與吾屬勢不兩立之人，惟爲
> 富不仁之守財奴，與其間官吏耳。近者略吾土地之俄人，仇視吾屬
> 尤甚。〔註10〕

〔註 9〕 俠民：《菲律賓外史・自敘》，《新新小說》第 1 年第 1 號第 1 頁。

〔註10〕 俠民：《中國興亡夢・馬賊歷史之慷慨談》，《新新小說》第 1 年第 2 號第 17
頁，1904 年 10 月 26 日出版。

但他所寫的「劫富濟貧」最後還是落實到當時在東北的抗俄的民族正義鬥爭中去。

這三個層次大概就是編者想統率這第 1 年的 12 期的「俠主義」的主要內容。可惜只出了 10 期，刊物就終止了。雖然在第 3 期中表示了自己的「信誓」，可是這個刊物的最大缺點還是像以前那樣脫期嚴重，最後兩期幾乎是成了年刊。但是我們並不能因為它只出了 10 期，就把它排斥在清末重要刊物之外。它的內容在這 6 種刊物中還是有特色和獨樹一幟的，應該引起我們的重視，同時從中也反映出了陳景韓的思想及其在文學上的貢獻。

（三）

《新新小說》是 1907 年停刊的。到 1909 年，《時報》的總經理狄平子手中還握有印刷技術先進、設備精良的有正書局，認為自己麾下的編輯力量與印刷力量足夠辦幾個刊物。他先在 1909 年 10 月，創辦了《小說時報》；以後又在 1911 年 6 月創辦《婦女時報》。

《小說時報》由陳景韓與包天笑共同主編。這是在《小說林》停刊後的一個重要的小說期刊。《小說時報》開始為月刊，從 17 期起改為 4 月刊。其中的一個重要原因是陳景韓到《申報》去任總主筆了，編輯工作就只能由包天笑獨自承擔。刊物到 1917 年 11 月停刊，共出了 33 期加 1 期增刊。創刊號的首篇就是陳景韓的短篇小說《催醒術》。〔註11〕

小說寫「予」（我）某日被一個手持像筆管一樣的「竹梢」者一指，「我」就像脫胎換骨似地從此心明、眼亮、耳聰……一切都變得「豁然開朗」。那時他才看清自己身上竟是滿身塵垢，而世人也遍體積穢。他趕快洗清了自己，再幫友人們洗滌。他哀歎：「予欲以一人之力，洗滌全國，不其難哉。」可是朋友們根本看不到自己身上的污泥濁水，反而「群笑予為狂」。他聽到屋外有可憐人的哀號，趕去救助，可是友人們都聽不到，反而「竊竊取私議曰，彼殆病神經。」他痛感「何人人咸聾若此」？他覺得世界上「穢氣觸鼻」，到處是蠅、蚊、虱、臭蟲、飛蛾吮吸著大家的鮮血，他就拚命去撲殺。可是人們卻「安之若素」，談笑自若。小說最後，「我」歎息道：我原以為自己變得耳聰目明，心敏身捷，是自己莫大的幸福，哪裏知道反而狼狽到這般地步，而且還不為人們所理解。這

〔註11〕冷：《催醒術》，《小說時報》第 1 期第 1〜4 頁，1909 年 10 月 14 日出版，下面所引《催醒術》之原文，均在第 1 期第 1〜4 頁中，不再一一注明。

位「異人」既然要點醒人，爲什麼只催醒我一個？他決心要去找那個手持筆管的人，，「問彼以故」。可是四處尋覓，毫無蹤影。……陳景韓用象徵的手法，寫出當時先進分子覺醒後的孤軍奮戰與內心苦悶。這是一種智慧的痛苦。世人反而嘲笑他是狂人，說他患了「神經病」。這些描寫，自然使我們聯想到魯迅1918 年所寫的《狂人日記》及有關的魯迅的雜文。我覺得就深刻的程度與藝術性的高下而言，《催醒術》與《狂人日記》相比當然是有很大差距的，但陳景韓的構思與魯迅的《狂人日記》以及有關雜文，也不無相通之處。鑒於《催醒術》創作於 1909 年，說明當時陳景韓的思想確是站在時代的前列的。

陳景韓在小說的開端就表示了自己的感慨：「中國人之能眠也久矣。」他之所以寫《催醒術》就是希望「所宜催者醒耳」！他描繪了一下催醒後的中國：「伏者起，立者肅，走者疾，言者清以明，事者強以有力。滿途之人，一時若飲劇藥，若觸電氣，若有人各於其體魄中與之精神力量若干，而使之頓然一振者。」這是作者的理想。

可是一旦他自己被「催醒」，小說進入了它的象徵性情節時，事情就並不如此簡單了。他在「目明」之後，「一時頓見予嚮之所未見者」；那就是周圍到處的「塵垢」與「積灰」；「予夙自命爲清潔之人」可是「目明」之後，看到自己滿身是「宿塵」與「宿垢」。魯迅認爲，中國人是一貫自詡「固有的精神文明」。因此他們從來不去睜了眼看，更不談不上去解剖自己。「紅腫之處，豔若桃花；潰爛之時，美如乳酪」。〔註12〕「加以舊染既深，輒以習慣之目光，觀察一切，凡所然否，謬解爲多，此所爲呼維新既二十年，而新聲迄不起於中國也。夫如是，則精神界之戰士貴矣。」〔註13〕國人一切以「舊染」與「習慣」爲觀察與權衡之標準，在傳統「謬解」中還自以爲是。現在有一個人看到這些其實全是「積塵」與「宿垢」，這就是「醒」的表徵，更何況他能自己忙於洗滌，還不厭其煩地爲諸友人與諸僕洗滌，稱他爲「精神界的戰士」，也是名實相副的了。但是在這一過程中，「予」始終有一種「孤獨感」：「欲以一人之力，洗濯全國，不其難哉？」。而他的歎唱聲所得到的回響則是「諸客與諸僕人，群笑予爲狂」，「客、僕益大笑，笑予爲狂」。而對待他所聽到的貧者和弱者的「悲以切」「慘與酷」的呼號，大家「淡然」「若勿聞」。他唱歎「何

〔註12〕 魯迅：《熱風・隨感錄 39》，《魯迅全集》第 1 卷第 395 頁，人民文學出版社1963 年版。

〔註13〕 魯迅：《摩羅詩力說》，《魯迅全集》第 1 卷第 233 頁，人民文學出版社 1963年版。

人人咸聾若此」。可是人們皆「竊竊取私語曰，彼殆病神經。」他不僅孤獨，而且被視爲「狂人」。魯迅對這種「個人的自大」曾作過很精闢的分析：

> 「個人的自大」，就是獨異，是對庸眾的宣戰。除精神病學上的誇大狂外，這種自大的人，大抵有幾分天才，──照 Nordau 等說，也可說就是幾分狂氣。他們必定自己覺得思想見識高出庸眾之上，又爲庸眾所不懂，所以憤世嫉俗，漸漸變成厭世家，或「國民之敵」。但一切新思想，多從他們出來，政治上宗教上道德上的改革，也從他們發端。所以多有這「個人的自大」的國民，真是多福氣！多幸運！〔註14〕

> 「我告訴你們，是這個──世界上最強壯有力的人，就是那孤立的人。」（見《國民之敵》）〔註15〕

魯迅的這些話我們還不能完全吻合地套在「予」的頭上，但「予」與魯迅所分析的人的精神是相仿的。我們應該看到陳景韓能寫出這樣「個人的自大」的人，有這樣的「醒」者，即使深感自己孤立，但民族的「幸運」，卻因有這樣的「醒」者而發端。陳景韓的筆下能塑造這樣的「狂人」，其實也與他的品性有關。人們雖然未說陳景韓有「幾分狂氣」，可是他也曾被同事們視爲「怪人」：「人每目景韓爲怪人，當時的所謂怪人者，便是不諧世俗，好自立異，或者出於禮法之外。但景韓實一志識高尚的人，凡所作爲，亦未見有損於人。」〔註16〕

「予」在醒後，覺得這世界簡直無法使他安身。周圍「穢氣」觸鼻，「毀敗之氣」直衝腦門，「淒然臭氣」陣陣襲來。「群蠅擾擾」，「蚊也，虱也，臭蟲也，飛蟻也，種類不一，而擾予身，吮予血則一。」雖然其象徵性僅爲單純的比喻，而不像魯迅的「複調式」小說有縱深感，可是能用這樣的語言去概括當時的世界，也已不失爲有一份「清醒」。他所痛心的是人們「均甚安然若無鼻」，或「若無目口鼻，並無手足身體皮膚之感覺者」。於是有一種「夢醒了無路可走」的感覺泛上了他的心頭。魯迅曾說：

〔註14〕魯迅：《熱風·隨感錄 38》，《魯迅全集》第 1 卷第 387 頁，人民文學出版社 1963 年版。

〔註15〕轉引自魯迅：《熱風·隨感錄 46》，《魯迅全集》第 1 卷第 407 頁，人民文學出版社 1963 年版。

〔註16〕包天笑：《〈時報〉懷舊記（上）》，《釧影樓回憶錄》第 410 頁，大華出版社 1971 年版。

人生最苦痛的是夢醒了無路可走。做夢的人是幸福的；倘沒有

看出可走的路，最要緊的是不要去驚醒他。〔註17〕

「予」倒並非無路可走，他只是自怨自艾：醒了而無能爲力。我想這大概也應該劃在無路可走的範圍之內的。他深感孤軍奮戰，有一種進入了「無物之陣」的疲勞和無奈。「醒」對一個人來說，是應該感到慶幸，可是在「予」說來，卻產生了生存的巨大的壓力。這樣發展下去，他是否會因「憤世嫉俗」而成爲「厭世家」？陳景韓沒有告訴我們。他只是寫到「予乃復上途，四處尋問彼手持竹梢異人。盡終日力，不得。」他要責問的是「彼既能醒人，何獨一予？」但是如果這位異人一下子能點醒所有的人，或者能點醒一大批人，使中國舉國「頓然一振者」，那還要「精神界戰士」幹什麼呢？在結尾時，「予」牢騷滿腹，而不像魯迅那樣：

這種漆黑的染缸不打破，中國即無希望，但正在準備毀壞者，

目下也彷彿有人，只可惜數目太少。然而既然已有，即可望多起來，

一多，可就好玩了。〔註18〕

在分析陳景韓的《催醒術》時，我們不得不拿魯迅的《狂人日記》出來作一番比較。當然，這也是我們對陳景韓的苛求。因爲有些魯迅在 1907 年時所寫的論文中的思想，與陳景韓在《催醒術》中所表達的思想是有相通之處的。但我們也拿魯迅在 20 世紀 20 年代的思想水平與陳景韓作品中表達的思想水平相比，那他當然會自歎不如了。但我們也不能否定他在 1909 年，能寫出他自己的「狂人日記」，那還是有一定的價值的。作爲《小說時報》的創刊號首篇，陳景韓恐怕也是自己「掂」過份量的。《小說時報》沒有「發刊辭」，但陳景韓將《催醒術》放在第一篇，也就是他在主觀上是想辦一個刊物，它的宗旨就是「催醒」。他是一位很有貢獻的早期啓蒙者。

我認爲 1909 年的「狂人日記」（這至少是用象徵手法所記下的一天的經歷，但稱它爲《狂人手記》亦可）與 1918 年的《狂人日記》的最大的距離是在於，魯迅經過多年的思考與探索，將封建社會的「吃人」的本性看透了，因此，不僅在文學上成爲巍巍高峰，而且憑其深邃的哲理性，在中國的思想史上也作出了突出的貢獻。

〔註17〕 魯迅：《墳・娜拉走後怎樣》，《魯迅全集》第 1 卷第 270 頁，人民文學出版社 1963 年版。

〔註18〕 魯迅：《兩地書・6》，《魯迅全集》第 9 卷第 22 頁，人民文學出版社 1963 年版。

差距是誰也會承認的。但是我想再提出一個問題：我們過去爲什麼從來不提《催醒術》？我們應該承認，在中國的「狂人世家」中是有一個發展的譜系的，老祖宗不免「原始」一點，後來者的發展是令人振奮的。中國的文學史上應該研究文學形象中的「狂人史」。可是我們過去將 1917 年文學革命的產物稱爲「新文學」，好像以前的東西就是「舊文學」。《新新小說》被擠出在清末小說四大小說期刊之外，當然也不會去重視它了；而且還將《小說時報》劃進了鴛鴦蝴蝶派的期刊，而陳景韓也曾被派定是「鴛蝴派」。但是讀一讀《俠客談：刀餘生傳》，特別是《催醒術》，我們能說它們是「舊文學」嗎？一個鐵的事實放在我們面前，中國文學的現代化進程，是早已在 19 世紀與 20 世紀之交就開始了。陳景韓的作品也可以爲此作證。我們的不少同行說，現代文學是研究得差不多了。我認爲這個結論下得太早了。我們沒有跳出過去的框範，在一個單一的圈子裏「兜來兜去」，便自滿起來。但以如此之視野，實在是兜不出多少新名堂來的。但我覺得有許多文學現象，有許多有價值的線索，一旦當我們衝出了以前所劃定的框範，我們還是有極大的迴旋餘地的。

陳景韓的主要貢獻是在新聞史上，關於這方面我沒有發言的資格。我只是談到從《新新小說》到《小說時報》，他在其中是發表了一些值得一讀的東西。陳景韓不一定要「入中國現代文學史」，但是在談中國文學的「狂人譜系」，或是作「匪徒頌」時，都應該有他的一席之地，那麼他也就實實在在地「入史」了。

附：催醒術

原載《小說時報》創刊號（1909 年 10 月出版）

冷

冷曰：「世傳催眠術，我談催醒術。催眠術科學所許也，催醒術亦科學所許也。催眠術爲心理上一種之作用，催醒術亦爲心理上一種之作用。中國人之能眠也久矣，復安用催？所宜催者醒耳，作催醒術。伏者起，立者肅，走者疾，言者清以明，事者強以有力。滿途之人，一時若飲劇藥，若觸電氣，若有人各於其體魄中與之精神力量若干，而使之頓然一振者。」

時予方倚窗而視途人，見途之人如是，余心甚異之。未幾，忽有一人來，衣常人衣，服常人服，所有一切，悉視常人，唯手持一竹梢，若筆管然。見有人在，即舉竹梢指之。被指之人，立時驚起，若前所云狀。

予更心異之。彼何人，用何術，能令途人若是？

彼忽仰視，見予下觀，次又用竹梢向予直指。

予驚，予心豁然，予目豁然，予耳豁然，予口鼻手足無一不豁然。予若易予筋，換予骨，予若另成一予。

予目乃明甚，一時頓見予向之所未見者。窗櫺塵何多也，予手何多垢，途人之帽，何積灰若此。途人之衣，何積穢若經年未濯。途人之面，途人之髮，何若多年未梳洗也。

予急返身取予鏡，見予鏡甚不潔，急取物拭鏡。鏡明，視予面，予面亦然。視予衣服與髮，予衣服與髮亦然。予急取櫛，拂櫛上宿塵。盡力櫛予髮，予髮乃淨。予又急取刷，刷予衣服，衣服乃淨。予又急取盥洗具，又先力去盥洗具間宿垢，乃洗予面，洗予手，予手及面乃淨。

予自思，予夙自命爲清潔人，予日盥洗，予日拂拭，何尙多塵垢若此？然而予一仰視，忽大驚，何予室中，塵污多若身？一俯視，又大驚，何予桌椅塵垢又多若室？一周迴視，又大驚，何予室間所有一切物，塵垢多若桌椅？予急取水，急取拂拭具，急拂拭予桌椅，拂拭予一切物，拂拭予室及窗櫺等，而予心乃稍安。

忽有客來詢予何事。予一見客，未問客來何事，已見客帽積塵，客面積垢，客衣服積穢，急爲客取水，取盥洗具取櫛取刷，請客梳洗，爲客拂拭。客大奇，客不可，強而後可。正梳洗拂拭間，忽又來一客，積塵積垢積穢如前。予又急爲之洗，急爲之拂拭。客又大奇，客不可而又強客。正紛擾間，又有二三客來，塵垢積穢亦與前兩客等。予乃無法，急呼僕人來助予。待僕至，塵垢積穢，甚客數倍。因呼他僕，他僕如之。又呼他僕，他僕亦如之。予乃喟然歎曰：「嗟乎！予欲以一人之力，洗濯全國，不其難哉？」而當時室中諸客及諸僕人，群笑予爲狂。

予又自思，彼輩豈無目？如此塵穢積垢，何絕不在意？正縈思間，忽聞錚然一聲，予遽蹶起曰：「鐘聲又鳴矣，其殆七下。」予所事尙未竣，急捨群客群僕，趨予位就事，客僕益大笑，笑予爲狂。

予方振筆，疾書數行下，忽又蹶起曰：「此哭聲也，何爲乎來？」急下樓走。眾懼愕然，亦從余走。竊竊私語曰：「彼殆病神經，何嘗來哭聲？」走至道，道左果有一病婦，撫孩而號，號聲悲以切。予乃大可憐，探手入囊，取所有錢與之。然而行道之人，多如蠅蟻，淡然過之，若勿聞也者。

　　予既與病婦錢，病婦謝。予忽又聞哭聲，急又轉身走，越鄰居，又越鄰居，立門外潛聽。推門入，進內室，見一半老婦，手鞭，鞭一十五六歲女兒。女兒正號，號聲慘以酷。予又大忿恨，奪婦手中鞭，扶女兒起。女兒大駭，婦大怒，與予鬥，復奪鞭去，復按女兒鞭之。女兒又號，予乃呼鄰人，鄰人若勿聞。予乃出門呼巡街捕，巡街捕又若勿聞。予又喟然歎曰：「嗟夫！何人人咸聾若此？」

　　予方歎息，似有穢氣觸予鼻，予又勃然起，四方審視，見巷內宿菜若干，蠅聲哄鬨然。予急掩鼻，疾走。走數武，又見一死鼠，棄路側，蛆自其口出，毀敗之氣，直入腦。予又急掩鼻，疾走。走又不數武，其聲淒然，臭氣又陣陣來，胸間作惡數四，不能忍。予急四視，見有一人，方對牆而溲，溲處已有宿漬，若紅若白若黃。斑斕牆上，知係久溲者。然而除予之外，行道之人，均甚安然若無鼻。

　　奔走間，予腹枵矣。予乃入飯肆，呼飯來。飯係雜宿飯者，味有異。呼菜來，菜亦係宿菜，氣有異。乃吐飯與菜。予方吐飯菜，而群蠅擾擾競趨飯菜間，甚若不肯吐棄飯菜者。予益心恨之。然群蠅猶未已，進而擾及予手予面予耳目口鼻間。予更大忿恨之，正欲用扇驅逐蠅，予腿忽又觸如刺。予急探手刺處，肉已隆起，癢不可少耐。既而臂上亦如之，既而手指間亦如之。一一探視，則蚊也虱也臭蟲也飛蟻也，種類不一，而擾予身，吮予血則一。予乃急急尋覓，急急捕除，椅間桌間壁間空間，處處浮動，處處咸是，予手足幾不知所措。然而他客，同坐此椅，同撫此桌，同倚此壁，同處此室之空間，同受此蚊此虱此臭蟲此飛蟻之害，而食則食也，飲則飲也，若無耳目口鼻，並無手足身體皮膚之感覺者，亦若勿知，亦若勿知。

　　予又喟然歎曰：「嗟夫！予之生於世也，不自今日始矣。予之有身體手足耳目口鼻也，與生而俱來也。至今日而身體手足耳目口鼻之感覺，靈敏於他日，靈敏於他人，予方以為予之幸也。不意予有此靈敏之感覺，而予乃勞若是，予乃苦若是。予回憶他日，是他日之予逸，而今日之予勞也。予外觀他人，是他人之予樂，而予之予苦也。此皆予之感覺靈敏為之也，此皆予之醒之故也，此皆予遇彼手持竹梢人成之也。彼何人，用何術，誤我若此？彼既能醒人，何獨一予？令予一人勞若此，苦若此，予必索彼，訪彼，問彼以故。」

　　予乃復上途，四處尋問彼手持竹梢異人，盡終日力，不得。

中外交流：一支被忽視了的翻譯方面軍

　　在中國近現代文學史上共有三條中外文學交流渠道：一支是以林紓爲代表的近代文學翻譯家群體，許多新文學家都是讀著「林譯叢書」而成長的；一支是通俗作家譯群，可以周瘦鵑爲代表人物，這個譯群在五四之前發揮了不小的作用；一支是新文學作家譯群，那就更是人才濟濟了。但是在過去，通俗作家受到某些新文學作家的嚴厲批判，因此，他們上述的成就也就不大被提起了，以致造成一種印象，他們既然是新文學家的「對立面」，因此就認爲他們是「舊派文人」，是一班遺老遺少，是「三家村」裏的「冬烘」。可是事實卻不然，經我們粗略地統計一下，通俗文學作家在五四前與翻譯掛上鈎的，竟有三十多位，這個數字是相當可觀的。其實如果我們去追溯他們的學習外文經歷，能肯定的、真正說得上精通某一國外文的人，大概只占 1/3。其他的人要麼就是學習外文的經歷「不詳」，有的倒可以肯定說不通或基本不通。這大概也是由於林紓這位不通外文的「翻譯大家」帶的頭吧。只要找一位能作外文口譯的人做助手，有些通俗作家也就成了譯家。因此，中國的早期翻譯的特殊情況倒是值得作一番評述的。

　　在這裡先將從事過文學翻譯工作的通俗作家名單介紹一下。這些所謂通俗作家，有的也並不太「純粹」。他們或是寫過若干通俗小說，但也同時有從事雅文學的經歷，如王西神、惲鐵樵、姚鵷雛等；有的是早期啓蒙主義者，正因爲要啓蒙，也就與通俗小說發生了關係，從事過通俗小說的創作，如陳景韓等。下面的名單是僅就五四之前而言，基本上按照他們翻譯的外國小說作品出現的早遲爲排列順序：包天笑、周桂笙、陳景韓（冷血）、徐卓呆、許指嚴、王蘊章（西神）、李涵秋、張春帆、惲鐵樵、周瘦鵑、貢少芹、張毅漢、徐枕亞、嚴獨鶴、胡寄塵、程瞻廬、陳蝶仙、李定夷、程小青、葉小鳳、李

常覺、陳小蝶、朱瘦菊、陸澹安、姚鵷雛、劉鐵冷、陳蝶衣、趙苕狂、畢倚虹、張碧梧、張舍我、姚民哀、許瘦蝶、吳綺緣、王鈍根、顧明道、聞野鶴等等。除了上述的名單之外，我們知道李伯元和吳趼人也與翻譯有過關聯，而曾樸則是對法國文學有精深研究的專家。

自從 1898 年梁啟超在《清議報》第 1 冊上發表《譯印政治小說序》，同期刊物上，他就翻譯政治小說《佳人奇遇》。接著在第二年，也即 1899 年，林紓（冷紅生）、曉齋主人（玉壽昌）合譯《巴黎茶花女遺事》。就是這一冊《巴黎茶花女遺事》卻在中國產生了巨大的影響，正如嚴復的詩句所形容的：「可憐一卷《茶花女》，斷盡支那蕩子腸。」梁啟超鼓動大家譯介政治小說的文章，是頗有些豪言壯語的，所選定的視點也是很高瞻遠矚的，可是他所譯的小說，卻不能激動讀者的心。而林紓的譯《巴黎茶花女遺事》則沒有這些鼓動性的宣傳，他要翻譯這部小說的動機與目的，也是非常「生活化」的。據說是林紓因喪偶而鬱鬱寡歡，王壽昌為幫他解悶，就慫恿他合作翻譯這部小說，出乎意料的是它竟一炮打紅；另一說是王壽昌從法國回來，向他盛讚此書，乃小仲馬之「極筆」，於是他提出合作翻譯的建議。其實這兩說是沒有矛盾的，也許王壽昌有蓮花妙舌，能說得他怦然心動；而那時正好林紓喪偶。可是書一出版，卻使許多人大開眼界，原來外國也有這樣的好的文學作品，於是有人就稱它為「外國《紅樓夢》」。與林紓同調的是那些通俗作家在「為什麼」要譯書這一點上，開始也是無甚高論的。

在通俗作家中譯書最早的是包天笑。他自述英、法文是學過的，但剛學不久就放棄了，基本不通；至於日文，他也讀過，而且對其語法進行過一番自修，因此「書中漢文多而和文少的」〔註1〕日本小說，他也有點看得懂。那麼他在 1901 年與楊紫麟合譯《迦因小傳》時，他也像林紓一樣，只是筆錄和潤文而已。因為當時楊紫麟正在學英文，他在公園裏邊讀邊講解給包天笑聽，楊對包說：「這有點像《茶花女遺事》，不過茶花女是法國小說，這是英國小說，並且只有下半部，要搜上半部，卻無處蒐集，也曾到別發洋行去問過。」〔註2〕不過在包天笑的思想中那種想開風氣之先的朦朧的願望還是有的，他曾自述當時受梁啟超的《時務報》的影響，很有點「喜新厭故」的激動。《迦因

〔註 1〕 包天笑：《釧影樓回憶錄·譯小說的開始》，《釧影樓回憶錄》，中國香港大華出版社 1971 年版，第 171 頁。

〔註 2〕 同上，第 172 頁。

小傳》最初刊於《勵學譯編》的第 1～12 冊（1901 年 4 月 3 日～1902 年 2 月 22 日），即使他在 1905 年爲《迦因小傳》出版單行本寫序時，也只是用幾個象徵性的境界，談了他對這部小說的感想。他在讀此書時：「剪燈坐釧影樓，時則新月娟娟，冷乎馨乎，微聞鄰女笛聲，若訴若淚，……手持迦因讀之，此一境也。」〔註3〕他一連用了三個不同的境界，無非是說《迦因小傳》太「淒美」了，令人有一種「淒靈幽咽」的感覺，他在靜夜吞咽著這一種美感。根據上述歸納之，包天笑因這本書像《巴黎茶花女遺事》而想翻譯，這是他受了林紓譯文的影響；他也爲介紹西方新學，想開風氣之先而譯；他覺得此書能給讀者傳達一種美感，能將人帶到一種美好的人生境界。如此而已，他在譯書的目的性上沒有什麼豪言壯語與精闢警句。通俗作家們有時還要談及譯稿能賣錢能維持生活之類的話。因爲他們一般是賣稿爲生者，所以他們並不迴避這一點。另一位後來在翻譯界大有名望的周瘦鵑也大體相類。例如他談起那本很有名的《歐美名家短篇小說叢刻》時也曾說：「22 歲時，爲了籌措一筆結婚費而編譯這部書的。包天笑先生序言中所謂『鵑爲少年，鵑又爲待闕鴛鴦，而鵑所辛苦一年之集成，而鵑所好合百年之侶至』，即指此而言；他老人家原是知道這回事的。」〔註4〕可是就是這樣「生活化」的譯者，一談到國家的被侵略，民族的不平等，他們就會「拍案而起」，表示他們的義憤。包天笑在 1905 年爲他和楊紫麟合譯的《身毒叛亂記》做序時說：

> 嗚呼！今日平等自由之談囂國中矣，傾心彼族者，方以爲白種之民德高越地球，足爲世界文明之導線，噫唏！孰知於事實大相刺謬，其慘毒酷屬全無心肝，所謂公理者，僅爲熒人視聽之具耶！彼人恒言亡國之奴，即文明者亦施以野蠻之禮，狡爲是言，用濟其惡。甚者且謂不國之民，不當以人類相待，嗟乎！我國民者其奈何弗省歟？……瓜分慘禍，懸在眉睫，大好亞陸，將成奴界。今者，美禁華工，至慘酷無人理，同胞爲奴之朕兆，不已見乎？每一念及，血爲之冷！我不知讀我書者，其感情當如何也？噫！〔註5〕

〔註3〕包天笑：《〈迦因小傳〉序》，《政務通報》第 9 期，轉引自阿英編《晚清文學叢鈔·小說戲曲研究卷》，中華書局 1960 年版，第 284 頁。

〔註4〕周瘦鵑：《一瓣心香拜魯迅》，《拈花集》，上海文化出版社 1983 年版，第 34 頁。

〔註5〕包天笑：《身毒叛亂記·序》，阿英編《晚清文學叢鈔·小說戲曲研究卷》，中華書局 1960 年版，第 293～294 頁。

　　同樣，周瘦鵑在談到他對翻譯被壓迫弱小民族國家的作品時說：「歐陸弱小民族作家的作品，我也喜歡，經常在各種英文雜誌中盡力搜羅，因為他們國家常在帝國主義者壓迫之下，作家發為心聲，每多抑塞不平之氣。後來在大東書局出版《世界名家短篇小說集》80 篇中，也列入了不少弱小民族作家的作品」〔註6〕他們是愛國者，為愛國而譯往往又是他們共同的宗旨之一。

　　陳景韓（冷血）是一位早期啓蒙主義者，他不能算是純粹的通俗作家，但為了啓蒙也從事通俗小說的創作。他在編《新新小說》時，講述了他的著譯是為了宣揚一種「俠主義」，「俠」，首先就要飽含對弱小民族的同情與對侵略者誓死反抗的精神。他曾編大型刊物《小說時報》，這個刊物是以刊登翻譯作品為主，而他的帶有「代發刊詞」性質的小說，題名為《催醒術》，表明他要用這個刊物為「催醒」同胞的利器，顯示了一位啓蒙主義者翻譯外國文學時所抱的態度。

　　不過這些通俗作家在翻譯外國文學作品時，除了會對某一具體作品發表自己的譯後感外，有時也會對某一作品文類作總體介紹，並聯繫國內的現實，以表示文類在現實生活中會發揮何種針對性的作用。如精通英、法文的中國早期翻譯家周桂笙，他在開始翻譯生涯時對偵探小說特別感興趣，早在 1904 年就對偵探小說這一文類發表了很有價值的看法：

> 尤以偵探小說，為吾國所絕乏，不能不讓彼獨步。蓋我國刑律訟獄，大異泰西各國，偵探之說，實未嘗夢見。……至於內地讞案，動以刑求，暗無天日者更不必論。……泰西各國，最尊人權，涉訟者例得請人為辯護，故苟非證據確鑿，不能妄入人罪，此偵探學之作用所由廣也。而其人又皆深思好學之士，非徒以盜竊充捕役，無賴當公差者，所可同日語。用能疊破奇案，詭秘神妙，不可思議，偶有所記，傳誦一時，偵探小說即緣之而起。〔註7〕

　　中國早期通俗作家在翻譯外國文學作品時，外國小說的技巧，大開了他們的眼界。他們雖然不能在「為什麼」要翻譯外國文學這一點上，說出像梁啓超一樣的許多道理來，視角也站得不高，但是他們對藝術技巧的借鑒卻要

〔註6〕周瘦鵑：《世界名家短篇小說集》，鄭逸梅《書報舊話》，書林出版社 1983 年版，第 54 頁。

〔註7〕周桂笙：《歇洛克復生偵探案・弁言》，轉引自陳平原、夏曉虹編《20 世紀中國小說理論資料・第 1 卷》，北京大學出版社 1989 年版，第 119～120 頁。

比梁啟超們更加敏感。這可以分兩個方面加以闡說。先是他們對某些技巧加以模仿，例如吳趼人在《新小說》中為《電術奇談》衍義，他將這部小說的倒敘技巧馬上運用到了他改寫的《九命奇冤》中去，而且也學得很恰當。另外，當時中國的小說是一直習慣於全知全能視角的，可是吳趼人卻很快地體會到「第一人稱」的好處，於是在《二十年目睹之怪現狀》就運用了第一人稱「我」——出了九死一生這樣一個角色，雖然運用得還不夠嫻熟，但在胡適看來，在結構上就比《官場現形記》要強多了。至於外國小說中的心理描寫也引起了吳趼人的興趣，因此他在《恨海》中就大量運用這種心理描寫，使女主人公的內心世界，活生生地呈現在讀者面前，取得了顯著的效果。吳趼人真是一位很善於借鑒外國小說的技巧的作家。周瘦鵑也是一位善於將外國小說的技巧運用到自己的創作中去的作家。由於他的創作主要是短篇小說，因此這種借鑒的痕跡更為明顯。如他翻譯過莫泊桑、歐·亨利、契訶夫和托爾斯泰的作品，他就很認真地學習這些大師們的創作手法。如他的短篇小說《舊恨》，寫一個 20 歲就因情場失意而削髮為尼的慧圓師太，在 70 歲時偶遇她昔日的情人——浪子劉鳳來。此時這個昔日的紈絝子弟已成普陀高僧，就在他們四目對視時閃光的一瞥中，慧圓師太撲地「圓寂」了。在小說中，慧圓青燈佛號的 50 年孤寂生涯是如何度過的，作家又不是直筆坦書，而是通過尼庵中的小尼的眼睛去間接勾勒的。這不是中國式的從頭至尾的「來龍去脈」敘述法，而是非常純粹的西方小說的橫斷面的「攔腰一刀」手法。而周瘦鵑的短篇《腳》的結構很像托爾斯泰的《三死》。開端一段議論統率著下面並不相互關聯的兩三個故事。周瘦鵑的《九華帳裏》是獨白小說，而《阿郎安在》則是心理小說。周瘦鵑翻譯過《自殺日記》，後來他自己創作了《斷腸日記》；而他的《珠珠日記》是以人物與作家的通信為形式，實際上是學的外國的書信體小說。包天笑也是一位善於在翻譯中學習外國作家技巧的作家，他將這種書信體小說運用到他別出心裁的《冥鴻》中去，即活人與死者的「通信」：青年大哀在辛亥革命中犧牲了，他妻子遵守大哀從軍時的「卿每星期必以書報我」之囑咐，「每星期必作一書焚化於爐中」，名曰《冥鴻》，寫得十分感人。他也很早運用外國的系列小說的形式，在《小說畫報》中有 4 篇《友人之妻》，其中 3 篇都涉及留學生的婚姻觀問題。當時科舉已經廢除，留學生身價「升值」，新的價值觀念被引進了這組小說之中。至於徐卓呆也在翻譯中努力學習，致成為五四前中國最優秀的短篇小說家之一。他的《入場券》、《買路錢》、《溫泉浴》、《賣藥童》、《微笑》、《箍》等都是當時短篇中之佼佼者。

通俗小説家在翻譯中向外國小説學習的另一種常見的形式是將某一種小説類型整體地搬來，並將它中國化，從而成了中國小説的「新的生長點」。如翻譯偵探小説的程小青就將偵探小説中國化，日後自己塑造了一個「霍桑」私人偵探的形象，成了著名的偵探小説家，甚至「培養」了一批「霍迷」。而張舍我在翻譯國外作家的「問題小説」的過程中，自己成為一位寫問題小説的「專業戶」，甚至被人稱為「張問題」。

通俗小説家的翻譯工作的成績還是相當可觀的。據不完全統計，在 1901 年至 1919 年間，他們出版翻譯的單行本有 121 部，翻譯單篇小説 369 篇，其中連載的是 77 篇，大多是中長篇小説。有的翻譯作品的社會性效果是很好的。如魯迅與周作人對周瘦鵑的《歐美名家短篇小説叢刊》評價就是社會效益的最好實例。

魯迅當時在教育部任社會教育司科長之職，分管評選小説佳作的工作。當他看到周瘦鵑的譯作《歐美名家短篇小説叢刊》時，非常激動。其實在當時的教育部，工作是很清閒的。魯迅不在辦公時間處理對此書的評價，卻帶回紹興會館，與周作人共同賞鑒，説明他對此書發生了不同尋常的好感。他認為一個青年譯者能繼承他與周作人在十年前的《域外小説集》的未竟之志，是值得高興與讚揚的。因為《域外小説集》在當時的社會影響並不大，加之寄售點又因失火，積壓的書也被火神菩薩所吞噬，以致他們失去了收回本錢再續譯續出的希望，而這十年來，幾乎沒有看到過繼承《域外小説集》之志的短篇譯作集的出現。今天似乎是「他鄉遇故知」般地看到了「老朋友」，因此他與周作人共同擬定了一則評語，讚揚周瘦鵑「所選亦多佳作⋯⋯用心頗為懇摯，不僅志在娛悦人之耳目，是為近來譯事之光。⋯⋯則固亦昏夜之微光，雞群之鳴鶴矣。」〔註8〕教育部也因此發給周瘦鵑一張獎狀。但此獎狀的原委到直到新中國成立後，周作人化名鶴生在《亦報》上發表文章，才首次得到透露。文章談及，「《域外小説集》早已失敗，不意在此書中看出類似的傾向，當不勝有空谷足音之感吧？」〔註9〕《亦報》是一張小報，文化界關注這種小報的人不多，沒有造成廣泛的影響。直到 1956 年紀念魯迅逝世 20 週年時，周作人以周遐壽的筆名在 10 月 5 日的《文匯報》上發表《魯迅與清末文

〔註 8〕 魯迅、周作人：《〈歐美名家短篇小説叢刊〉評語》，載 1917 年 11 月 30 日《教育公報》第 4 年（1917 年），由周作人執筆。

〔註 9〕 鶴生：《魯迅與周瘦鵑》，轉引自周瘦鵑《一瓣心香拜魯迅》，收入《花前續記》，江蘇人民出版社 1956 年版。

壇》一文重提此事，才由魯迅研究者查找出當年《教育公報》上的評語的全文公之於世。而在今天，嚴家炎在主編《二十世紀中國文學史》時，亦高度評價《歐美名家短篇小說叢刊》：「這是繼魯迅、周作人兄弟翻譯的《域外小說集》之後最為重要的短篇小說譯本，而其影響遠遠超過《域外小說集》。《域外小說集》收錄英國小說僅王爾德一篇，法國僅莫泊桑一篇，輕視主要資本主義國家的短篇小說。譯者本意自然希望人們重視俄羅斯文學和北歐等弱小民族文學，但不免矯枉過正之嫌。《歐美名家短篇小說叢刊》正可以成為互補，幫助讀者更全面地瞭解歐美文學。過去有人推測周瘦鵑該書是根據海外短篇小說原版本翻譯，其實不然，有證據表明這是周瘦鵑自己下工夫找來的資料。尤其是作家小傳，從中可以看到譯者所花的心血。」〔註10〕這本《歐美名家短篇小說叢刊》是應該永垂於中國現代翻譯史冊的。周瘦鵑亦因此成為通俗作家中最著名的譯家。周瘦鵑在 20 世紀 60 年代寫給在香港的女兒的信中也自認：「在我這 50 年筆墨生涯中，翻譯之作倒是重要的一環。」〔註11〕直到 1947 年，他還出版了《世界名家短篇小說全集》共 4 冊，內中有 80 篇譯作。以 80 篇就稱外國名作「全集」，未免掛一漏萬，大概是出於書商的「生意眼」的誇大之詞了。

　　但是，中國的早期翻譯也存在較大的缺點，這些缺點也會表現在通俗作家的翻譯操作過程中。只要看他們的五花八門的標示，就可以知道，這是一種很不嚴格與很不正規的操做法。他們除了用「譯」標示外，還有「譯述」、「譯意」、「意譯」、「戲譯」、「重譯」、「譯補」、「述譯」、「助譯」、「原譯」、「校訂」、「校補」等等，除了「校訂」是我們今天常做一道工序之外，「重譯」也可以過去已有了一個譯本，但譯得不好，現在再來重新翻譯一遍。至於其他的一些「譯意」與「意譯」之類，其彈性之大，簡直是難於估量。又例如，「戲譯」是什麼意思？那時稱「戲作」是有的，讀畢後也總能知道作者為什麼要稱「戲作」。那麼在翻譯時為什麼要稱「戲譯」，就很費解了。是不負責任的「胡亂」翻譯，還是想和原作者和讀者開什麼玩笑？大概只有查對原文才能知道，可是能查原文的又何必要「你」來「戲」？但即使要查原文，也很難查到，因為早期譯作還常犯一個毛病，那就是翻譯體例很不完備，往往不注

〔註10〕嚴家炎主編：《二十世紀中國文學史》（上冊），高等教育出版社 2010 年版，第 95 頁。

〔註11〕周瘦鵑：《筆墨生涯鱗爪》，香港《文匯報》1936 年 6 月 17 日，「姑蘇書簡」專欄。

明原著的作者的姓名，更不注國籍，即使注出原作者的姓名，但因爲譯名不統一，也會給查找帶來一定的困難。例如在《小說時報》第 2 期（1909 年 12 月出版）陳景韓用「冷」爲筆名譯契訶夫的《生計》，注明原作者是「屈華夫」，而在同期上包天笑也譯兩篇契訶夫的小說《寫眞帖》等，署原作者名爲「祁赫夫」。到該刊第 4 期（1910 年 4 月出版），包天笑譯契訶夫的《六號室》，原作者署名爲「奇霍夫」。據考證，一位很著名的科幻小說作者儒勒·凡爾納，一位很著名的偵探小說家柯南道爾，他們是中國早期翻譯者經常「光顧」的對象，可是「對於這樣兩位作家的譯名，每人竟有不同譯音八九種之多，於此可見在當時外國作家譯名之混亂」。〔註 12〕再說，有的通俗作家能注明這是譯作，也就很「客氣」的了；有的作家就根本不注明，更有甚者，還加上一個「著」字，也就公然「剽竊」了。這可以包天笑譯《愛的教育》爲例。這是亞米契斯的著作，全書大概是 100 小節，但包天笑譯成《馨兒就學記》時只剩下了 50 節左右，其中還有幾節是自己的創作，有一節寫他全家上墳祭祖，還被編進了當時的小學課本中去。馨兒是包天笑的愛子，8 歲時患病早夭，包天笑哀傷之餘，想留個紀念，就將這本「譯作」定名《馨兒就學記》，而且在封面上赫然印上「天笑生著」。由於《愛的教育》是宣揚愛心教育，重在啓發兒童良知和自覺，因此很得當時國民小學很多教師的贊賞。那時正逢我國大大發展小學教育，許多學校就拿這本小說作爲學期結束時給優秀生的獎品，因此，有的學校一次就要購上百本，銷路極佳，一版再版。而包天笑加上一段祭祖，大概他覺得西洋人的孝思遠遜於中國，因此這當然有意「補充」原作之不足。當包天笑晚年在回憶中談及此事時，非常坦然，毫不覺得當時是一種「剽竊」行爲，根本不存在「侵犯版權」的內疚感。那大概就因爲是當時比較普遍的現象。錢鍾書在《林紓的翻譯》中也談道：

> 大家一向都知道林譯刪節原作，似乎沒注意它也像上面所說的那樣增補原作。……一個能寫作或自信能寫作的人從事文學翻譯，難保不像林紓那樣的手癢；他根據自己的寫作標準，要充當原作者的「諍友」，自以爲有點鐵成金或以石攻玉的義務與權利，把翻譯變成借體寄生的、東鱗西爪的寫作。在各國翻譯史裏，尤其在早期，都找得著與林紓做伴的人。〔註 13〕

〔註 12〕 郭延禮：《中西文化碰撞與近代文學》，山東教育出版社 1999 年版，第 154～155 頁。
〔註 13〕 錢鍾書：《林紓的翻譯》，商務印書館 1981 年版，第 27～28 頁。

　　這包天笑當然是能算與林紓做伴的人了。可是，包天笑憑他一生的創作業績，也不像是「剽竊者」，那只說他是愛子心切，希望用他人的「石材」為愛子鐫刻一塊「紀念碑」。我們只能用這個理由為包天笑開脫了。

　　此類情況，連周瘦鵑也在所難免。他在《遊戲雜誌》第 5 期（1914 年 4 月出版）上，發表小說《斷頭臺上》時，在「瘦鵑附識」裏也曾「自暴其假」：「係為小說，雅好杜撰。年來所作，有述西事而非譯自西文者，正復不少。如《鐵血女郎》、《鴛鴦血》、《鐵窗雙鴛記》、《盲虛無黨》、《孝子碧血記》、《賣花女郎》之類是也。」這也是 19 世紀末 20 世紀初，中國有些作家常用的手段之一，他們有時將自己創作冠於譯作拿出去發表，或者將譯作戴上創作的桂冠。

　　在早期譯作中還有一種「豪傑譯」，這一名詞來自日本。明治初年的翻譯者常將原作的主題、結構乃至人物均作修改，於是人們稱其為「豪傑譯」。至於有的日本譯者在翻譯西方的作品時，將人名、地名、稱謂、典故乃至生活習慣統統改成日本式，而中國譯者，從日本再轉譯時，又將日本化的西洋原作，再作一番中國化，此種情況更是司空見慣，而譯者認為如此乃符合中國審美欣賞習慣。

　　談到符合中國審美欣賞習慣和民情民風，在早期譯作中竟還出現這樣的公案，姑且名之《迦因小傳》公案吧。我們在上文中已引用包天笑的話，說明楊紫麟的確只找到了半本《迦因小傳》。後來林紓得到了全書，就將全本譯了出來，這當然是件好事，卻引起了一場寅半生大罵林紓的風波。在包、楊的「半部本」中，迦因是個純情女郎，她願意犧牲一己的感情和生命以換取愛人的幸福，為中國讀者所鍾愛。可是到林紓將「全本」（在林紓譯本中與包、楊本不同的是《迦因小傳》變成了《迦茵小傳》，多了一個草字頭）譯出，迦茵與男友亨利未婚先孕，兩人又不顧父母之命自由戀愛等等情節「第一次」出現在中國讀者眼中，在當時未婚先孕，是寡廉鮮恥的大罪狀；而違背父母之命去自由戀愛，也是「父母國人皆賤之」的行為。金松岑在評論中僅是溫和地說：「《迦因》小說，吾友包公毅譯。迦因的人格，向為我所深愛，謂此半面妝文字，勝於足本。今讀林譯，即此下半卷內，知尚有懷孕一節。西人臨文不諱，然為中國社會計，正宜從包君節去為是。」〔註14〕可是鍾駿文（寅

〔註14〕　松岑：《論寫情小說於新社會之關係》，載《新小說》第 17 號，陳平原、夏曉虹編《20 世紀中國小說理論資料·第 1 卷》，北京大學出版社 1989 年版，第 153 頁。

半生）就嚴厲得多了。他非常肯定地說，包、楊本「非眞殘缺焉，蓋曲爲迦因諱也。」

> 不意有林畏廬者，不知與迦因何仇，凡蟠溪子所百計彌縫而曲爲迦因諱者，必欲歷補之以彰其醜。……迦因何幸而得蟠溪子爲之諱其短而顯其長，而使讀《迦因小傳》者，咸神往於迦因也；迦因何不幸而復得林畏廬爲之暴其行而貢其醜，而使讀《迦因小傳》者，咸輕薄夫迦因也。……今蟠溪子所備用《迦因小傳》者，傳其品也，故於一切有累於品者，皆刪而不書。而林氏之所謂《迦因小傳》者，傳其淫也，傳其賤也，傳其無恥也，迦因有知，又曷貴有此傳哉？甚矣譯書之難也！〔註15〕

寅半生所謂的「譯書之難」就是要譯者「懂得」如何去爲了「中國社會計」而去刪改原文，要譯者善於爲了中國的舊禮教去「避諱」其所謂的「醜行」。這種公然要譯者不忠實於原作的篡改伎倆，居然能堂而皇之地發表，不惜鼓動譯者對原作施展大刀闊斧的「暴行」，這也是中國早期翻譯界所受的社會壓力之一，因此他們按「國情」或「己意」而「背離」原作也被視爲理所當然。包、楊譯本被寅半生奉爲「典範」，而且表揚他們百計彌縫，曲意爲迦因諱，好像他們是有意識地出爐這部「半面妝」的。但直到老年寫回憶錄時，包天笑「不敢」受寅半生之抬舉，還是肯定了他們只是譯了一本小說的殘本。

包天笑在談及自己的「外國文的放棄」時，告訴讀者，自己不精於外文，他早期與楊紫麟合作譯書，後來又與精通外文的張毅漢合譯。包天笑在翻譯史上當然是不可能有地位的，但卻是中國早期譯界最具典型意義的人。一、他能代表當時不懂外文也能翻譯小說的一批人，在當時像這種譯家是占相當數量的；二、他也像不少通俗作者翻譯作品一樣，缺乏明確的從事這項工作的宗旨與目的，僅有一個較爲籠統的想開新風氣之先的思想，也有爲生活而換取稿費的念頭；三、作爲一個通俗小說家，他在譯作的過程中，的確向外國作品學習了不少創作技巧；四、在早期翻譯中的不規範操作在他的身上也表現得也較爲突出，刪節、增添，甚至「借體寄生」，包括將「譯作」篡改爲「著作」；五、當時，許多未來的新文學作者開始讀包天笑、周瘦鵑的譯作才

〔註15〕寅半生：《讀〈迦因小傳〉兩本書後》，載《遊戲世界》第 11 期，陳平原、夏曉虹編《20 世紀中國小說理論資料·第 1 卷》，北京大學出版社 1989 年版，第 229～230 頁。

知道外面還有如此廣闊的世界，因此早期通俗作家的翻譯在客觀上是發揮過一定的作用的，包天笑的客觀社會效果當然不及周瘦鵑的《歐美名家短篇小說叢刊》那樣大，但他的第一部「翻譯」《迦因小傳》就能令人如此矚目，是連他自己也感到非常意外的。

中國早期翻譯帶著一股新鮮感和一派稚拙性呈現於中國讀者的面前。

啟蒙先驅：早期啟蒙主義者包天笑

　　五四前後，新文學興起，它的徹底的「反傳統」姿態使它將繼承中國小說民族傳統的「舊」小說視為對立面，將這些「舊」小說命名為「鴛鴦蝴蝶派」。其實顧名思義，鴛鴦蝴蝶是應該指言情小說而言的，即成雙的鴛鴦嬉戲於碧波，成對的蝴蝶飛舞於花叢。可是新文學將鐵馬金戈的武俠小說，市井現形的社會小說，甚至外國舶來的偵探小說都一概歸入「鴛鴦蝴蝶派」之中，「非我族類」就請君入甕。既然有了這麼一個對立面，那麼在這個派別中就得「立」一個頭頭首腦之類的人物。於是包天笑就被指派到這個「崗位」上去。可是包天笑不承認。他在 1960 年 7 月 27 日的香港《文匯報》上寫了一篇題名為《我與鴛鴦蝴蝶派》的文章說：「據說，近今有許多評論中國文學史實的書上，都目我為鴛鴦蝴蝶派，有的且以我為鴛鴦蝴蝶派的主流，談起鴛鴦蝴蝶派，我名總是首列。我對於這些刊物，都未曾寓目，均承朋友們告知，且為之不平者。我說：我已硬戴定這頂鴛鴦蝴蝶派的帽子，復何容辭。行將就木之年，『身後是非誰管得』，付之苦笑而已。……至於《禮拜六》，我從未投過稿。徐枕亞直至他死時，未識其人。我所不瞭解者，不知哪部我所寫的小說是屬於鴛鴦蝴蝶派（某文學史曾舉出過數部，但都非我寫）。」誤會當然是有的。包天笑其人在清末民初的文壇也算是一位老資格的領軍人物。他是很有組織能力的人，從 1909 年與陳景韓一起主編《小說時報》起，到 1923 年的編《星期》止（1923 年還編過幾期《滑稽》，因非其所長，很快就「剎車」了），他編過許多有影響的小說期刊。例如 1915 年創刊中國第一本小說季刊《小說大觀》，1917 年創刊中國第一本通體白話的小說期刊《小說畫報》等等。他編雜誌時喜歡自詡其刊物的陣容強大嚴整，這其實也是做「主筆」的人難

免的「崗位意識」，實際上也是一種「廣告詞」，他常常在得意之餘數說，某幾位是他麾下的大將，某人又是他的先鋒。如在編《小說大觀》時就說過：「葉楚傖、姚鵷雛、陳蝶仙（天虛我生）、范煙橋、周瘦鵑、張毅漢諸君，都是我部下的大將，後來又來這一位畢倚虹，更是我的先鋒隊，因此我的陣容，也非常整齊，可以算得無懈可擊了。」〔註 1〕而這些大將與先鋒中人又被新文學家指述為鴛鴦蝴蝶派的，於是他豈不等於是自封的鴛鴦蝴蝶派的首領嗎？其實，公正地評價包天笑，他倒是在文士的舊卵中脫穎而出成為一位中國早期的啟蒙主義者。

（一）

包天笑（1876～1973），初名清柱，後改名公毅，字朗孫，號包山，主要筆名為天笑、釧影樓主等。江蘇吳縣（今蘇州）人。他不僅登上文壇的時間早，而且是中國罕見的長壽作家之一。在 19 世紀末，他自述受梁啟超主筆的《時務報》（1896 年 8 月在上海創刊）的影響，成為一位熱衷於新學的青年。他說：《時務報》「好像是開了一個大炮，驚醒了許多人的迷夢。」〔註 2〕他在蘇州與其他 7 位志同道合的友人就先組織了一個學會，取名「勵學會」，這個「勵學會」除交流學術之外，還有兩個志願：一是要出版一本月刊，二是要開一爿介紹新學的書店。辦雜誌不易，於是先從辦「東來書莊」做起。因為他們與在日本的留學生有很密切的聯繫，書店先出售的書大多是日本的全漢文新書，還寄售留學生自辦的刊物，所以這個東來書莊主要是出售「東洋來」的新書報。包天笑當時的正業是坐館做書塾先生，但卻被大家推為書莊的義務經理，有什麼新書報來他自己就「近水樓臺先得月」，先睹為快。後來成為文化名人的蘇州老鄉如曾樸、金松岑、楊千里等也常到書莊來購書，他們都通過「交易」與包天笑交上了朋友，每當他們問及新來書報的內容時，包天笑都能將新書的主旨內容介紹得頭頭是道，這些文化名人都說他是一位有文化底蘊的書賈。由於經營得法，不到一年他們各人湊集的 100 元股金已變成了 500 元。他們從不分紅利，於是就有了辦月刊的資本。他們所辦的刊物取名《勵學譯編》，這是我國最早的翻譯期刊之一。在當時，為了尋求富國強種之道，向外國先進的文化學習，在報刊上登載譯介文章已蔚然成風，但專業

〔註 1〕包天笑：《釧影樓回憶錄·編輯小說雜誌》，大華出版社 1971 年版，第 377 頁。
〔註 2〕同上，第 150 頁。

的翻譯期刊還是極少的，眞可謂是鳳毛麟角。包天笑參與編輯的《勵學譯編》1901 年 4 月 3 日在蘇州創刊。當時，蘇州既無石印，更無鉛印的印刷所。包天笑說：「後來我們異想天開，提倡用木刻的方法，來出版一種雜誌。用最笨拙的木刻方法來出雜誌，只怕是世界各國所未有，而我們這次在蘇州，可稱是破天荒了。」〔註3〕當時，蘇州觀前街最大的刻字店是毛上珍，這筆大生意當然使老闆大爲興奮。這個譯文期刊每期 60 頁，約二萬多字。一月前交稿，在一個月中就能趕刻出來。雜誌「採東西政治、格致之學」（格致是清末對聲光化電諸門自然科學的統稱），各譯全書，分期連載。在創刊號上的譯著有《歐洲近世史》、《印度蠶食戰史》、《化學初桄》、《普通地理學》等，文藝作品有包天笑與楊紫麟合譯的哈葛德的《迦因小傳》。《勵學譯編》的譯稿大多出自日本的中國留學生的手筆。創刊號也竟然能銷七八百份。在第 5 期上又增加一篇《日本政體史》的連載。這個木刻期刊出了 12 期後停刊，除了《化學初桄》是連載完的之外，其他譯著都成了「半拉子」工程。這主要是由於後來訂戶逐漸減少，資金難於支撐，即所謂「蝕光大吉」，出滿 12 期於 1902 年 2 月停刊了。

在辦《勵學譯編》的同時，包天笑也想辦一張《蘇州白話報》，以開通風氣。因此蘇州又有了一張木刻報紙。因相距年代久遠，包天笑在《釧影樓回憶錄》中記憶有誤。他說：「過了一二年，我又辦起了《蘇州白話報》來了。……是旬刊性質，每十天出一冊。」〔註4〕其實《蘇州白話報》是與《勵學譯編》同年創辦的，它的第 1 期出版於 1901 年 10 月 21 日，那時《勵學譯編》才出到第 8 期。這個《蘇州白話報》是週刊，而不是旬刊。在封面上寫明「辛丑年九月（指農曆──引者注），七日一回」的字樣。這張木刻報是包天笑與他的表兄尤子青兩人合辦的。他回憶說：「我又與我的表兄尤子青哥一說，他滿口答應說：『你去辦好了，資金無多，我可幫助你。』而且他還答應，幫助我編輯上的事。我有了他這個後臺老闆，便放大膽與毛上珍老闆訂約了。」這張報紙每期 16 頁。「內容是首先一篇短短的白話論說，由子青哥與我輪流擔任；此處是世界新聞、中國新聞、本地新聞都演成白話。眞是『麻雀雖小，五臟俱全』。關於社會的事，特別注重，如戒煙、放腳、破除迷信、講求衛生等等，有時還編一點有趣而使人猛省的故事，或編幾隻山歌，令女婦女孩童

〔註 3〕 包天笑：《釧影樓回憶錄・編輯小說雜誌》，第 166 頁。
〔註 4〕 包天笑：《釧影樓回憶錄・編輯小說雜誌》，第 168～169 頁。

們都喜歡看。」〔註5〕這第 1 冊的首篇論說題就是《國家同百姓直接的關係》，開頭說道：「今日是《蘇州白話報》第一次的議論，吾要把吾們中國第一要緊的道理，演出來講與大家聽聽。那一樣是緊要的道理呢？就是我題目上表明的，國家與百姓有直接的關係便是。」他提出「國民」這個概念，認為中國幾千年來只知有「國家」，不知有「國民」，只知「臣民」。另外從這篇議論文中我們也可以領略初期的白話的格調，不過是「寫話」而已。再看一段第 1 冊上的一則新聞《新政可行》：「近來行新政的上諭（皇帝告知臣民的文書——引者注）很多，就像要各省各府各縣開學堂的一件事，已經下了一道上諭，著各省的督撫切實的興辦起來。只是不大聽得各督撫有什麼動靜，大約慢慢的也要辦了。停捐實官的上諭也下了，聽得各省的捐局裏，擁擠不堪，趁著沒有絕止的時候，拼命的大家要捐官（清朝買官一度是公開的——引者注），彷彿同搶得來的一般，過期的就倒填月日，所以這幾天裏，報捐局異常忙碌，所收的捐銀亦格外的多。又自從廢了八股，各處教小孩的學堂，也有許多，就改了以前的老章程，不像從前的死讀四書五經，一句都不懂了。各處的書院，也有改試策論的，也有已經停課預備改學堂的。書院裏的山長，只曉得幾句爛八股，都只好紛紛辭館……」這則新聞是講了三件事，不像新聞，倒是在議論時政，夾敘夾議，如諷刺督撫們推行新政不力，揭露那些買官的趕「末班車」的醜態，試行新章程時，以前的多烘先生只好辭館等等。以後幾期還有《論大家要爭氣出力》、《論婦女纏足的大害》和《論女學》等論說文。《蘇州白話報》主要面向鄉村，包天笑說：「我們不願意銷到大都市裏去，我們向鄉村城鎮間進攻。曾派人到鄉村間去貼了招紙。第一期出版，居然也銷到七八百份，都是各鄉鎮的小航船上帶去的。」〔註6〕有的學堂裏竟以此為教材。這張報紙不知何時停刊的，我們現在能看到的是 9 期。

辦木刻報刊，畢竟無法持久。停刊後那《勵學譯編》和《蘇州白話報》的木版，竟堆滿了一個大房間。怎麼處置呢？有人說：「劈了當柴燒。」但我們至少可以從這種「最笨拙」的出版物中看到，迫切到刻字店裏去用木刻版的「原始」的方法辦報辦刊，這種人的心是赤誠的熱心者，要求棄舊圖新變革的急切的意念可想而知。這些木刻報刊就像一把火，燒得民間的心也開始熱乎乎了。包天笑確是一位值得我們敬仰的中國早期啟蒙主義者。那些後

〔註 5〕 包天笑：《蘇州白話報》第 1 冊，1901 年 10 月 21 日出版。
〔註 6〕 包天笑：《釧影樓回憶錄・編輯小說雜誌》，第 167 頁。

來指認他是鴛鴦蝴蝶派的人，要末是還沒有出生，要末還在穿「開襠褲」的童年。況且他以後所辦的刊物，也是經得起檢驗的。例如他在辦《小說大觀》時的「例言」中宣稱：「所載小說，均選擇精嚴，宗旨純眞，有益於社會，有功於道德之作，無時下浮薄狂蕩誨盜之風。」在《小說大觀‧宣言短引》中他還對梁啓超倡導「新小說」的功績與缺陷提出了自己的看法：「向之期望高者以爲小說之力至偉，莫可倫比。……子將以小說能轉移人心風俗耶？抑知人心風俗亦足以轉移小說：有些卑劣浮薄纖媟狂蕩之社會，安得而不產出卑劣浮薄纖媟狂蕩之小說？」他在指出小說與社會的互動滲透關係之後，提出作者應該加強自己的社會責任感：如果作者自己「殆患傳染病者，不能防護撲滅之，而反爲之傳染菌毒，勢必至於蔓延大地，不可救藥，人種滅絕而後止」。因此，他提出作者不能「自毒以毒人」。在這樣的人頭上要扣上當時作爲惡諡的「鴛鴦蝴蝶派」的帽子，他怎麼能夠服氣呢？至於關於倡導白話的問題，他也有自己的一番辯白：「倡白話文，今人均知爲胡適之。其實奔走南北，創國語研究會有遠在胡適之前者。」他講了實例後就說他的創辦《小說畫報》就是受了這些人的啓發。「故《小說畫報》開風氣之先，純粹用白話也。時胡適之先生，方爲章秋桐之《甲寅》雜誌譯短篇小說曰《柏林之圍》，則純用文言體；而創『她』字之劉半儂先生，佐余《小說畫報》中撰一章回小說曰《歇浦陸沉記》也。數年來，諸公之思想，丕然一變矣。」〔註7〕言下之意，他在 1917 年 1 月就創刊《小說畫報》，正好與胡適的《文學改良芻議》是同年同月：你剛在「芻議」，而我已是一位實行者了。而《新青年》通體用白話，還是 1918 年 5 月的事。因此，包天笑著實幹過幾件開風氣之先的事。他很有自許爲早期啓蒙主義者的「本錢」，說他是什麼「鴛鴦蝴蝶派」的首領，他只能報以苦笑而已。筆者在編選包天笑的小說集時，冠以《通俗盟主包天笑》的書名；欒梅健在撰寫包天笑評傳時，書名爲《通俗之王包天笑》，可以想見，包天笑的在天之靈是會同意這樣的冠名的，因爲他在清末與民初，的確是通俗文壇中的著名作家與最有號召力的刊物的組織者。即使他晚年所寫的《釧影樓回憶錄》等作品，也爲我們留下了清末民初時期文壇的大量珍貴史料，成爲我們今天研究清末民初文壇時引用得最多的一本回憶錄。

〔註 7〕包天笑：《釧影樓筆記——白話文之始》，載《上海畫報》第 115 期，1926 年 5 月 27 日出版。

（二）

包天笑還有一個筆名叫作「染指翁」，他自己爲這個筆名解釋道：「那是有人在什麼近代文學史上寫文章，以之諷刺我的。大致是在說我『作品題材多樣，長篇、短篇、話劇、電影、筆記、詩歌，無不染指』，讀之不勝慚愧，但我又不能不承認『染指』二字……」〔註8〕其實這與其說是諷刺倒不如說是表揚。因爲在文化市場化的情況下，倒是應該具備這樣的本領的，一位作家有幾路筆墨，才能在市場上取得「適者生存」的優勢。這也是他成爲著名通俗作家的重要條件。他能用多種文藝體裁與「俗者相通」。例如他對中國早期電影國產片的貢獻，是有目共睹的。不過如果要說包天笑的強項，那當然要數他的長、短篇小說了。

他的長篇代表作是社會小說《上海春秋》。我稱它爲「都市鄉土小說」。鄉土小說在我們的概念中，好像就是鄉村小說，頂多是擴大而是寫小城鎮的小說。其實這是一種誤解。這誤解是新文學給我們的一種「誤讀」。某些後來成爲新文學作家的文學青年，從自己的家鄉流落到上海，想靠賣文爲生，他們能寫什麼呢？他們能涉足的題材主要是寫自己熟悉的家鄉——農村或小城鎮的生活，魯迅就稱他們爲鄉土作家，又稱他們是「僑寓作家」，就是說這些作家住在大都市，可是寫不出大都市中的民間民俗生活。這些作家大多住在上海石庫門房子的亭子間裏，他們是都市的「僑寓」者，可是他們看不起同住在一個石庫門裏的鄉居們，在他們的眼中周圍的居民大多是封建小市民。我們不能說這些作家是以「精神貴族」自居，但他們至少有一種精神上的「優越感」。可是通俗作家則不同，他們不少作爲報人，是從編「本埠新聞」起家的。上海的普通居民是他們的「衣食父母」。他們雖然不是上海人，可是能寫出大都市的民間民俗生活。他們能寫出上海等等大都會的沿革，城市的成型、發展的歷史，他們的作品中有著濃鬱的都市的鄉土特色。這種民間民俗生活與茅盾所寫的「社會剖析派」的小說是具有互補作用的。

《上海春秋》主要的線索是寫四個富家子弟對待女性和婚姻的不同態度及其不同的結局。他指出其中的一個規律性的問題是，凡是父母包辦的婚姻，沒有一個是好下場的，反之，自由戀愛的，家庭就非常美滿。如果這部長篇小說就是如此簡單，當時雖有一定的提倡新道德的價值，但它的社會意義也

〔註 8〕包天笑：《釧影樓回憶錄續編‧我與電影（上）》，大華出版社 1973 年版，第 93 頁。

是不會久長的，在今天說來，它的主題也就太一般化了。但包天笑要倡導的不僅僅是這些，而小說的主要動機是想通過這四個富家子弟的家族透視上海社會生活的面面觀。1959 年，著名學者夏濟安在美國一家無線電器材、五金、鐘錶店裏發現了一批塵封的、用報紙包得好好的「嶄新的舊書」。其中有包天笑的《上海春秋》、朱瘦菊的《歇浦潮》等等小說。他說：「看到那些書，覺得好像中國的歷史就停擺在那個時候。」「最近看了《歇浦潮》，認爲『美不勝收』；又看包天笑的《上海春秋》，更是佩服得五體投地。可惜包著只看到 60 回，以後不知那裏借得到。很想寫篇文章，討論那些上海小說。」〔註 9〕夏濟安所說的「停擺」非常有雙關的象徵意義，在鐘錶店裏講「停擺」是即景生情——怎麼在美國的一個鐘錶店裏有這麼一批小說？但另一層意思是讓我們想到「歷史的停擺」——這些鐘錶不走了——那就是這些小說使中國的某一時期的活生生的生活，在小說中像一尊尊的「塑像」般地「凝固化」了，供我們去觀覽，咀嚼和品味昔日的那一段不會再現的歷史畫面。

　　包天笑也是從移民生活寫起——內地的人都做著一個上海的黃金之夢：「人家說上海地方最好弄錢，所以說上海是個活地。因此家鄉里的人都要到上海來。你自己張開眼睛瞧瞧，我們同鄉里好幾個人都是青布長衫一件到上海來的，到如今發了幾百萬財的也是有的；像我們親戚裏有好幾個到上海來，也不過是外國人家當西崽，此刻那闊的是不用說了，自己可以開大旅館大飯店……」正因爲此種神話般的傳說，所以，小說告訴讀者，上海有一種輿論是以做「康白度」（即「買辦」的洋涇浜語）爲榮。連上海的乞丐在向人家要飯時都說：「老爺，量大（上海話說「大」爲「度」）福大，養個兒子『康白度』。」但是對極大多數的人說來，這種「神話傳說」像美麗的肥皂泡一樣，是非幻滅不可的。在包天笑的筆下寫出了移民大量湧進上海，就成爲各種陷阱和捕機吞噬的美味的犧牲。婦女被騙或受生活的逼迫，失去了貞操；女孩被開「銀行」（上海話「人」讀「銀」）的鴇母買去接受專門訓練，長大了做鴇母的搖錢樹。做婢女則受盡各種虐待，上海是虐婢案的高發區。生活無著做了劫匪的助手，幾次搶案中只分到一元錢，最終被送至華界去頂罪被送上法場的就是可憐的「鄉下佬」。上海是窮人的地獄，卻是富人的天堂。上海有一萬輛富人的汽車，包天笑稱之爲「市虎」，橫衝直撞，「上海地方除非軋壞

〔註 9〕夏濟安語，轉引自夏志清《愛情・社會・小說》，純文學出版社 1970 年版，第 232～233 頁。

了外國人，那才擔心事咧……你瞧被汽車軋壞的人裏有體面上等人嗎？都是外鄉人居多」。軋壞外國人的一條狗，賠償五百兩；軋死一個鄉下老頭兒，只賠五十兩。至於「好人家」的青年子弟送到上海來，「上海種種的遊戲地方，一處一處就是一座一座講堂。他漸漸覺得自己有些土氣，有些阿木林，便竭力矯正……」這就產生了一種思想觀念上的變化，本來節儉是一種美德，可是上海卻是一個盛行「炫耀性消費」的銷金窟。所謂「炫耀性消費」就是處處表示自己是「大款」。開埠後的上海人漸漸認爲節儉是「無用的別名」，是「無能之輩」的生活守則。只有會大把花錢的人才有可能大把地賺錢，越是有錢或裝得有錢才有更高的商業信譽度。在社交場合能一擲千金，成了一種表示自己有經濟實力的標誌，也成了投機商人的一種普遍採用的經營策略。在《上海春秋》裏，人們爲了炫耀，高檔珠寶、金鋼鑽、名表就成了豪華身份的象徵，於是還出現了租賃首飾和高檔傢具這一行業。奢侈流風所及，就培養了一批洋場紈絝子弟。在第 65 回中，包天笑寫謝樹屏一家三代以不同的「車」代步：「據說他們家裏祖孫三代所坐的車子，代代進步。少爺是汽車出進，老爺是坐的馬車，這位老太爺連黃包車也不肯坐。……越是老輩越省儉，越是小輩越奢華。」做大少爺的孫子不僅是一輛車，還要攀比坐新式型號的車子。那四個富家子弟中有兩個嫖妓、租小房子、賭博、進舞廳、看戲捧角，樣樣都染上，成爲洋場特有的「靡爛型」的青年。

上海更是「冒險家的樂園」，《上海春秋》是一部形形色色的上海「罪惡之藪」的大展覽。做交易所、信託公司引起上海經濟史上有名的所謂「信交風潮」；拐賣婦女及兒童秘設魔窟的人販子；專門從事綁票與搶劫的匪黨；買賣鴉片的地下網絡與遍佈全市的下等煙館「燕子窠」；豪賭則有以千元爲紅色籌碼單位的稱爲「紅黨」，以五百元爲綠色籌碼單位的則稱爲「綠黨」；淫業則有高、中、低各種檔次的妓院，還有引誘良家婦女的臺基以及以色相行騙的「僊人跳」與「放白鴿」；因外鄉人的湧入，造成房荒而出現的專以盤剝移民爲目的的各色「二房東」；以坑害病人爲專業的庸醫和賣滑頭藥的奸商；爲炫耀性消費而開設的高級酒館、茶樓、戲院，想在文化上投一把機的粗製濫造的一夜間遍地開花的「電影公司」熱……眞是不勝枚舉，令人眼花繚亂。而包天笑卻娓娓道來，讀者很有目不暇接之感。這是一個搖晃流動、顛倒逆轉，令人頭暈目眩的世界，卻像鐘錶「停擺」般地「凝固」在《上海春秋》之中。我們需要《子夜》和《包身工》，可是也不可缺少《上海春秋》。

（三）

至於包天笑的短篇也是膾炙人口的。他在 1909 年發表在《小說時報》上的一個 3000 字的文言短篇《一縷麻》，到 2009 年正值百歲壽誕，居然還有機遇在近年的雜誌上得以「重刊」，並且一再被改編成戲劇，至今還「大紫大紅」於舞臺，眞可謂「歷久彌新」，竟比這位長壽作家本人還要壽長。正如包天笑生前在《釧影樓回憶錄》中所說的：「文藝這種東西，如人生一般賦有所謂命運的，忽然交起運來，有些不可思議的。」〔註10〕那麼就在這裡簡介《一縷麻》的百年交運史吧。

1909 年，包天笑與陳冷血輪值主編《小說時報》，第 2 期是他「值班」，他發表了這篇《一縷麻》。作爲一位多產作家，他並沒有特別看好這篇小說。誰知過了六七年，梅蘭芳來信說要將這篇小說改編成「時裝京劇」，徵得他的同意。其時他們並不相識，但鑒於梅蘭芳的盛名，包天笑非常樂意。1916 年，這個時裝戲不僅在京津演出，而且還獻演於上海天蟾舞臺。1927 年，當時的電影界著名編劇鄭正秋將這篇小說改名爲《掛名夫妻》，映之於銀幕；而女主角是當年名揚一時的阮玲玉（這一角色是阮玲玉的「處女演出」）。1943 年，梅蘭芳在上海《大眾》雜誌 2 月號上發表由他口述、許姬傳筆記的《綴玉軒回憶錄（二）》，其中有一節的小標題爲《新戲感人舉一實例》，主要談控訴「盲婚」危害的《一縷麻》產生了實際的社會效應的故事。這樣就引出了包天笑在同年《大眾》4 月號上發表《秋星閣筆記‧〈一縷麻〉》，追述他「久已忘懷」的《一縷麻》的創作經過。並於 1944 年在該雜誌的 10、11 月號上連載由他「重寫」的《一縷麻》，將一篇 3000 字的文言小說改成了約 18000 字的白話小說。也許是重新發表的《一縷麻》或是從記憶中翻出了梅蘭芳的時裝劇，越劇界著名藝人范瑞娟、袁雪芬又將其改編成越劇，於 1946 年在上海明星大戲院首演，轟動一時。在 1949 年包天笑撰寫《釧影樓回憶錄》時，他在「編輯雜誌之始」一節中就說了我們上面所引的「交起運來……不可思議」的一段感慨。事情至此本來似乎就此結束了，可是改革開放之後，2004 年舉辦「一代風華」范瑞娟專場，范瑞娟親點范派小生徐銘演出《一縷麻‧洞房》。而上海越劇院老藝術家回顧演唱會也巡迴演唱《一縷麻》的經典唱段。以此爲契機，杭州越劇院決定重新排演《一縷麻》，想不到竟一炮而紅。爲此，2007 年《文學界》第 11 期又重刊了包天笑的這篇小說。各有關媒體也紛紛報導在

〔註10〕 包天笑：《釧影樓回憶錄‧編輯小說雜誌》，第 361 頁。

杭、滬、港等地的演出盛況。2008 年 1 月 24 日的《文藝報》上還刊載了該報記者于烈的《〈一縷麻〉收穫票房推出名角》的文章：現在還有什麼比既能「推陳出新」、「捕捉票房」而又「出戲出名角」更好的戲改演出效果的呢。在這篇文章的結尾中寫道：「原中國劇協副主席、戲劇理論家的劉厚生說越劇改革成功的標誌是又叫好又叫座，如果能賺錢又能推出名角就是在成功。『杭越』做到了。」〔註11〕看來，《一縷麻》還「方興未艾」呢！但不知包天笑的在天之靈，為他的這篇小說的「百年交運史」又發了什麼新感慨？

其實這篇小說是包天笑「不經意間」寫成的。故事的來源是一位「走梳頭」的女僕給他夫人講述時「旁聽」來的（當時上海有一種女傭，每天約定時間到人家給太太、小姐梳頭，一個早晨甚至要穿梭「走」十來家）。包天笑曾談到他的寫作經過與故事梗概：「民初編《小說時報》的時候，我也常寫短篇小說，這時候還是用文言的時候多。我的取材，每喜向婦人女子口中蒐集之。《一縷麻》的故事，就是向一個女傭人的口中得來的。所云某知府的小姐，與某道臺的少爺，那不過信手拈來，然而男女兩家都是世族，那是真的。男的是個傻子，女的是個女學生，女學生到了男家，得了白喉症，傻新郎在洞房中伺候新娘的病，以至也傳染了，一病不起。等到新娘病癒清醒過來，看見頭上紮了一縷麻，覺得很對不起新郎，向靈前哭拜，這些都是事實。」〔註12〕小說的背景是清朝末年。當時子女的婚姻還是靠「父母之命、媒妁之言」定局的。在西風東漸之始，中國也初興女學，女方已是一位女學生，知道從小父母為之定下的未婚夫竟是「傻子」，也懂得西方有「離婚」一說，可是在當時的中國，在所謂「詩禮之家」的縉紳大戶之間「賴婚」卻是要不齒於社會的。包天笑寫這篇小說就是為了批判「盲婚」的罪愆。可是女子被迫出嫁的新婚之夜，癡郎在新房中喜得只覺此身飄飄然，以至坐立不安，他想說一句話，卻又不敢說，也不知說什麼好，只好坐待天明；新娘見他傻氣可掬，也氣得一夜無眠。第二天晨裝時就感到身上發熱，她竟患了令人談虎色變的「爛喉痧」。小說中這樣寫道：「時吳中盛疫癘，死者踵相接，蔓延之速，往往以全家十餘口，不二數日盡遭此劫以去者。」於是連家中的「嫗婢輩」都不敢入新房。只有「癡郎」盡心服侍，「凡湯藥之所需，均親

〔註11〕于烈：《〈一縷麻〉收穫票房推出名角》，《文藝報》2008 年 1 月 24 日。
〔註12〕包天笑：《秋星閣筆記‧一縷麻》，《大眾》1943 年 4 月號，1943 年 4 月 1 日出版。

自料理。父母強其暫避之，不聽，曰：『人人咸怕疫，疫者將聽其死乎？昔我病，母之看護亦如是，我寧即死乎。』……數日後，新娘幸而從垂危中蘇醒過來，轉側間，發現髮髻上已是「麻絲一縷」，才知新郎因侍疾，傳染時疫而死。這時新娘流下了「感恩知己之淚」，才知「癡郎」乃「志誠種子」。「又聞家人言，癡郎當瞑目時，尚囑父母，善視新婦。女士聞之，益悲不可止，力疾起哭拜於靈幃。」從此「長齋禮佛」，「至今人傳某女士之貞潔，比之金石冰雪云。」這樣看來，包天笑這個短篇初衷是批判「盲婚」，到後來又發現「癡郎」是「志誠種子」而「感恩」終身。從這篇「聽來的」的小說中，使我們感到生活本身有時是「多主題」的。記得張愛玲曾說過：「盲婚的夫婦也有婚後發生愛情的，但是先有性再有愛……」〔註13〕可是這位新郎對新娘，連「性」也沒有，他只是在新娘垂危時用自己的「生命」作為挽救新娘的一味「藥引」。

在當年，包天笑就收到一位「前衛」女士的「讀者來信」，大意說：「中國男女之情，向來總是說到恩愛兩字，實在是恩與愛是兩事，不能並為一談。《一縷麻》中新娘的對癡郎，只是恩而沒有愛。對於恩可以另行圖報，而不必犧牲其愛，而盡可以另行覓我的愛人。」這位女士的意見是對的。在當時的社會氛圍中確要有一股「叛逆」的勇氣。包天笑明知其正確，而只能作無可奈何的辯解：「我的意思，以為人總是感情動物，因感生情，因情生愛，那是最正當的。某女士說：對於恩可以另行圖報，但癡郎已死，試想何以圖報之法。她自願犧牲愛情，我們何能斥其為非呢？」〔註14〕包天笑難於自圓其說，只好將「責任」推給新娘的「自願」為理由了。但是後來梅蘭芳出來說話了，他實事求是地講了當時陋習的背景：「當時社會上的風氣，退婚有關兩家的面子，是不容易做到的。」「事實上在舊社會裏女子再醮，要算是奇恥大辱。尤其在這班官宦門第的人家，更是要維持他們的虛面子，林小姐根本是不可能再嫁的。」〔註15〕包天笑是當時的這種社會氛圍中寫出的小說。

〔註13〕張愛玲：《國語本〈海上花列傳〉譯後記》，上海古籍出版社1995年版，第636頁。

〔註14〕于烈：《〈一縷麻〉收穫票房推出名角》，《文藝報》2008年1月24日。

〔註15〕梅蘭芳口述，許姬傳筆記：《綴玉軒回憶錄（二）》，《大眾》1943年2月號，1943年2月1日出版。

梅蘭芳也講了改編的經過：吳震修先生向他推薦了這篇小說。「我帶回家來，費了一夜工夫，把它看完了。也覺得確有警世的價值，就決定改編成一本時裝新戲。……我們編這《一縷麻》的用意是要提醒觀眾，對於兒女婚姻大事，做父母的不能當作兒戲替他們亂作主張。下錯一著棋子，滿盤就都輸了。後悔也來不及了。」誰知這個戲的社會效果也是特別的好。梅蘭芳舉了在天津演出時的一個實例：「當時有一位萬宗石先生，一位易舉軒先生，兩家都是很有地位的人，而且還是世家，愛好結親，萬家的小姐，許與易家的少爺，後來易少爺得了神經病，有人主張退婚，但是兩家都恪於舊禮教，遲疑不決，有幾位熱心朋友，就慫恿男女兩家的人，去看《一縷麻》，萬小姐看完了這齣戲，回去大哭，感動了她的父親，就托出人來跟易家交涉退婚，易家當然沒有話講，就將婚約取消了，萬家小姐不致犧牲了一生幸福。由此看來，不能說不是看了這齣戲的影響。可見戲劇是遊戲，對於世道人心，移風易俗的力量，實在不小……」梅蘭芳在改編時覺得新娘以守節告終，就顯得鬆懈而沒有交代，「所以把它改成林小姐受了這種矛盾而複雜的環境的打擊，感到身世淒涼，前途茫茫，毫無生趣，就用剪刀刺破喉管，自盡而亡。拿這個來刺激觀眾，一來全劇可以收得緊張一些，二來更強調了指腹為婚的惡果，或者更容易引起社會上的警惕的作用的。思想認識隨著時代而進步，假如我在後來處理這類題材，劇情方面是會有很大改動的，那時候由於社會條件和思想的局限，只能從樸素的正義感出發給封建禮教一點諷刺罷了」。梅蘭芳認為「我演出的時裝戲，要算《一縷麻》比較好一點。……尤其是賈洪林、程繼仙、路三寶這三位成熟了的演員，在這齣新戲裏的演技，有特殊的成就，所以觀眾對他們的印象都很好。賈洪林死後，別人扮演林如智，就比不上他的緊湊，觀眾的反應也兩樣了」。這裡他特別表揚了賈洪林在唱腔上的創造性與上佳設計。林如智是戲中林小姐的父親。臨上轎時，女兒堅決不肯上轎，門外又頻頻催呼！梅蘭芳認為對一個受過學堂新教育的女孩，怎樣才能說得她勉強上轎，這倒的確難於下筆。在改編時，戲就卡在個「重要的關子」上。這大段的念白如果像背書似的草草了事，戲就「唱瘟」了。賈洪林一層層、層次分明地「說服」都沒有用，臺上的父女形成僵局，最後一層他說：「『就算我做父親的不好，把你許配了一個傻子。可是這門親是你沒有養下來就給你定的。也不是我一個人作的主，你那死去的母親她，她，她，給你定下了的。如今你若是執意不肯上轎，叫為父的為難，倒也罷了。連累

你那死去的母親，被人議論，你是於心何忍，你若再不上轎，我也沒有臉見人，只能找個深山古廟去躲著，了此餘生算了。好女兒，你要仔細地想一想！啊……』他說到這裡，竟是聲淚俱下，非常沉痛。林綢芬這才決定犧牲自己，上轎去了。由於他的演技逼真，連我這假扮的林小姐聽了也感動得心酸難忍。臺下的觀眾，那就更不用說了，一個個掏出手絹來擦眼淚，因為前面的場子，看不出他們父女間有什麼惡感。相反的，林如智還很疼愛這個獨養女兒……觀眾明白當時社會上的風氣，退婚有關兩家的面子，是不容易做到的，才流下了這同情的眼淚。」梅蘭芳懂得其中的辯證關係：「同情」是看出了這糊塗父親的「後悔莫及」，觀眾流淚後的結論一定是覺得，在生活中以後千萬不要再「鑄成大錯」！梅蘭芳稱道賈洪林有戲劇天才，這十段道白表情，他整整琢磨了兩夜，才演得異常精彩。梅蘭芳說：「可惜自從賈洪林去世以後，別人簡直唱不了，都是敷衍了事，才興味索然，所以後來我也不常演唱此戲。」〔註16〕精彩的唱段與天才的演員是「複製」不出來的。

再說范瑞娟與袁雪芬兩位越劇界超一流名演員「珠聯璧合」演出《一縷麻》時，也有她們的著名唱段。范瑞娟飾「弱智青年」唱的「新娘子真好看，比我媽媽還好看」就是「名段」，引起轟動。她演「呆大」也別具一格，既可笑又善良，突破了小生行當的局限。而袁雪芬的「洞房哭夫」也是經典唱段，新娘自遣自責，覺得情難報，恩難補，思前想後淚紛紛。演得極為動人。在 20 世紀 40 年代演出時，上座率是「十成裏的十三成」，簡直擠破了上海明星大戲院。

但是杭州越劇院這次改編是根據時代的發展，將范、袁 40 年代的版本的反封建主題改為崇尚人性真善美的讚頌，將原來小說中的「喜劇因子」充分調度起來。一位真誠、善良的「弱智青年」，傻頭傻腦地用真情打動了被迫嫁給他的聰慧而貌美的新娘。改編者甚至不顧原作，把「演活」了的男主角在死後又被新娘「哭活」了，而且也不再是「呆大」了。從「活」至「死」是令人信服的，可是從「死」到「活」，難免牽強，可是卻樂壞了在場的觀眾。這是觀眾並不追究「牽強不牽強」的一種期待視野。它與《梁祝》裏的「化蝶」性質類同。2007 年在上海逸夫舞臺首演結束時觀眾竟 10 分鐘不肯退場，只好連連謝幕。而當 62 年前演出該劇的范瑞娟、袁雪芬最後也登臺與今天的觀眾見面時，場面之火爆就更難想像了。老樹開花結碩果，看來百歲《一縷麻》成了「模範越劇」，還要「火」下去的。

〔註16〕于烈：《〈一縷麻〉收穫票房推出名角》，《文藝報》2008 年 1 月 24 日。

　　我們上文將若干大師級的演員梅、范、袁的精湛演出說得「神采飛揚」，又看到舞臺上後繼有人，更是欣慰。包天笑這篇小說，也就算是「大交紅運」了。可是我們也得去想想，這篇《一縷麻》的確是極有戲劇性的一團「酵母」：既有不易調和、實際上也頗為尖銳的戲劇衝突，又能在一個悲劇框架下還飽含著「喜劇因子」。在許多作家筆下，有教育意義、有警世作用的小說也有的是，為什麼梅蘭芳偏偏會看中它，這就是因為它富有戲劇因子，對梅蘭芳產生了吸引力。包天笑在 1944 年重寫《一縷麻》，將它改成白話小說時，雖然擴寫到了約 18000 字，但他絲毫沒有改動 1909 年的 3000 多字的文言小說的主幹情節，不過他又增加了許多可以發揮的「喜劇因子」的生動細節。當某女士的母親逝世時，女方為了「測試」未來的女婿的「智商」，就要他親來弔唁。男家在自己家中只好不忌諱，擺開了陣勢，請了專人「培訓」了三天，然後鋪排盛大的「儀仗」到了女家，可是一下子訓練的東西全亂了套，讀來令人忍俊不禁；而當寫到新婚之夜，他又對新娘喜愛得「手足無措」，竟達到了喜極失語的飄飄然境界；而在侍疾時又流露出那份真情，他寧可自己「以身相代」新娘的沉疴：家人要他避開，「『新娘子病了，』他說，『我情願替了她的病。』『別的可替，病是不能替的。』人家這樣勸告他。『不能替，我偏要替。』他說，『我記得我病的時候，吾母親也服侍我，因為母親疼我。我現在服侍新娘子，因為我也疼新娘子，我捨不得離開她。』『但是你從前所患的病，不是那種險惡的傳染病。這是一種險惡的傳染病，傳染著了，便要死的。』『死就死一回也不要緊，』他說，『倘然人人怕死，病人大家都不管她，她自然更活不下去了。』」新娘在半昏迷中，也深感其「意至誠懇」。直到這位弱智青年將瞑目時，「還懸念新婦症狀，他囑咐他的父母，以後要好好看待她，疼愛新婦，即是疼愛兒子」。這小說側重於悲劇，還是向喜劇傾斜，它的「多主題」反而令人感到其富有「彈性」，這幾次改編都能膾炙人口，說明它確是這幾個戲的「不朽之魂魄」，而其中那種淳樸誠良的人性，至善至美，卻仍能有 21 世紀的越劇舞臺上紅極一時，大有「百歲掛帥」的英豪之氣。對於包天笑的長篇和短篇小說，我們僅以他最有代表性的《上海春秋》和《一縷麻》為例，而且講了一個《一縷麻》的百年再生力富有傳奇性的故事。《一縷麻》被梅蘭芳等大師和劇界名演員給無限放大了它的潛能，而且產生了一定的社會效能，在中國當時的社會景況下，產生了啟蒙效應。而《上海春秋》則充分體現了包天笑對「鄉民市民化」的人文關懷。

（四）

包天笑是一位十八般武藝件件拿得起來的多面手。他對中國早期的電影事業也作過重要貢獻。我國的國產電影雖然誕生於 1905 年，但真正步入較爲正規的創業階段則是 20 世紀 20 年代起始的。其時，電影業的龍頭老大明星影片公司成立於 1922 年，該公司之所以能蒸蒸日上是因爲公司的核心人物很有事業心：鄭正秋掌控編劇，張石川主持導演，周劍雲分管經營，這也算是當時影劇界的「黃金搭檔」了。可是公司初辦時，深感「劇本荒」。於是在 1924 年鄭正秋改編了徐枕亞的《玉梨魂》，取得了一定的經濟與社會效益。因此，鄭正秋認爲要解決「劇本荒」就非要得到當代作家的支持不可。那時，新文學家還看不起中國初興的國產電影，他們往往熱衷看外國影片，上海當時有若干電影院就是專演外國片的。中國左翼作家與鄭正秋等人合作、進軍電影事業還是在「九一八」和「一·二八」以後的事。那麼，在 20 年代，鄭正秋就只能去向所謂「鴛鴦蝴蝶派」作家請教了。鄭正秋首先找的就是包天笑，請包天笑「出山」。包天笑回憶道：

有一天，鄭正秋便到我報館裏來了，他說：「明星公司要拜託先生寫幾部電影上的劇本，特地要我來向你請求。」我說：「你們真是問道於盲了，我又不懂得怎樣寫電影劇本，看都沒有看見，何從下筆？」正秋道：「這事簡單得很的，只要想好一個故事，把故事中的情節寫出來，當然這情節最好是要離奇曲折一點，但也不脫離合悲歡之旨罷了。」我笑說：「這只是寫一段故事，怎麼可以算做劇本呢？」正秋說：「我們就是這樣辦法。我們見你先生寫的短篇小說，每篇大概不過四五千字，請你也把這個故事寫成四五千字，或者再簡單些也不妨。我們可以把這故事另行擴充，加以點綴，分場分幕成了一個劇本，你先生以爲如何？」……這個所謂電影故事、電影劇本，我從來未寫過，倘如現在鄭正秋所說的，那真是簡單不過的，也何妨嘗試一下呢。我還未及回答正秋的話，他又說道：「明星公司同人的意思，請你先生每月給我們寫一個電影故事，每月奉送酬資一百元，暫以一年爲期，但電影故事可以慢慢地寫，最好先把你的兩部長篇小說《空谷蘭》和《梅花落》，整理一下，寫一個簡要的本事，我們很想把你的兩小說拍爲電影，想不見拒吧。」〔註17〕

可見當時對「電影劇本」的要求也是很低的，只要一個「離奇曲折」一點的故事就行了。因爲那時還是「默片時期」，電影還是一個「偉大的啞巴」，

即是我們現在所說的「無聲電影」。它還用不到臺詞、對話之類。《空谷蘭》是包天笑根據日本作家黑岩淚香的《野之花》翻譯的,而黑岩淚香又是根據英國亨利荷特的創作小說譯成日文的。當時不一種叫做「豪傑譯」的譯文,這一名詞來自日本,明治初年日本譯者常將原作的主題、結構乃至人物均作修改,再將小說中的人名、地名、稱謂、典故乃至生活習慣統統改成日本式。而中國譯者從日本轉譯時,又將日本化的西洋原作再作一番中國化。包天笑的《空谷蘭》就屬於「豪傑譯」,改頭換面,變成了一個中國故事,先連載於《時報》,於 1908 年由有正書局出版單行本。《梅花落》也是翻譯的日本小說,於 1910 年由有正書局出版單行本。

《空谷蘭》的故事是寫一個富翁與一個很善良的女子結婚生子,後來他又另有新歡,便遺棄了前妻,與新歡結婚。後妻成為主婦後,自己沒有生育,為了奪取家產,就千方百計謀害前妻所生之子。前妻雖然離異,但她思子心切,便改容易貌,作為女傭出入富翁之家,以保護親生子。後妻以毒物置於其子飲食中,幸有一醫生給前妻一瓶藥可救兒子的生命,但後妻又欲偷這瓶藥,於是兩女相爭鬥,後妻的猙獰面目才暴露無遺。一日後妻出門墜車而死,富翁與前妻和好如初。包天笑在寫回憶錄時說:「當時上海的觀眾,卻喜歡看此種情節曲折的悲喜劇。」〔註18〕但包天笑與鄭正秋在拍攝這部電影時也注意到劇本中應有一定的教化作用。在鄭正秋撰寫的《攝〈空谷蘭〉影片的動機(上)(下)》中說,他們在拍攝電影時注意到的是自由戀愛與婚姻問題、大小家族的優劣問題、親子之愛和兒童教育問題等等幾個方面。至於《梅花落》情節更為複雜,有上、中、下三部,這裡就無法再復述了。但類型是與《空谷蘭》基本相同的。

《空谷蘭》映出後,連連滿座,使包天笑與明星公司均大喜過望。雙方此後的合作就更加緊密,包天笑或創作或改編了當時很影響的若干電影劇本。例如《可憐的閨女》是根據他的小說《誘惑》改編成電影的,主要是揭露和控訴上海的「拆白黨」對婦女的詐騙與摧殘。當時的評論認為這部電影是「針砭末俗,勸懲並重」,也警告「萬惡拆白,法網難逃」。其他包天笑還寫了有關婦女問題的劇本如《她的痛苦》、《富人之女》等等,反映良好。影響更大的是包天笑將托爾斯泰的《復活》改編成一個中國化了的故事。觀眾看了十分感動。包

〔註18〕包天笑:《釧影樓回憶錄續編‧我與電影(下)》,大華出版社 1973 年版,第 99 頁。

天笑一直到老年，也還念念不忘其中的精彩片段。如他談到過片中女主人公綠娃（相當於托翁《復活》中的瑪絲洛娃）「追火車」這一幕：

　　爲了有一場「追火車」的外景，明星公司已與上海火車站商量，得其同意，作實地映攝。那天的（楊）耐梅眞賣力，一面追火車，一面作出顛跌之狀，頸上的圍巾，被風飄去也不管，直追至月臺盡處，怏怏而歸，滿面失望悲哀之色，眞演得入情入理呢。這還是無聲電影呀！但這一場眞是「此際無聲勝有聲」，大家一望而不覺得悲從中來的。……（托爾斯泰的）書名曰《復活》。我擬的劇名也是《復活》，但鄭正秋一定要加上「良心」兩字，這劇名叫做《良心復活》。這是他們的生意眼，怎麼依你書生之見作主觀呢？〔註 19〕

　　包天笑改編作品時，往往將結局處理成大團圓，大概也是迎適一般市民觀眾的心理與期待視野。《良心復活》中的懺悔者道溫與綠娃後來就結爲夫妻了，在劇本中寫道：「道溫攜綠娃歸，以盡其補過之道。」包天笑改編別人的作品，而其他人也改編他的作品映之於銀幕。如他的短篇《一縷麻》被鄭正秋改編成電影《掛名夫妻》，他的譯作《苦兒流浪記》又被鄭正秋改編爲電影《小朋友》。關於《掛名夫妻》更有一層值得紀念的是，劇中的女主人公是後來成爲「默片時期」鼎鼎大名的明星的阮玲玉第一次上銀幕，眞是名副其實的處女作了。

　　包天笑不僅在創作和改編電影劇本方面有一定貢獻，而且也以善寫「說明」而著稱於影劇界。因爲那時是「默片時期」，所以除了編劇之外，還要有一個寫「說明」的人（有時是編劇兼寫說明）。「說明」就是寫「字幕」。包天笑在《說字幕》一文中介紹了他關於寫「字幕」的經驗：「影劇者，無言之劇也，於種種表現中，失一語言之重大條件，於是欲以文字彌其缺，則謂之字幕。……蓋字幕之優劣，有左右電影之力量，佳妙者平添無數之精彩，而拙劣者，減削固有之趣味。」由於包天笑擅寫「說明」，因此明星公司鄭正秋編劇時，大多請包天笑執筆寫字幕，包天笑很幽默地說：「那些女明星，不過櫻唇一動，而我們就要代她說出一句話兒來，並且這話兒一定要說得相當得體。我笑說，我們做八股文，人家說是『爲聖人立言』，現在做『字幕』，卻是爲女明星立言了。」〔註 20〕他是寫小說的，這種「立言」對他說來，眞可謂駕

〔註 19〕 包天笑：《釧影樓筆記——白話文之始》，第 103～104 頁。
〔註 20〕 包天笑：《說字幕》，載《明星特刊》第 5 期，《盲孤女號》，大東書局 1925 年 10 月出版。

輕就熟的事。如由他作編劇兼說明的《空谷蘭》簡直成了明星影片公司的「保留劇目」，胡蝶成了「影后」之後，明星公司又改由胡蝶爲女主角，重新攝製新版的《空谷蘭》。1935 年 2 月，周劍雲、胡蝶組團赴蘇聯參加國際電影節，新版《空谷蘭》一片也「隨行」，以後在德、法、英等國公映，反響也很熱烈。

包天笑的「觸電」，不僅是他個人對中國早期電影作出了貢獻，而且還帶動了一批通俗作家「從影」。當然，在包天笑之前，寫《歇浦潮》的朱瘦菊（海上說夢人）就改行成爲電影界人士，不僅搞編導，後來還成了大中華百合影片公司的總經理。包天笑與他的身份不同，包天笑還是以寫小說爲主，而僅是「客串」電影而已。這樣就帶動了一批通俗作家到電影界「客串」編劇和寫說明。因爲有包天笑這樣一個成功的範例，各影片公司也就很歡迎通俗作家介入電影創作。對通俗作家說來，他們也覺得像朱瘦菊那樣純粹是「轉業」，他們辦不到，但像包天笑那樣，作爲業餘的電影工作者，倒是有利而無害的，不妨可以一試。在這些客串電影者中有程小青、周瘦鵑、姚蘇鳳、鄭逸梅、嚴獨鶴、徐卓呆、顧明道、張碧梧、陸澹安、徐碧波、王鈍根、施濟群、范煙橋等等。從而基本上解決了 20 世紀 20 年代國產電影的「劇本荒」問題。

上文簡介了包天笑作爲報人、作家、電影工作者的成就，作爲多面手，他還有許多翻譯作品，但是他的外文並沒有過關，因此與人合作翻譯者居多，而像《馨兒就學記》等傳播很廣的譯作，也屬「豪傑譯」，一百段故事，他只譯了近五十則，同時也將自己的創作插入其中。但是根據當前國外翻譯學中的「文化轉型」理論，這種譯風在現代文學的早期翻譯中出現是毫不奇怪的，這種「文化轉型」理論認爲，爲了使本國人便於接受陌生的外國生活故事，作一定的改動以符合本國的文化傳統，後人當然可以加以指述，但也應有某種表示理解的願心。同樣，我們對包天笑的名言「擁護新政制，保守舊道德」〔註21〕，也應與他的作品結合起來予以解釋。因爲「舊道德」與「封建道德」之間還是不能劃上等號的，在「舊道德」中應該包含著兩個組成部分，一是「封建性的糟粕」，一是「民族傳統美德」。而從包天笑的作品實踐而言，我們可以肯定他的作品中的「舊道德」還是以宣揚「民族傳統美德」爲主的，這是從屬於「舊道德」中的精華而非糟粕部分。包天笑自述是被梁啓超的「大炮」轟醒的，他以「啓蒙」和「催醒」爲「王牌」，頗有願意「爲王前驅」的志願與決心。

〔註21〕 包天笑：《釧影樓回憶錄·編輯小說雜誌》，第 391 頁。

從魯迅的「棄醫從文」談到惲鐵樵的「棄文從醫」——惲鐵樵論

　　魯迅的「棄醫從文」是大家所熟知的：他在仙臺醫專看了日軍砍我同胞的頭顱以「示眾」的幻燈片之後，哀我圍觀同胞的麻木神情，「覺得醫學並非一件緊要的事，凡是愚弱的國民，即使體格如何健全，如何苦壯，也只能做毫無意義的示眾的材料和看客，病死多少是不必以爲不幸的。所以我們的第一要著，是在改變他們的精神，而善於改變精神的是，我那時以爲當然要推文藝，於是想提倡文藝運動了。」〔註1〕就在這一棄一從間，走出了周樹人成爲以後的偉大作家魯迅的第一步。至此，本文的文題的前半「魯迅的棄醫從文」已經說清楚了。其實本文主要想說的是「惲鐵樵的棄文從醫」，可爲什麼要以偉大的魯迅做其「陪襯」呢？就因爲魯迅與惲鐵樵有過特殊的關係：魯迅的第一篇印成鉛字的小說是在惲鐵樵手中簽發的，而且加了許多批語，盛讚這位新進作者的撰文功力。這些盛讚的評點，使惲鐵樵成爲中國第一位「評魯」的學人。也許有人以爲，魯迅的《懷舊》這篇文言小說發表時用的是筆名「周逴」，因此惲鐵樵不能算首位評魯者。可是我認爲，既然將《懷舊》收進了《魯迅全集》，稱他爲評魯的第一人，順是成章。惲鐵樵不是一個沒有眼力的人：他寫這些佳評時無法預知這位「周逴」將來是要成爲中國的超一流文學大師。有人撰文稱惲鐵樵是「慧眼伯樂」〔註2〕，我覺得並非過譽。可是

〔註 1〕魯迅：《吶喊·自序》，《魯迅全集》第 1 卷第 5 頁，人民文學出版社 1963 年版（以下引魯迅語如不特別注明，皆出於該版本）。

〔註 2〕陳江：《慧眼伯樂——惲鐵樵》，《商務印書館 95 年》第 598 頁，商務 1992 年版。

我取這個文題的著眼點是，在日後，魯迅在文學界的地位是一路走高；而惲鐵樵也非無能之輩，可是他在文學界因種種原因，越來越舉步維艱，以致棄文從醫，所幸他在醫學上能放一異彩，成爲中國改革中醫的先鋒人物之一。我想，他的一棄一從也不是無所收穫的。本文想講的是從惲氏這一棄一從中應體悟出些歷史變遷的教訓來。

（一）

惲鐵樵（1878～1935），名樹珏，以字行，別署焦木、冷風、黃山民。江蘇武進人。其先人大雲（子居）爲桐城派古文家，他幼承家學，刻苦自勵，亦長於古文。1903 年，考進南洋公學（交通大學前身），1906 年畢業，在其間精通了英語。1911 年入商務印書館任編譯員。1912 年，因《小說月報》編輯王蘊章赴南洋，由他接任主持，至 1917 年卸任。在這五、六年間，可說是惲鐵樵在文學事業上最輝煌的時期。他最突出的貢獻就是作爲一個編輯，熱心獎掖後進，培養人才，以致在中國的文學編輯史上可以獲取一席之地。

在他主持《小說月報》的這一時段中，是「五四」新文學的醞釀期，許多後來的新文學作家尚未冒頭，但卻已經進入了練筆期。而後來被視爲「鴛鴦蝴蝶派」的作家也在找尋題材與體裁上的新的「生長點」。而惲鐵樵正掌握著一個有全國影響力的大刊物，在一批成長期的文學青年或新進作者看來，他身居「要津」；而他卻又如此敬業，甘爲他人作嫁衣裳，使《小說月報》眞正成爲一個文學作者們的「公共園地」。

最可稱的是他對魯迅小說「處女作」的高度「賞識」。他爲《懷舊》這篇文言小說作了 10 則夾註式的批語，還加一則總評。當然他主要是從古文的義法章法上去加以評斷的。不妨引幾條品味一下：「一句一轉」，「接筆不測從莊子得來」，「用筆之活可作金針度人」，「轉彎處俱見筆力」，「寫得活現眞繪聲繪影」，「不肯一筆平鈍，故借雨作結，解得此法行文直遊戲耳」，「狀物入細」，「三字妙，若云睡去便是鈍漢」，「餘波照映前文，不可少」等等；總評是「實處可致力，空處不能致力，然初步不誤，靈機人所固有，非難事也。曾見青年才解握管，便講詞章，卒致滿紙饅飣，無有是處，亟宜以此等文字藥之。（焦木附誌）」惲鐵樵是將《懷舊》作爲青年作文的典範來加以表彰的，但我們也從中可以悟出作爲一位編輯的不凡眼力。遺憾的是惲鐵樵在生前並不知道魯迅的第一篇小說是經由他的手編發的。惲鐵樵是 1935 年 7 月 26 日病逝的。

魯迅向楊霽雲透露自己的第一篇小說是《懷舊》的那封信是寫於 1934 年 5 月 6 日：「現在都說我的第一篇小說是《狂人日記》，其實我的最初排了活字的東西，是一篇文言的短篇小說，登在《小說林》（？）上。那時恐怕還是在革命之前，題目和筆名，都忘記了，內容是講私塾裏的事情的，後有惲鐵樵的批語……」〔註3〕事隔 20 多年，事情已經淡忘，連題目與筆名也記不清了，時間也從民國 2 年（1913 年）推前到清末光緒 33 或 34 年（1907～1908），只有「惲鐵樵」這個名字沒有記錯。但當時，這些信是並不公開發表的。待到由楊霽雲蒐集、由許廣平編定的《集外集拾遺》出版，已是 1938 年的事了。

惲鐵樵還發過另一位後來成為新文學大家的葉聖陶的小說。葉老曾回憶：「《旅窗心影》原來是投給《小說月報》的，當時主編《小說月報》的是惲鐵樵。惲鐵樵喜歡古文，有鑒賞眼光，他認為有可取之處，可是刊登在《小說月報》還不夠格，就收在他主編的《小說海》裏。他還寫了一封長信給葉老，談論這篇小說的道德內容。」〔註4〕葉聖陶在回憶時還提及惲鐵樵對魯迅的《懷舊》的評語，說惲「指出他所見到的妙處」。言談中充滿著對惲鐵樵的敬意。但葉聖陶在《小說海》發文的筆名是葉允倩。惲鐵樵生前是否知道這位葉允倩就是後來鼎鼎大名的葉聖陶？還有待於進一步考徵。

惲鐵樵與後來被稱為「鴛蝴派」的作家也有許多交往。首先應該提到的當然是張恨水。與《懷舊》發表的同年，張恨水也向《小說月報》投稿。張恨水回憶道：他看到《小說月報》有徵求稿件的啟事，「我很大膽的，要由這裏試一試。……在三日的工夫裏，我寫了兩個短篇，一篇是《舊新娘》，是文言的，約莫有三千字；一篇是《桃花劫》，是白話的，約四千字。前者說一對青年男女的婚姻笑史，是喜劇。後者寫了一個孀婦自殺，是悲劇。稿子寫好了，我又悄悄地付郵，寄去商務印書館《小說月報》編輯部。……事有出於意外，四五天後，一個商務印書館的信封，放在我寢室的桌上。我料著是退稿，悄悄的將它拆開。奇怪，裏面沒有稿子，是編者惲鐵樵先生的回信。信上說，稿子很好，意思尤可欽佩，容緩選載。我這一喜，幾乎發了狂了。我居然可以在大雜誌上寫稿，我的學問一定很不錯呀！我終於忍不住這陣歡喜，告訴了要好的同學，而且和惲先生通過兩回信。」〔註5〕後來稿件雖未發

〔註 3〕魯迅：《致楊霽雲》，《魯迅全集》第 10 卷第 215 頁。
〔註 4〕吳泰昌：《藝文軼話》第 197 頁，安徽人民出版社 1981 年版。
〔註 5〕張占國、魏守忠：《張恨水研究資料》第 21 頁，天津人民出版社 1986 年版。

表，但惲鐵樵對張恨水的鼓勵，與張後來走上創作道路是不無關係的。但惲鐵樵是否知道這位投稿者就是後來的通俗小說大家張恨水呢？也待考。似乎那次投稿所用的姓名是「張心遠」而並非「張恨水」。據《張恨水小傳》中說：「張恨水原名張心遠。1914 年給漢口小報投稿時，從南唐李後主《烏夜啼》詞『自是人生長恨水長東』一句截取『恨水』二字作筆名，此後，恨水便成爲他的正式名字。」〔註6〕而向《小說月報》投稿是在取張恨水爲筆名的前一年（1913）的事。

從上述惲鐵樵與魯迅、葉聖陶和張恨水的交往中，有若干細節令人感動。如他給青年作者葉聖陶寫「長信」，討論改發在《小說海》上的原委。給張恨水的回信，僅僅隔了「四五天」。而對魯迅的《懷舊》的處理，亦何其神速：「1912 年 3 月，魯迅離開紹興到南京教育部任職，5 月隨部遷到北京。同年 12 月 6 日，在紹興的周作人給這篇小說『加了一個題目與署名，寄給《小說月報》』。12 日就收到主編惲鐵樵的覆信，28 日收到稿費 5 元，並於 1913 年 4 月出版的《小說月報》第 4 卷第 1 號上刊出。」〔註7〕這都表現了一種認眞的態度與敬業的精神。而且對素不相識的青年或新進作者皆有一顆赤熱的培育之心。

在 1935 年惲鐵樵逝世時，報上有不少曾受他扶持的作家的悼念文章。如顧明道：「憶余與鐵樵初通尺素時，鐵樵方在商務印書館任編輯，主編《小說月報》，而余方在中學讀書也。……鐵樵頗謙撝，不憚瑣屑答覆。」〔註8〕顧明道因病足而殘廢，但意志堅強，在惲鐵樵的培養下，不倦地努力創作，後來他的小說有的還改編成電影，或是搬上舞臺，皆得一定好評。程小青也在悼亡辭中說：「青幼年嘗獲先生青睞，勖勉有加，知己之感，沒齒難忘。」〔註9〕他很快成爲傑出的偵探小說家。後來成爲「問題小說」專門家的張舍我在 1916 年還只是個 20 歲的青年。惲鐵樵爲了支持他，與他一起提倡問題小說，在《小說月報》第 7 卷第 6 號上與他合譯國外的問題小說名篇《金錢與愛情》，還一定要將張舍我的名字在前，由他殿後。緊接著在第 8 號上發表《妒之研究》（一譯名爲《女歟虎歟》），還懸賞徵求「問題小說」的答案。以致張舍我日後專門

〔註 6〕張占國、魏守忠：《張恨水研究資料》第 3 頁，天津人民出版社 1986 年版。
〔註 7〕陳江：《魯迅與商務印書館——魯迅在商務印書館出版的著譯》，《商務印書館 90 年》第 546 頁，商務 1987 年版。
〔註 8〕明道：《傷逝瑣言》，《新聞報》1935 年 8 月 8 日。
〔註 9〕程小青：《悼惲鐵樵先生》，《新聞報》1935 年 8 月 1 日。

從事問題小說的創作與研究，被譽為「張問題」。像顧明道、程小青、張舍我等人都是當年通俗小說界的主幹人物，而問題小說與偵探小說都是通俗小說的新的生長點，惲鐵樵為培養這些青年灌溉了自己的心力。

正因為惲鐵樵所處的崗位，有時他的一個「動作」就能使一位年輕作者受到廣泛的注目。程瞻廬是通俗小說界的多面手，他的文章一度被《紅》、《紅玫瑰》等雜誌「包」下來。編輯刊登啓事，說是程瞻廬作品均在本刊披露，其他雜誌一概謝絕投稿。就像以後世界書局老闆曾將向愷然和張恨水包下來一樣。致使程瞻廬在這兩個刊物上，發了 6 部長篇，200 多篇短篇小說和 500 多篇小品隨筆。但程瞻廬的受文壇的注目與惲鐵樵也大有關係。當時《小說月報》大力倡導新體彈詞，認為這是比通俗小說更貼近民眾的文藝樣式。程瞻廬寫了《孝女蔡蕙彈詞》，惲氏付了 40 元稿酬，發表後他又重讀一遍，覺得實是上佳作品，又給程補上一筆稿費，並寫信致歉：「尊著彈詞，已印入《小說月報》中，復校一過，不勝佩服，覺前次奉酬 40 元，實太菲薄。如此佳稿，無論如何經濟恐慌，亦須略酬著作勞苦，茲特補上《蔡蕙》篇潤 14 元，即希察收。前此慣慣，因省費之故，竟將大文抑價，實未允當，心殊悔之，公當能諒其區區，勿加以儍笑也。」〔註 10〕一時傳為美談，而程瞻廬的作品也就更受到多方的關切。惲鐵樵辦《小說月報》是貫徹了他的質量第一的原則：「佳者雖無名新進亦獲厚酬，否則即名家亦擯棄而勿錄。」〔註 11〕林紓原是他極為敬仰的文壇前輩，但他對林紓 1913 年後的譯作質量下降，就頗有微詞。惲曾在與錢博基的通信中說及：「以我見侯官文字，此為劣矣。」〔註 12〕當然，林紓的稿件用與不用，他是作不了主的，這得由商務上層決定。在張元濟日記中就多次為此事傷腦筋，如 1917 年 6 月 12 日日記寫道：「竹莊昨日來信，言琴南近來小說譯稿多草率，又多錯誤，且來稿太多。余復言稿多只可收受。惟草率錯誤應令改良。」〔註 13〕

惲鐵樵編《小說月報》，出於文心，重視質量，把關甚嚴；他也出於公心，從來沒有什麼門派觀念，特別熱心扶持文學青年，悉心指導，真正使《小說月報》成為一個有全國影響力的內容純正的文學大刊，作為一個公共領域，

〔註 10〕鄭逸梅：《惲鐵樵獎掖後進》，《鄭逸梅選集》第 2 卷，第 187 頁，黑龍江人民出版社 1991 年版。

〔註 11〕轉引自陳江：《慧眼伯樂──惲鐵樵》，第 600 頁，商務 1992 年版。

〔註 12〕東爾：《林紓和商務印書館》，《商務印書館 90 年》第 541 頁，商務 1987 年版。

〔註 13〕同上，第 540 頁。

開放門戶，歡迎八方文學來客。將前期《小說月報》劃為「鴛蝴派」刊物是極不公正的偏見。當然，用今天的眼光看來，即使是「鴛蝴派」刊物，也應作具體分析。那種以「鴛蝴派」為政治帽子的時代，已經一去不復返了。但「不是就是不是」。不過一般地說「不是」，還缺乏說服力，應以惲鐵樵的編輯思想為例，才能以正視聽。

（二）

在《小說月報》第 4 卷第 1 號上，惲鐵樵趁刊物刊登特別廣告之機，再次強調了王蘊章的一些編輯思想，並有自己的一番更新：

> 本報自本期起，封面插圖，用美人名士風景古蹟諸攝影，或東西男女文豪小影，其妓女照片，雖美不錄，內容側重文學，古詩文詞，諸體咸備。長短篇小說，及傳奇新劇諸欄，皆精心撰選，務使清新雋永，不落恒蹊。間有未安，皆從割愛，故能雅訓而不艱深，淺顯而不俚俗，可供公餘遣興之需，亦資課餘補助之用。比來銷數日益推廣，用特增加內容益事改良。雖資本較重，在所不計。……〔註14〕

如果講得更概括一點，惲鐵樵辦刊物，惟雅潔是取，重視審美，娛樂性與教育性兼顧。也即「公餘遣興」與「課餘補助」缺一不可。他認為「小說對於社會有直接之關係，對於國家有間接之關係」。〔註15〕因此當使小說有永久的生存力。於是很多文藝界的朋友都說他將「小說」當作「大說」寫。這話最早是姚鵷雛說的。姚鵷雛也是一位很有理論修養的作家，他是早期京師大學（北京大學前身）的高材生。現在京師大學的高材生在寫《小說學概論》時論及南洋公學的高材生的「小說觀」：「數年前，常州惲鐵樵主商務《小說月報》，多為莊論，不佞嘗戲目其所編為『大說』。斯言固戲，然可知凡為小說，必有所以別於『大說』者。」〔註16〕在文中姚氏認為「小說」在古代雖為記錄「街談巷語，道聽途說」之類的「小道」，可是小說作者是不能「自待菲薄」，所謂「托體既卑，無以語高也」。看來，他與惲鐵樵的重視「教誨」也並無多大矛盾。不過由於姚氏這一說，文藝界有不少朋友總以為惲氏過份

〔註14〕《本報特別廣告》，《小說月報》第 4 卷第 1 號封 2，1913 年 4 月 5 日出版。

〔註15〕《本社函件撮錄：翰甫君與惲鐵樵通信》，《小說月報》第 6 卷第 5 號第 3 頁，1915 年 5 月 25 日出版。

〔註16〕姚鵷雛：《小說學概論》，《半月》第 3 卷第 5 號第 1 頁，1923 年 11 月 22 日出版。

強調了教育作用。那麼究竟是這班朋友們強調娛樂作用過頭了，還是惲鐵樵強調教育作用過頭了？惲鐵樵曾以編者的身份，在一封《答某君書》中等於回答了這一問題：

> 所貴乎小說者，為其設事懲勸，可以為教育法律宗教之補助也。惟如是必近情著理，所言皆眼前事物。善善惡惡，皆針對社會發揮，然後著者非浪費筆墨，讀者不虛擲光陰。我國小說家竟無有能與此數者。《紅樓夢》自是佳作，然亦不盡此意。曹雪芹之宗旨，在自己文字之壽世，不在當時社會之改良。故才大如海，若論有益於社會，終讓歐美小說名家一籌也。閣下若能斂才入細，描寫纖細事物，使之有味，委婉曲折，引人入勝，復能寓褒貶於言外，則可以層出不窮。歡迎足下筆墨者，又豈獨敝社已哉？〔註17〕

從這席話中我們可以感受到，惲鐵樵已與 20 世紀初梁啓超的文藝觀大有不同了。梁氏一心想「發表區區政見」。而惲氏對文藝發揮教育作用要在「近情著理」的前提下，做到「使之有味」，「委婉曲折」，「引人入勝」，「寓褒貶於言外」，也就是說要使教化功能與文學的優美性相結合。這是很大的進步。可是從他對《紅樓夢》的評價，可以看出他的「文以載道」的古文家思路，還是非常固執的。因此，一不小心，那「多為莊言」就不免要冒出頭來。在這一問題上，惲鐵樵的進步性與局限性並存。

那麼惲鐵樵到底想通過小說寓什麼東西在言外呢？其實在當時──「民元」向「五四」的過渡期中，要提出教誨作用的重點，也是頗令人躊躇的。辛亥革命的內容也是不大好寫的，因為這個革命所產生的變革不大，而且像商務印書館這樣一個中國民間最大的出版機構，對政治表態也特別慎重，有時甚至是態度曖昧的。因此惲鐵樵即使想反映，也只能從側面去觸及這一題材。例如他主持《小說月報》的第一期，即第 3 卷第 1 號，首篇就發了自己的短篇小說《新論字》，寫一個落魄的拆字先生與「余」在茶館裏的一席精彩的對話。我問，能卜時局否？這位拆字先生說「能」。我連續提了三個問題：1、革命能成功否？2、清朝之命運若何？3、今聯軍攻金陵克否？每提一問，就隨手寫一個字，叫他拆來。（因為當時皆繁體字，難於復述情節），但此人有急才，「余」寫一個字，他就邊拆邊侃，間不容髮，對答如流；受

〔註17〕編者：《答某君書》，《小說月報》第 8 卷第 2 號第 20 頁，1917 年 2 月 25 日出版。

他的吸引，圍觀者漸多，對他的妙答，竟報以掌聲。這那像是拆字？簡直是一場巧構的革命宣傳。這是惲鐵樵借這樣一次「街談巷語」反映民心民意，表達了一種明確的傾向性。《小說月報》在民元對革命的態度大概就掌握在這個分寸上。

當時，歐風美雨已浸潤中國，對中國的固有道德有所衝擊，惲氏是搞翻譯起家的，對外來道德的若干優異處，當然不抱牴觸，可是由於人們理解的不同，有時對中國的某些民族美德出現踐踏現象，或者學歐不成反生出許多副作用，惲鐵樵是感慨的，甚至是義憤的。他屬於中國民族倫理美德的捍衛派。他為什麼會對程瞻廬的《孝女蔡蕙彈詞》如此欣賞？就是因為它符合編者素重對中國倫理美德的頌揚。所以惲鐵樵評價它是「選材道學而不腐，修詞明爽而深隱，尤妙在曲折如志，應有盡有。」特別在最後一段中，程瞻廬肯定「孝」不僅是中國的傳統美德，而且是人類共同應遵守的道德準則。他舉了外國孝女耐兒等為例，指出今天「一般巾幗效西歐，設解文明與自由，觀念不離新世界，家風拚棄舊神州。」程瞻廬認為「孝思到處人崇拜，不問中華不問歐，孝女彈詞今唱畢，水源木本細研求。」程瞻廬在做學生時就是名校蘇州高級中學的中文學長，畢業後又長期在蘇州景海女子師範（教會辦）任教，對歐西道德中的進步因素，還是有所瞭解的，所以他能「道學不腐」。所謂「道學」在這裡應指中華傳統美德，「腐」就是理學頭巾氣，腐儒的頭巾氣也是惲鐵樵所反對的。惲氏在譯《墮落》這篇小說後加了一個「跋語」：小說材料「以含有倫理學意味乃為上選，雖吾此篇譯筆未必能饜飫讀者，然明眼人當許我選材之精當也。」〔註18〕他還在《本社特別啟事》徵求此類稿件：

> 本報同人本歷年經驗，確認小說與國風有密切關係。用自 8 卷
> 1 號起，就倫理方面著筆，選材力求有味，立言期能感人。寫英雄
> 兒女之情，發愛眾新仁之旨，此亦小說界空前之特色也。〔註19〕

對倫理的探討與追求，在歐美道德規範與中國傳統美德的之間進行比較，進一步作借鑒與融匯，這是一個很難解決也很難掌握分寸的課題，惲鐵樵不可能把握得恰如其分，可是這是一個很人性化的課題，他自覺地要去探究，值得肯定。

〔註18〕 Henrywood 原著，鐵樵譯《墮落·譯後識語》，《小說月報》第 7 卷第 11 號第 16 頁，1916 年 11 月 25 日出版。

〔註19〕 本社謹啟：《本社特別啟事》，《小說月報》第 7 卷第 12 號第 4 頁，1916 年 12 月 25 日出版。

　　除了對倫理題材的重視之外，當時正值第一次世界大戰，因此，惲鐵樵很願在小說中宣揚軍國民主義。中國在庚子之後，鑒於「屢挫於外敵」的血的教訓，一批先進的知識分子重提「尚武」精神。梁啓超在 1904 年編著出版了《中國之武士道》，蔡鍔（奮翮生）發表長篇論文《軍國民篇》，而與之相呼應的有魯迅的《斯巴達之魂》……。這次，惲鐵樵又借歐戰之機，重提軍國民主義，以鼓動同胞的愛國情懷。在這方面，惲鐵樵自己連續譯了若干篇歐戰小說，借他人的酒杯，澆自己的塊壘。從第 7 卷第 1 號起，惲鐵樵接連翻譯了《沙場歸夢》、《愛國眞詮》、《吾血沸矣》、《與子同仇》、《獻身君國》、《戰事眞相》等小說。《獻身君國》寫英國民眾的衛國參軍熱情。在《獻身君國篇書後》中談了自己的譯後感，因爲篇中寫到英國女子的參軍義勇制，而中國則因宗法社會遺毒而阻力重重，「軍國民與宗法絕不相容」〔註20〕言下他甚至對造成中國封建宗法的孔子與周公也進行了譏刺。與這種戰事小說相映襯的是他所輯的《武俠叢談》〔註21〕，無不是以養成尚武精神，實行愛國主義爲宗旨，認爲救吾國力孱弱，生氣消沉的對症藥方之一就是「軍國民」、「武士道」、「武俠」、「尚武」之提倡。

　　在編《小說月報》時，惲鐵樵也注意言文一致的通俗教育。「文字以淺顯能逮下爲貴，淺至彈詞，浸浸乎言文一致矣，言文一致，傳播文明之利器也，白話小說雖亦言文一致，而無韻之文，總不如有韻之文入人之深，故我主張彈詞。古近體詩，境界太高，自不待言，舊有之彈詞，亦有韻之文，且所以感人者力量至偉。然天雨花、鳳雙飛之類，總不能使滿意。故勿論其窺牆待月之不足爲訓；即措辭較雅馴者，要不外狀元宰相之思想。我國人無平等觀念，其大原因即此種思想爲之厲階……故主張新體彈詞。新體彈詞者，利用言文一致與有韻之便利，排除淫藝與自大之思想，發實行通俗教育也。」〔註22〕這就是惲鐵樵在他編輯的《小說月報》上大力提倡新體彈詞的原因，作爲一種通俗教育的手段。他對白話小說的助推力，就遠遠遜於新體彈詞。他也有一套自己的理論，那就是針對吳曰法的《小說家言》中說的「以俗言

〔註20〕鐵樵：《〈獻身君國〉篇書後》，《小說月報》第 7 卷第 3 號第 6 頁，1916 年 3 月 25 日出版。

〔註21〕惲鐵樵曾以冷風爲筆名，編著《武俠叢談》，商務印書館 1916 年版。

〔註22〕鐵樵：《孟子齊人章演義（新體彈詞）》後之《徵稿廣告及例言》，《小說月報》第 6 卷第 9 期第 2～3 頁，1915 年 9 月 25 日出版。

道俗語情者，正格也；以文言道俗語情者，變格也。」〔註23〕惲鐵樵的「理論」就在此文的跋語中：「小說之正格為白話，此言固顛撲不破。然必如《水滸》、《紅樓》之白話，乃可為白話。換言之，必能為真正之文言，然後可為白話。必能讀得《莊子》、《史記》，然後可為白話。若僅僅讀《水滸》、《紅樓》，不能為白話也。……無古書為之基礎，則文法不具，不知所謂提挈頓挫，烹煉墊泄；不明語氣之揚抑頓墜。」〔註24〕可見，惲鐵樵對白話作小說的要求是極高的。他在 1915 年發表的這一觀點，幾乎與魯迅在 1926 年所批評的朱光潛的觀點類似：「要做好白話，須讀好文言。」魯迅說：「但自己卻正苦於背了這些古老的鬼魂，擺脫不開，時常感到一種使氣悶的沉重。」〔註25〕可是我認為，這 1915 年與 1926 年的情況是有些不同的。在 1915 年，那時的白話文，大多帶有一種「寫話式」的稚嫩。到 1926 年，那時文學革命已經過了 10 個年頭，白話文經歷了 10 年歷練，已趨於成熟。正像魯迅在同一篇文章中所說的，「去年我主張青年少讀，或者簡直不讀中國書」一樣，那是有時代背景的，如果將魯迅這句話當作放之四海皆準的真理，那不就成了民族虛無主義者了嗎？對白話的規範，惲鐵樵的要求是非常苛酷的。他希望當時作為美文的白話文，要「提挈頓挫，烹炬墊泄」，「揚抑頓附，輕重疾徐」，就像做他的古文一樣，能經得起朗誦。他常自歎，自己不能操普通話，是寫不好白話小說的又一障礙。正由於惲鐵樵的這種「語言觀」，在他編《小說月報》時，對白話文的倡導與對彈詞的重視是不成比例的。不過我們還應該看到，自從林譯說部叢書在中國大流行以後，那一時段中，林琴南式的「史漢體」的古文是暢行一時的。而這種暢行與惲鐵樵的「語言觀」是合拍的：要麼用並「史漢體」的古文，要白就白到彈詞，那種達不到他要求的白話就只好「靠邊站」了。從中我們也看到惲氏在這一問題上的差誤。

（三）

惲鐵樵在著譯方面也有他的成就。他是靠翻譯步入文壇的，當時他譯的全是言情小說，由於他選擇的小說的可讀性強，他的譯筆又好，於是一舉成名。周瘦

〔註23〕 吳曰法：《小說家言》，《小說月報》第 6 卷第 5 號第 3 頁，1915 年 5 月 25 日出版。

〔註24〕 同上，第 4 頁。

〔註25〕 魯迅：《寫在〈墳〉後面》，《魯迅全集》第 1 卷第 363～364 頁。

鵑就有如下的回憶：「最初讀了《小說時報》中的長篇小說《豆蔻葩》，醰醰有味，覺得他的一枝譯筆和林畏廬先生有異曲同工之妙。後來又讀了《黑衣娘》、《波痕荑因》諸書，對於他老人家的印象更深。他所譯的幾全是英國卻爾斯佳維的作品，全是悱惻纏綿的言情小說。」〔註26〕周瘦鵑自己也是一位著名的譯家，而且也譯過卻爾斯佳維的小說，行家評贊應該是很有份量的。曾有一位名叫馮玉森的香港讀者，讀了惲鐵樵的短篇《情魔小影》、《出山泉水》等多篇譯作，非常贊賞他的譯筆，就郵寄莫泊桑的原著小說給惲，並附信說：「吾每以《海濱雜誌》與足下所譯對照觀之，輒覺譯文為憂。動譯名家小說當更有可觀。」當然是希望他譯莫泊桑的佳作。惲氏果然譯了，他的跋語實際是給馮君的回信：「馮君嗜痂，增我慚恧，重違其意，畫此依樣葫蘆。夫文之佳者，必其中有我。今處處為原本束縛，不佳可知。馮君將何以教之？」〔註27〕這位馮君也不是一般的讀者，對照原文，經過研究，才作出評價：「輒覺譯文為憂」。惲氏的回答是，雖是譯文，「必其中有我」。在這裡我們跳開「信雅達」之類的標準，惲氏的譯文有時的確令讀者覺得他的文采不凡。如卻爾斯維佳的《Just a Girl》，他譯為《豆蔻葩》：一朵豆蔻年華的奇葩。譯得如此之雅，使人們欽佩不已。在譯到女主人公伊瑟姆初遇男友示愛時，他動用四六駢體：「鬮開情竇，梅花性早，著花豈待春風；豆蔻含葩，烘開寧須午日。觀下文伊瑟姆之由來，便是證明。」〔註28〕此類文字當然是他的意譯，甚至是他的譯意。但是，在當時的許多文士看來，就是屬於他的極有文采的譯風了，也是他所說的「必其中有我」。

當年正是中國青年爭取婚姻自主而奮鬥之時，應該說，惲氏是極重言情的：「小說以言情為要素，否則必不動目」；可是他又補充說：「吾儕為小說，不能不寫情慾，卻不可專寫情慾。」〔註29〕他將言情視為創作的要素，可是有一個很值得注意的現象，惲鐵樵在編《小說月報》時，是非常「排斥」言情創作的。他之所以少登言情小說是因為當時創作的言情小說質量實在不高。1912 年徐枕亞的《玉梨魂》出版以後，風行一時。於是「東施

〔註26〕 周瘦鵑：《悼念惲鐵樵先生》，載蘇州《明報》1935 年 8 月 7 日。
〔註27〕 鐵樵：《情量・跋語》，《小說月報》第 6 卷第 3 號第 6 頁，1915 年 3 月 25 日出版。
〔註28〕 鐵樵譯：《豆寇葩・第五章・搜孤》，《小說時報》第 1 年第 3 號第 15 頁，1910 年 1 月 11 日出版。
〔註29〕 Henrywood 原著，鐵樵譯《墮落・譯後識語》，《小說月報》第 7 卷第 11 號第 16 頁，1916 年 11 月 25 日出版。

效顰」者紛起，形成一股寫「哀情小說」的潮流，而且愈寫愈雷同。惲鐵樵對此很不滿意。他說：「愛情小說所以不爲識者歡迎，因出版太多，陳陳相因，遂無足觀也。去年本報上幾屏棄不用，即是此意。……多用風雲月露、花鳥綺羅等字樣，須知此種字樣有時而窮。試取清乾嘉時駢文大家如北江、甌北諸集爲精密之分析，其所引典故，也不過洋裝兩厚冊而止。今之小說，層出不窮，即盡以兩厚冊裝置胸中，以有涯應無涯，猶且涸而可待。……宜乎換湯不換藥，如一桶水傾入一桶水，而讀者欲睡也。」〔註30〕他甚至提出「言情小說撰不如譯」的觀點：「外國言情小說，層出不窮，推原其故，則彼邦有男女交際可言，吾國無之；彼以自由婚姻爲法，我國尚在新舊嬗變之時。……是故歐洲言情小說，取之社會而有餘；我國言情小說，搜索枯腸而不足。」但是他也並非一概否定言情創作，而是積極爲它開拓新路，提出了「社會言情小說」這個概念：「言情不能不言社會，是言情亦可謂爲社會。」〔註31〕他將那些搜索枯腸的陳陳相因的所謂「純情小說」引向社會言情小說的廣闊天地中去。我認爲惲鐵樵是當時真正懂得文壇上言情小說千篇一律的病根的人。

在翻譯小說的原本的選擇上，惲鐵樵尤喜外國的「巧構小說」，在短短的篇幅中極盡構思巧妙之能事。這可以他所譯《貪魔小影》爲代表。惲鐵樵的創作的數量要比翻譯小說少。大家過去只知他在 1913 年 11 月就寫過《工人小史》，描寫一位很有骨氣的工人的悲苦生活現狀。大概是從「題材決定論」出發，因此，即使是極「左」的酷評家也沒有敢公開批這篇小說。可是就藝術而言，這篇小說還是不及《新論字》和《村老嫗》等小說。《論新字》也屬「巧構小說」的佳作。《村老嫗》是通過一個村老嫗的目光，看民國初年的基層選舉的種種弊端，極具諷刺性。惲鐵樵除了自己善於創作短篇小說外，還以編者的身份，爲來稿作潤色，甚至是改寫、重譯或校訂。編務工作搞得特別細緻。原作者是誰，他均一一注明，自己作了潤色加工甚至改寫後，還要加上跋語。如修改小說《七十五里》後，他加跋語評點說：「是篇得自投稿，原文意有未愜，刪潤一過，仍嫌直致。惟中敍朋友交

〔註30〕 鐵樵：《答劉幼新論言情小說書》，《小說月報》第 6 卷第 4 期第 1 頁，1915年 4 月 25 日出版。
〔註31〕 鐵樵：《論言情小說撰不如譯》，《小說月報》第 6 卷第 7 號第 2 頁，1915 年 7月 25 日出版。

誼，不無一二血性語，不欲以文字之致，竟棄置也。」〔註32〕惲鐵樵是編、譯、著皆能的全才。

（四）

在簡敘了惲氏的編、譯、著的成就之後，才有了剖析他的棄文從醫的悲劇因由。他並非是在文學上沒有出路，才去改行從事他業的。不過每遇一個社會的大轉折時期，總會有人被時代列車的慣性摔出軌道去的，或者是被同乘者擠出車門之外的。「五四」時期是這樣，解放戰爭後期或開國時，均有這種現象。但惲鐵樵並不是在文學界生存不下去的人。他對「五四」青年愛國運動也是積極響應的。1919 年 6 月，他還上街散發罷課公啓。據張元濟 1919 年 6 月 7 日日記：「惲鐵樵又有公啓。逼人罷課。夢與伯俞來商，余意只可聽人自由」，〔註33〕不予干涉。那時，他雖解脫了《小說月報》的工作，但仍在商務印書館編譯所任職。「民國九年庚申（1920），先生四十三歲，六月辭商務書館《小說月報》主編之職（此處有誤，主編之職是 1917 年底辭去的──引者注），始懸壺問世。」〔註34〕

關於惲鐵樵棄醫從文的原因，過去一直認為他的孩子因病誤於庸醫，才奮志研究醫學：魯迅因父親的病誤於庸醫，而立志學醫；而惲鐵樵是因兒子誤於庸醫而棄文從醫，情況似乎近似，其實這僅是惲氏原因之一端。「民國五年丙辰，先生三十九歲，長公子阿通年十四病白喉殤，先生乃奮志治醫。」〔註35〕「其時他的子女數人，因病誤於庸醫，他憤極了，就自己研究醫學。博覽群書，藝乃大進。後來他的幼子，忽得重症，中西名醫都回絕了。他自己試開一方，果然一帖而愈。最初他並不懸牌，後來一般親友前來求醫的漸多了，他才宣告以醫濟世。他的醫學很有精密的見解。對於幼科更有心得。鈍根、芙蓀家的孩子病重已到最危險的地步，都經他在死神手中把兩條小性命奪了回來。」〔註36〕但是我們不得不看到，在 1920 年後，惲鐵樵也深感自

〔註32〕鐵樵改寫之《七十五里‧跋語》，《小說月報》第 3 卷第 8 期第 9 頁，1912 年 11 月出版。

〔註33〕《張元濟日記（下）》第 789 頁，1919 年 6 月 7 日日記，河北教育出版社 2001 年版。

〔註34〕章巨膺：《惲鐵樵先生年譜》，《藥庵醫學叢書‧第 1 輯‧文苑集》第 17 頁，新中醫出版社 1948 年版。

〔註35〕章巨膺：《惲鐵樵先生年譜》，《藥庵醫學叢書‧第 1 輯‧文苑集》第 17 頁，新中醫出版社 1948 年版。

〔註36〕芙蓀編撰：《全國小說名家專集‧惲鐵樵》第 1～2 頁，雲軒出版部 1923 年版。

己在文學界已不再適合於生存了。首先是在商務印書館內部，他漸漸地被目
為「頑固派」，至少是一個「保守分子」。後來的事實也證明了這一點，茅盾
從 1920 年《小說月報》第 11 卷「半革新」開始，就認為：「《小說月報》的半
革新從 1920 年 1 月出版那期開始，亦即《小說月報》第 11 卷開始，這說明：
10 年之久的一個頑固派堡壘終於打開缺口而決定了它的最終結局，即第 12 卷
起的全部革新。」〔註37〕此話雖然是茅盾在 20 世紀 70 年代末所說的，但當
年的氣氛是可以想見的。惲鐵樵在 1920 年 6 月就離開商務印書館，也是走得
其時，因為 1923 年《小說世界》出版時，疑古（錢玄同）的調子與做法更為
激烈，在《〈小說世界〉與新文學》的文章中，「不但把《小說世界》第 1 期
出現的那些牛鬼蛇神，罵了個狗血噴頭，也把商務當局冷嘲熱諷，看得一文
不值，說他們剛做了幾件像人做的事，就不舒服了，『天下竟有不敢一心向善，
非同時兼做一些惡事不可的人！』〔註38〕這種謾罵式的言語，當然也與惲氏
的一貫作風不同。他在編《小說月報》時宣稱：「本報宗旨，不主張罵人，含
沙射影，尤所深戒。」〔註39〕所以惲鐵樵還是走的好。

我們從這一角度去論述，是否就是說，是新文學作家將惲鐵樵「逼」
走的呢？我認為按惲氏的性格，逼是逼不走的。他如果仍然堅持在文學界，
即使是一些新進的作家反對他，他也會像以「中醫」對待「西醫」的態度
一樣，改進自己，將逆境視為動力。他說過：「中醫與西醫同化，應受影響
而改良，而不應被征服。」〔註 40〕惲氏對某些西醫對中醫的反對，是視為
促進中醫改良的動力：「西醫反對亦不足為患。凡學術之進步，都在逆境，
不在順境。所以孤蘖多達，憂患多生。西醫之反對適足玉成中醫。惟自身
敗壞，卻是膏肓痼疾，足以致命之點。」〔註 41〕惲鐵樵是有原則的有氣魄
的。如果在文學界，他會改良自己，但決不會被征服；他會將新進作家的
反對，看成是一種「玉成」他的「憂患多生」。但他的與文學界斷絕關係，
還有其他的原因：

〔註37〕茅盾：《我走過的道路（上）》，第 173 頁，人民文學出版社 1981 年版。
〔註38〕同上，第 215 頁。
〔註39〕惲鐵樵：《某三·編者跋語》，《小說月報》第 6 卷第 7 號第 6 頁，1915 年 7
月 25 日出版。
〔註40〕惲鐵樵：《今後中醫改良之途徑》，轉引自陳犁樵《惲氏醫學觀》，《鐵樵醫學
月刊》第 2 卷第 4 期第 7 頁，
〔註41〕藥庵（惲鐵樵）：《我們醫學的將來》，《鐵樵醫學月刊》第 2 卷第 2 號第 1 頁，
1935 年 2 月 15 日出版。

　　他自從懸牌應診以後，對於文學早已擱筆，偶然有興，有了什
麼新著，大家都當是吉光片羽，珍貴非凡。去年某旬刊出版，編者
好不容易託人出來，向先生索了一篇《妃坡小傳》，等到出版的時候，
原題易爲《快活之王》。先生很不高興。從此宣言，不願多做小說了。
先生的近著，除掉這篇以外，還有《半月》第一卷上，一篇白話小
說《無名女士》，卻是瘦鵑再三以交情懇請而得的。此外的書報上，
卻不再見他的隻字了。〔註42〕

　　查《半月》上的《無名女士》是發表在第 1 卷第 2 號上的，1921 年 11 月
出版。而某旬刊即《快活》，《妃坡小傳》發表在創刊號上，時間是 1922 年 1
月。也就是說，惲鐵樵是 1920 年 6 月棄文從醫的，到 1922 年 1 月後，他就
與文學界基本上斷絕了文字往來。他的文章題目並非一定不能改，但將《妃
坡小傳》改爲《快活之王》純粹是一種「噱頭」，他極爲不滿。

　　新進作家是容不下他的，而自己過去的某些「文友」又不大長進，他可
以說是「兩間餘一卒」，但他「荷戟不彷徨。」他爲什麼能「不彷徨」？他的
「戟」指向何方？那就是革新中醫。惲鐵樵精通古文，又懂英文，他既在博
覽古代醫典的基礎上，對中醫學理溯本求源，又能用外語參證西醫醫理，他
下大工夫在改革中醫的事業上，因此被譽爲「我國醫學革命之創導者」。〔註
43〕他「診餘著述甚勤，晚年所著尤多。學說多折衷中西，凡所發明，皆有實
驗。形能之說，卓然成一家之言。近年來國醫日處於風雨飄搖之中，同人咸
知革新以應潮流。先生實爲之先導。一介寒儒，卒成醫林一代宗匠，不亦偉
哉！」〔註44〕惲鐵樵留下來的醫學著作比他的小說譯著多得多。有 8 大卷的
《藥庵醫學叢書》，有 20 期《鐵樵醫學月刊》，有 1 冊《國醫館與惲鐵樵往來
之文件》……。

　　我們是學文學的，也不妨讀兩段惲鐵樵的醫學論文：

　　　　予之醫學，是創作的，其實是刷新的。中國醫學可貴處在驗
方，而受人指謫所在，在無標準。蓋無標準則雖有千萬驗方，不
能用之適當；用之不當，雖有千萬方，等於無方。乃不成爲其醫

〔註42〕芙蓀編撰：《全國小說名家專集·惲鐵樵》第 2 頁，雲軒出版部 1923 年版。
〔註43〕何公度：《悼惲鐵樵先生》，《鐵樵醫學月刊》第 2 卷第 8 號《惲鐵樵先生哀挽
　　　　續號》第 1 頁，1935 年 10 月 15 日出版。
〔註44〕章巨膺：《惲鐵樵先生年譜》，《藥庵醫學叢書·第 1 輯·文苑集》第 15 頁，
　　　　新中醫出版社 1948 年版。

學矣。標準二字，非易言者，必須學理。所謂學理，不但是病理，
尤當明生理。欲明生理，則非參用西學不可。然又非依樣葫蘆可
以濟事。……〔註45〕

　　話說得非常透徹，說明中醫要學習西醫的必要性；可是他也敢於批評那
些對中醫採取民族虛無主義的人：

但世有學習西醫之人，對於中國國粹毫不愛惜，甚至謂軒歧殺
人已四千年於茲。如此者其人神經實太躁急，得吾說而存之，亦一
劑安腦藥也。〔註46〕

　　惲氏對中醫改革的另一個大功勞是，兩次創辦中醫函授學校。1925 年第
1 次創辦「鐵樵中醫函授學校」，受業者 600 餘人。一時醫學界風氣丕變，但
亦為守舊者所忌，於 1928 年停辦。大凡稱「學校」，是要經過當局批准，因
此很容易被守舊者勾結當局勒其停辦。1933 年復辦「鐵樵函授醫學事務所」。
這事務所就不易勒令停辦了。受業者從 1933 年的 364 人，至 1936 年的 753
人（惲逝世後，曾由他的學生與子女續辦了 1 年多）。為配合函授，他還於 1934
年 1 月，創刊《鐵樵醫學月刊》，至 1936 年 1 月停刊。他的辦學是卓有成效
的。我們不懂醫學，但不妨抄兩段有關學員的情況，以瞭解概貌。一則是一
位學員的家長，是位老中醫，讀了他兒子所發到的惲氏函授講義，也深有心
得，主動給惲氏寫信：

學員謝逸民君之尊人煥棠先生來函，稱頌惲師醫學。有「理貫
天人，學通中西」兩語。先生可以當之無愧。「棠讀醫書垂二十年，
結果疑難山積，無可自慰。今讀講義未久，恍如黑夜逢燈，漸能認
識路徑」等語。〔註47〕

　　可見惲氏對中國古代醫學典籍的解釋，自有心得，令人欽服。再抄一位
北平協和醫大的學生，也來報考鐵樵中醫函授學堂後，惲鐵樵與他的通信：

學員劉偉通君，係北平協和醫大學生。西學根柢極深，所作第
1 次課藝，解釋「營衛」二字，及今後中醫改進之途徑二篇，洞中

〔註45〕惲鐵樵：《近來之感想》，《鐵樵醫學月刊》第 1 卷第 1 號第 3 頁，1934 年 1
　　　　月 15 日出版。
〔註46〕惲鐵樵：《宣言一》（惲鐵樵 1925 年舊作），載《鐵樵醫學事務所三週年紀念
　　　　特刊》第 6 頁，1936 年 11 月出版。
〔註47〕莊時俊：《本所三年大事記‧1935 年 3 月條》第 15 頁。本所即指「鐵樵醫藥
　　　　事務所」，出處同上。

肯綮。惲師覆函嘉獎之。中有「今後中醫界，安得如我兄者，為之
整理亭毒，使得掃陰霾而見天日乎」等語。〔註48〕

　　抄書抄到這裡，我感慨萬千。這像一個「頑固派堡壘」的守門神的嘴臉
嗎？在文學界是「頑固派」，但到了醫學界，能突然放一異彩？這樣提出問題，
有人也許覺得太尖銳了。那麼還是心平氣和地評說幾句。惲氏正當是辛亥革
命後，民國元年主持《小說月報》，到文學革命初興那年中止《小說月報》編
輯之職。他在任此職期間，的確可稱得上「慧眼伯樂」，他編、譯、著皆能。
他能將當時的《小說月報》辦成從事文學創作者的公共園地，是難能可貴的。
可是他也有自己局限性。不過在這時段中，寫小說的人要像「五四」以後的
作家有那麼新的思想，恐怕也難。魯迅的《懷舊》與葉聖陶的《倚閭之思》、
《旅窗心影》的立意也不過如此。以《懷舊》與《狂人日記》相比，不啻是
一種飛躍。當惲鐵樵領教了那些自認為「唯我獨革」的新文學作家們某些言
行（「唯我獨革」並非從「文革」始，在我們某些新文學作家身上早有所表現，
也是釀成新文學界自搞無謂爭鬥的風景線的動力），又由於自己有志於醫學，
也就自願退出了文學舞臺。他懸壺濟世後，看到中醫處於「飄搖風雨」中，「其
一是政府中人反對。其二是西醫反對。其三是自身敗壞。」〔註49〕於是挺身
而出，要改革中醫。他在醫學界的許多作派，是文學界移植過去的。辦雜誌，
辦函授，著書立說，都與過去文學根底有著因緣關係。文學雖能改變人們的
精神，但他在醫界竟也參與拯救國醫這一民族瑰寶。無論在文學界或醫學界，
我對惲鐵樵的建樹，只能用四個字來表達：「肅然起敬」。

〔註48〕莊時俊：《本所三年大事記・1933年9月條》，第12頁。
〔註49〕藥庵（惲鐵樵）：《我們醫學的將來》，《鐵樵醫學月刊》第2卷第2號第1頁，
　　　　1935年2月15日出版。

周瘦鵑論

（一）

　　周瘦鵑，1895 年生於上海。16 歲，他還是中學生時就試探著走上寫作之路，他的第一篇作品發表於清朝末年——辛亥革命前夕的 1911 年 6 月。不久，民國肇始，上海的都市化進程呈更快速推進的態勢，一個國際性大都會的雛形已巍立於黃浦江之濱。第一次世界大戰爆發後，趁著西方列強忙於戰事，無暇旁顧，上海民族企業迎來了持續發展的「黃金時期」。經濟的繁榮爲豐富多元的文化事業提供了廣闊的發展空間。而上海市民社會的初步形成，使晚清的文人情趣也正在被市民情趣所替代；一批從「文士」的舊卵中破殼而出的知識分子則更將傳播西學和爲市民大眾文化事業效力視爲當務之急。新型的文化事業運用商業經營模式成爲現代都市生活的重要組成部分。周瘦鵑生逢其時，也生逢其地，他抓住這個大好時機，從業餘創作而正式「下海」成爲職業作家，憑藉著現代媒體的優勢與偉力，以他多產的著、譯、編，很快就在上海市民大眾文壇上「聲譽益隆，幾乎紅得發紫」。〔註1〕

　　周瘦鵑常常自稱是「文字勞工」：「吾們這筆耕墨耨的生活，委實和苦力人沒有甚麼分別，不過他們是自食其力，吾們是自食其心罷咧。」〔註2〕他的自況也得到同行們的公認，許廑父就說他「平生無嗜好，每日治事，至 15 小時，常自稱曰文字之勞工」。〔註3〕這樣的話在論述周瘦鵑的評論文章中常被人們所引用，可是還有一句話也應該引起我們足夠的重視，那就是周瘦鵑自

〔註 1〕鄭逸梅：《記紫羅蘭庵主人周瘦鵑》，香港《大成》第 108 期，1982 年 11 月 1 日出版。

〔註 2〕周瘦鵑：《噫之尾聲》，《禮拜六》第 67 期，1915 年 9 月 1 日發行。

〔註 3〕許廑父：《周瘦鵑》，《小說日報》1923 年 1 月 1 日第 1 版。

述的，他又是一個「文字上的公僕」。這當然是指編輯生涯而言：「不幸我所處的地位，恰恰做了人家文字上的公僕。一天到晚，只在給人家公佈他們的大文章，一天百餘封信，全是文稿，……」〔註4〕他做公僕可說是夙夜匪懈，盡其所能爲他人作嫁衣裳，被同道們譽爲「好好先生」。因此他除了創作上的「自食其心」之外，在編輯工作中，他還得「鞠躬盡瘁」，有時他要同時編五、六種刊物，他自加壓力，樂此不疲，這種苦幹精神也令人欽服。

在上海市民大眾文壇上，周瘦鵑可說是最有代表性的作家。縱觀20世紀初，上海市民大眾文學界，著、譯、編三者「齊頭並進」而可與周瘦鵑媲美的有包天笑、嚴獨鶴。包天笑是提攜周瘦鵑步上文壇的前輩之一，又是編過許多報刊的名主筆，可是到1922～1923年編了《星期》之後，他就很少涉足編務活動了；而周瘦鵑的編輯工作幾乎是與民國相始終。包天笑的外文還不足以流暢地獨立從事翻譯工作，他大多是以合譯的成果在譯界取得一席之地；而周瘦鵑的譯作甚至享譽新文學界。嚴獨鶴也是編、著、譯樣樣皆拿得起的能手，他是周瘦鵑的同輩好友，當時嚴是《新聞報·快活林》的主持人，而周瘦鵑則在《申報·自由談》當家，兩個著名副刊在上海市民社會中皆享威望，文壇上有「一鵑一鶴」之美稱。就編齡而言，嚴的起步要早於周，但嚴獨鶴著、譯的量卻遜於周。就作家、翻譯家和出色的市民大眾文學的「組織家」而言，稱周瘦鵑是上海大眾文學中的最有代表性的作家，甚至將他列爲「前三甲」，是並不過份的。

正因爲他是上海市民大眾文學的代表人物，所以周瘦鵑又「首當其衝」地受到某些知識精英主流作家的猛烈批評。應該說，其中有的批評也對周瘦鵑有一定的幫助，但也有不少批評是由於這些主流作家對上海市民的文化需求認知不足所造成的。因此，在知識精英文學家與市民大眾文學家之間往往會發生激烈的爭辯。可是在這種批判面前，周瘦鵑又是如何反應的呢？他曾在文章中自述他的一貫態度：「在下本來是個無用的人，一向抱著寧人罵我，我不罵人的宗旨。所以無論是誰用筆墨來罵我，挖苦我，我從來不答辯。」〔註5〕在與知識精英文學家的論爭中，市民大眾文學作家當然可以答辯，而且那些敢於答辯的作家，往往都是對中外文學包括對中國的新文學有一定知識的

〔註4〕周瘦鵑：《幾句告別的話》，《上海畫報》三日刊第431期第2版，1929年1月12日出版。

〔註5〕周瘦鵑：《闢謠》，《上海畫報》第125期第2版，1926年6月26日。

人，他們甚至精通外語，能瞭解世界文壇的近況，否則他們無從與知識精英作家去辯難。我們知道，周瘦鵑是最具備此類條件的人，但他沒有因此分散他的注意力，更談不上有失態的舉措。在他的一生中，對內，他是「好好先生」；對辯難的對方，他說自己是「無用的人」。他還是專心致志做他的「勞工」與「公僕」。

除了著、譯、編的成就之外，周瘦鵑還是一位傑出的園藝盆景專家。他熱愛生命，熱愛美藝。20 世紀 30 年代，他定居蘇州。他的「周家花園」幾乎成為蘇州一景，他開放這個私家花園，供國內外人士參觀欣賞。他也以園藝盆景為「作品」，成為傳播「美」和「藝」的親善使者。

綜觀他的一生，他為人熱情、善良、正派、富於正義感。許廑父說他「平生無嗜好」，那是講他的一生中與煙（鴉片）、賭、嫖無緣，他潔身自好。他翻譯過托爾斯泰的《黑獄天良》，後來收進《歐美名家短篇小說叢刻》時，改題名為《寧人負我》，這或許帶有一點以此自勉的成份吧？他編過一本雜誌，名曰《樂觀》，他是個樂觀的人。那麼他在「文革」中怎麼會如此悲慘地結束自己的生命的呢？當我在寫這篇《周瘦鵑論》時要去瞻仰這位「優秀的文人和作家」〔註6〕的那一刻，我覺得我們過去若干文學批評中對他的評價是苛刻而過份的。如果我們去回顧歷史，要總結這方面的經驗與教訓，應該說是教訓多於經驗，這就值得我們去作文學史的反省。那麼我們今天是否應在這些教訓中走出來，在歷史的反思中畫出一個真實的周瘦鵑來？

（二）

周瘦鵑，原名祖福，字國賢，筆名瘦鵑，後以筆名為正名；他尚有泣紅、紫蘭主人、懷蘭、鵑、五九生等筆名。他出生在一個小職員的家庭中，父親是上海招商局江寬號輪船上的會計。生三子一女。他排行第二。周瘦鵑可能也不會料到，就在這樣一個普通的家庭中，由於他父親的早逝，家庭產生了變故，使他在未正式踏進社會時，就試圖用投稿去減輕家庭的困境；當他初獲成功後又毅然決然地去從事職業寫作，籍此維持一家的生計，不僅如此，這個家庭在他身上產生了一系列的連鎖反應，甚至規定了他今後寫作的題材，框範了他作品的主題。

〔註 6〕熊月之主編：《上海通史・第 10 卷・民國文化》第 195 頁，上海人民出版社 1999 年版。

　　1900 年，周瘦鵑 6 歲時，父親因病逝世。其時，正當 8 國聯軍肆虐中國，入侵天津後又攻陷北京。關心國事的父親在病榻上憤激填膺，在昏迷時還囈語高呼：「兄弟三個，英雄好漢，出兵打仗！」這是他父親在生命盡頭迸發出來的愛國情懷。周瘦鵑一生中將它視為父親的遺囑。他雖然沒有照老人家的遺念去做衛國的士兵，可是那種愛國主義的情愫卻深烙在他的作品之中。由於他父親平生喜揮霍，病中求醫又賣盡當絕，連他父親的一口棺木也是由親戚們湊了錢買來的。家中可謂一貧如洗。那時他們一家生活，簡直比黃連還苦啊！有的親戚不是沒有向他母親提過改嫁的事，可是他母親就是靠沒日沒夜地為人縫補針黹來作為回答。從此就是憑這位慈愛而堅韌的母親的十指，含辛茹苦地將子女撫養成人，她不僅撐持了這個家庭，而且還一定要讓兒子讀書求學。他常含淚教育子女：「爸爸死得早，要好好讀書，要爭氣，立志向上。」於是母親的「苦做」激勵著周瘦鵑的「苦學」。他由私塾而小學而中學，都是做的苦學生，從沒有出過學費。他是靠自己的優異成績和良好品德感動校方或老師的愛才之心。正因為有這樣的家庭背景，因此，周瘦鵑對母親的守節撫幼的感恩連鎖地遍施於對其他「節婦」的尊敬。在他的初期的小說創作與編輯發稿時常對「節烈」抱有好感。而他的辛勞的母親對他的愛又使周瘦鵑回報以「孝思孝行」，成了他作品中理直氣壯地反覆宣揚孝道的動力。這一切與其說是儒學的薰陶，倒還不如說是苦難家庭生活炮烙的深深印痕。凡此都曾受到知識精英作家的批判，認為這是「思想的反流」：「《禮拜六》的諸位作者的思想本來是純粹中國舊式的……同時卻又大提倡『節』、『孝』。……想不到翻譯《紅笑》、《社會柱石》的周瘦鵑先生，腦筋裏竟還盤據著這種思想。」〔註7〕應該說，在「節」、「孝」之類的傳統觀念上，周瘦鵑是有一個思想發展與變化的過程，乃至既劃清了與封建思想的界線，又承傳了我們民族傳統美德的精華。至於做了十多年的「苦學生」，則使他在日常生活中既有自卑自謙的心態，又有自強不息的精神。他曾說自己是個「無用的人」，他特別能「忍讓」。多年的「苦學生」的弱勢地位使他不習慣去與人「爭辯」，遇事只能用自己的不屈的苦幹精神，去開拓出自己的一番新業績。「苦」他不怕，「苦幹」他能勝任。他常說，他是「苦出身」！以上這些品性，難道不是這樣一個貧困而不屈的家庭所磨煉出來的麼？

〔註 7〕西諦：《思想的反流》，《文學旬刊》第 4 期第 2 版，1921 年 6 月 10 日出版。

周瘦鵑也是一位「多情種」、「至性人」。他的「可歌可泣的戀史」更證實
了這一點。這一段的戀情即使在家庭中也是公開的：他的夫人是他的「最親」，
而不是他的「最愛」。周瘦鵑到晚年還對她女兒說：「瑛兒，你總也知道我早
年那段刻骨傷心的戀史，以後二十餘年間，不知費了多少筆墨，反對封建家
庭和專制婚姻。我的那些如泣如訴的抒情作品中，始終貫串著紫羅蘭一條線，
字裏行間，往往隱藏著一個人的影子。」為此，《小說月報》最早的主編王西
神還為他寫了一首長詩《紫羅蘭曲》，其中有「周郎二十何堂堂」、「三生自是
多情種」等句。更有張恨水以周瘦鵑為原型撰寫長篇小說《換巢鸞鳳》15 回，
因抗戰《春秋》停刊而中斷。鄭逸梅則多次在文中涉筆此事。周與「紫羅蘭」
即周吟萍相識是他在民立中學執教時，一次在務本女校觀看演出，對演出中
的周吟萍產生強烈的愛慕之心。在通信往還中他們相互熱戀，可是雙方貧富
懸殊，對方父母不會將女兒許配給窮書生，況且女方自幼就訂有婚約。周瘦
鵑的苦戀相思使他有紫羅蘭癖，也使他「一生低首紫羅蘭」：

> 我之與紫羅蘭……刻骨傾心，達四十餘年之久，還是忘不了。
> 只為她的西名是紫羅蘭，我就把紫羅蘭作為她的象徵，於是我往年
> 所編的雜誌，就定名為《紫羅蘭》、《紫蘭花片》，我的小品集定名為
> 《紫蘭芽》、《紫蘭小譜》，我的蘇州園居定名為「紫蘭小築」，我的
> 書室定名為「紫羅蘭庵」，更在園子的一角疊石為臺，定名為「紫蘭
> 臺」。每當春秋佳日紫羅蘭盛開時，我往往癡坐花前，細細領略它的
> 色香；而四十年來牢嵌在心頭眼底的那亭亭倩影，彷彿從花叢中冉
> 冉地湧現出來，給我以無窮的安慰。〔註8〕

周瘦鵑甚至在自己創辦的個人小雜誌《紫蘭花片》上，每期彙集前人詞
中有「銀屏」二字的，闢專欄為「銀屏詞」，就是為周吟萍而設的。他有時在
自己的文章署名時，用「屏周」、「瘦鵑」，似乎是兩個人合作的作品，這位神
秘的「屏周」不知何許人也。實際上就是嵌在心頭眼底的那亭亭倩影與他「合
作」的產品。鄭逸梅文章中講過周瘦鵑與周吟萍的生死不逾而又難成眷屬的
愛情故事。在鄭的晚年還專門為周氏的《愛的供狀——附：〈記得詞〉一百首》
寫了一篇文章《周瘦鵑傷心記得詞》，他讀周瘦鵑的這一百首絕句，真感到迴
腸蕩氣，恨不得與他同聲一慟。同時也覺得這位女性是值得周瘦鵑如此深情
地愛戀的。鄭逸梅還提供了這樣一個事實，1946 年，周瘦鵑的謫室「鳳君逝

〔註 8〕周瘦鵑《一生低首紫羅蘭》，《拈花集》第 304 頁，上海文化出版社 1983 年版。

世，而周吟萍亦已守寡，瘦鵑頗有結合意，奈吟萍卻以年華遲暮，不欲重墮
綺障……」〔註9〕她是那樣地動情，曾對周瘦鵑說，將她看作是永遠的「未婚
妻」吧；她又是那樣地理智，兩人都已年過半百，而周瘦鵑這樣一個具體的
家庭，中饋需人，她又非持家能手，她難能勝任。她這一決定，也恐怕出自
為周瘦鵑的晚年的幸福著想吧？

　　與周吟萍的「一生相守，無期結褵」的哀情悲劇是周瘦鵑「哀情小說」
之源，也是他的淚泉。在他的小說中滔滔汩汩，永無盡頭。他在《情》這篇
小說開端說道：「周瘦鵑曰：兩年以還，予嘗撰哀情小說三十有九，譯哀情小
說二十有三，而吾為此捐棄眼淚亦六十有二度矣……挽近之世，一情字為人
玷辱殆盡，實則肉欲，美其曰情愛，須知情愛之花，決不植於欲田之中。肉
欲之外，尚有所謂精誠者在，精誠之愛，能歷萬古而不磨，天長地久之一
日……」〔註10〕最後幾句直是他自己與吟萍戀情的寫照。周瘦鵑寫哀情小說
時常以淚洗面，「朋友們往往稱我為小說界林黛玉，我也直受不辭。」〔註11〕

　　他的「家庭」與「戀情」構成了他創作初期的小說中的「愛國」、「孝道」、
「哀情」等「情結」，而民立中學對他的培養為他的創作和翻譯作了充分的準
備。他自述16歲時，踏進了當時上海有名的學府民立中學。在《上海通史》
中對民立中學有這樣的介紹：「1903年蘇本立昆仲奉父遺命創辦。……該校以
英文功底紮實著稱，畢業生除進大學深造外，多在海關、銀行、郵政等部門
工作。1918年曾在江蘇省教育會（其時上海屬江蘇省——引者注）列表調查
中榮居第一。」〔註12〕當時的海關、銀行、郵政都屬「金飯碗」。但民立中學
也培養出了像周瘦鵑和鄭正秋〔註13〕那樣著名的文藝界才俊。在民立中學，
周瘦鵑受到語文老師孫經笙（南社社員）和校方的器重，他仍是不出學費的
「苦學生」，但他已能如饑似渴地閱讀歐美名作家的原著，並開始習作小說和
試譯外國作家的佳作。就在畢業的前夕，他大病一場。連畢業考試也未能參
加。但校方鑒於他平時成績優秀，破例給他發了畢業證書。「蘇校長留我在本

〔註9〕鄭逸梅：《周瘦鵑——傷心記得詞》，香港《大成》第202期，1990年9月1
　　　　日出版。

〔註10〕周瘦鵑：《情》，《春聲》第4期，1916年5月2日出版。

〔註11〕周瘦鵑：《紅樓瑣話》，《拈花集》第93頁。

〔註12〕熊月之主編：《上海通史·第10卷·民國文化》第151～152頁，上海人民出
　　　　版社1999年版。

〔註13〕鄭正秋（1888～1935）早期著名戲劇評論家，新劇藝術家，中國電影事業的
　　　　重要奠基人。

校教預科一年級的英文（相當於初一的程度——引者注），給了我一隻飯碗。」可見民立中學待周瘦鵑不薄。可是，「那班學生都是我的同學，有的是富家子弟，有的年紀還比我大，因此有意欺侮我這初出茅廬的小先生，常常要我陪他們『吃大菜』（學生們戲稱犯規後被校長召去訓斥爲「吃大菜」——原注）。我挨了一年，天天如坐針氈，眞的是怨天怨地，於是硬硬頭皮，辭職不幹了。……我一出校門，就立刻正式下海，幹起筆墨生涯來，一篇又一篇的把創作或翻譯的小說、雜文等，分頭投到這些刊物和報紙上去，一時稿子滿天飛，把我『瘦鵑』這個新筆名傳開去了。」〔註 14〕應該感謝民立中學使周瘦鵑的語文和英語程度迅速提升之功，爲他的「下海」打下了紮實的功底；但是也要「感謝」那些班上的頑童們，他們用自己的頑皮去欺侮這位初出茅廬的小先生，逼出了一位著名的市民大眾文學的優秀作家、翻譯家和編輯家。

（三）

周瘦鵑正式發表的第一篇作品是刊於《婦女時報》創刊號（1911 年 6 月11 日出版）上的小說《落花怨》；但他的處女作卻是《愛之花》（8 幕改良新劇），連載在《小說月報》第 2 卷第 9～12 號上（1911 年 11 月～1912 年 2 月）。那就是說，短篇小說《落花怨》創作於《愛之花》之後，卻發表在《愛之花》之前。而周瘦鵑卻非常看重他的處女作。他多次提到這個 8 幕話劇的創作過程，以及發表時帶給他與全家的大欣喜。商務印書館的《小說月報》在當時可算是全國性的一流刊物。他能在這樣級別的刊物上發表作品，大大增強了他對未來寫作事業的信心。他之所以會「硬硬頭皮，辭職不幹了」，是因爲他自知在這要「下」的「海」中他有幾分把握成爲一個「弄潮兒」。更何況客觀上當時正是文藝刊物風起雲湧之時，有廣闊的平臺可以讓這位還不滿 20 歲的青年去闖蕩文壇。

他的處女作的創作經歷值得一提：周瘦鵑 16 歲那年暑期中，他偶而在城隍廟的冷攤上「淘」回一本《浙江潮》，那是革命黨同盟會的浙江籍會員在東京出版的刊物。在其中他「讀到一篇筆記，記的是法國一位將軍的戀愛故事，悲感動人，引起了我的愛好，……於是日夜動筆，用了一個月的工夫，編了一個 5 幕（記憶有誤）的劇本，取名《愛之花》。並且取了一個筆名，

〔註14〕周瘦鵑：《筆墨生涯五十年》，香港《文匯報》1963 年 4 月 24 日《姑蘇書簡》專欄。

叫做『泣紅』，……我就瞞著家裏人，偷偷地把這個劇本寄了去，……隔了不多久，好消息來了；《小說月報》的編者王蓴農先生回了我一封信，說是採用了。……並送了銀洋 16 元，作為報酬。這一下子，真使我喜心翻到，好像買彩票中了頭獎一樣。你祖母的歡喜更不用說；因為那時的 16 塊大洋錢是可以買好幾石米的。我那 50 年的筆墨生涯，就在這一年上紮下了根。」〔註15〕在《小說月報》發表後，也似乎沒有那位研究者去查對過，究竟是根據一篇什麼樣的「筆記」改編成劇本的，大概也由於《浙江潮》這本刊物難於找到吧。原來周瘦鵑當時在舊書攤上買到的是《浙江潮》第 8 期（1903 年 10 月 10 出版，周瘦鵑『淘』到時，已是出版了 8 年的舊刊了）。其中有一位筆名叫「儂更有情」的作者發表了兩篇小說。一篇題名《戀愛奇談》，裏面包含 3 則筆記，第一則題名《情葬》，只有 730 個字。周瘦鵑就是根據它改編成 8 幕劇《愛之花》的。「儂更有情」的另一篇小說題為《愛之花》，小說也是以法國為背景——在《浙江潮》第 6 至第 8 期連載，一共是 3 回。這篇小說寫得實在不高明。但是周瘦鵑借用了他的題目，將自己的劇本也叫做《愛之花》。《情葬》的故事情節是：「柯泌卿云者，當時一英颯青年……無端與茀魯卿之夫人結不解之孽緣。」後來柯泌在戰爭中英勇犧牲，臨終前囑其侍者將自己的心臟贈茀魯夫人。後此心臟竟落入其夫茀魯之手。他即令廚師作羹以饗夫人，然後才告訴夫人：

> 是卿最戀愛鍾情人之寶貝心肝也。……夫人駭極，情根欲斷，
> 紅淚如沸，氣幾絕復甦。忽解頤謝良人曰：「幸君成全情魔之結果。
> 妾實愛此心臟，妾實愛此心臟，有無量之價值；而憂世界無此珍重
> 之墓以葬之。今君能代相此珍重心臟之墳墓於妾腹中。君之多情更
> 甚於妾。」言竟即日幽於室，絕食既四日，夫人一縷情魂遂於柯泌
> 卿續未了緣於泉臺。〔註16〕

周瘦鵑就將這一情節作為戲骨。這 8 幕劇後來被鄭正秋、汪優游搬上舞臺，易名《英雄難逃美人關》，票房看好。以後還攝製成電影。在 1913 年，周瘦鵑之所以敢於下海，大概就是因為劇本的改編成功，使他信心倍增，他甘「冒風險」為此一搏。

〔註15〕周瘦鵑：《筆墨生涯五十年》，香港《文匯報》1963 年 4 月 24 日《姑蘇書簡》
專欄。

〔註16〕儂更有情：《情葬》第 1～2 頁，《浙江潮》第 8 期，1903 年 10 月 10 日出版。

周瘦鵑步上文壇之初，是靠翻譯起家的。他曾說：「在我這五十年筆墨生涯中，翻譯工作倒是重要的一環。」〔註17〕在 1914 年 6 月 6 日《禮拜六》雜誌創刊之前，周瘦鵑以《婦女時報》和《小說時報》為發表基地，扶持他的是包天笑與陳景韓（冷血）。他 1911 年開始在《婦女時報》上發表第一篇文章，當時該刊主持人就是包天笑。當包天笑從書信中知道周瘦鵑在 1912 年大病一場，又知他家庭清寒，便預支一筆稿費給他，並在信中說，以後只要他的稿件一到，不論發表與否，即優先付酬。但周瘦鵑第一次到《時報》館拜訪包天笑卻是在兩年後的 1913 年 9 月。包天笑那種悉心培養「素不相識」的後學青年的精神，真可傳為文壇美談。後來他們成了忘年交，對周瘦鵑說來，包天笑可謂亦師亦友的長者。而《小說時報》起始是由陳景韓與包天笑輪值編輯的。而這位陳景韓後來出任《申報》總主編，也就是他將周瘦鵑推薦給《申報》老闆史量才，讓年輕的周瘦鵑入主《申報・自由談》。在《禮拜六》創刊前，據不完全統計周瘦鵑在刊物上發表了 58 篇文章。其中刊登在《婦女時報》上的為 37 篇，在《小說時報》上發表的為 11 篇，他在《時報》系統發文總計 48 篇；只有 10 篇文章發在《小說月報》、《東方雜誌》和《中華小說界》等也是很有影響的刊物上。在這 58 篇文章中，翻譯或根據外國材料經他編纂的共計 46 篇，這還不包括他常用《閨秀叢話（雜談）》形式，連續刊登的一組組文章中的若干外國小故事。因此，說周瘦鵑是「靠翻譯起家」是有充分根據的。除了他的自我努力之外，也使我們不得不想起「民立（中學）效應」。1914 年 6 月起他成了《禮拜六》週刊的臺柱。他在《禮拜六》創刊號上的文章也是翻譯小說《拿破侖之友》。在前後期《禮拜六》週刊 200 期中，在 147 期中有他的供稿，共刊 152 篇，創作計 83 篇，翻譯計 69 篇。在「前百期」中有 12 篇翻譯小說後來經他作了校訂，收入他的《歐美名家短篇小說叢刻》之中。

《歐美名家短篇小說叢刻》是周瘦鵑翻譯工作、甚至是他一生文字生涯中的一個「亮點」。那是因為魯迅對他的翻譯予以極高的評價。可是這個「亮點」一直被「遮蔽」著。他只「莫名其妙」地收到了一張教育部的獎狀。但北洋軍閥教育部的一張獎狀，所「值」又幾何呢？卻不知獎狀背後卻矗立著一個巨人的身影，而且還有他親自的嘉許。遺憾的是周瘦鵑遲至 1950 年才知道獎狀是出自魯迅的推薦，那是在一張小報——《亦報》上有鶴生的一篇《魯

<hr>

〔註17〕周瘦鵑：《筆墨生涯鱗爪》，香港《文匯報》1963 年 6 月 17 日，「姑蘇書簡」專欄。

迅與周瘦鵑》，周瘦鵑後來知道這位鶴生就是周作人的化名。文中值得注意的
有三點：一、對該譯作「批覆甚為贊許，其時魯迅在社會教育司任科長，這
事就是他所辦的。」二、批語已記不清了，「大意對於周君採譯英美以外的大
陸作家的小說一點，最為稱贊，只是可惜不多」。三、「《域外小說集》早已失
敗，不意在此書中看出類似的傾向，當不勝有空谷足音之感吧。」〔註18〕其
時是解放初期，也還來不及去評價周瘦鵑這類作家的時候，這篇文章並未引
起文壇的注意。連周瘦鵑本人也是友人寄給他「剪報」才知曉的。直到 1956
年 10 月 5 日，周作人以周遐壽為筆名在《文匯報》上發表《魯迅與清末文壇》
再重提此事，才有了反響。周作人的文字不多，但份量卻不輕：「總之他（指
魯迅——引者注）對於其時上海文壇的不重視乃是事實，雖然個別也有例外，
有如周瘦鵑，便相當尊重，因為他所譯的《歐美小說叢刊》三冊中，有一冊
是專收英美法以外的作品的。……他看了大為驚異，認為『空谷足音』，帶回
會館來，同我會擬了一條稱贊的評語，用部的名義發表了出去。」〔註19〕緊
接著周瘦鵑在《文匯報》的 10 月 13 日發表了《永恒的知己之感》。其時正當
周瘦鵑又迎來一個發表文章的高峰，兩相映襯，才使文壇又對周瘦鵑「刮目
相看」。

　　《域外小說集》的「失敗」對魯迅說來是一個「心結」。第一集和第二集
只分別賣出了 21 和 20 本。由於寄售處的一場大火，使這些心血化為灰燼。
周氏兄弟原想賣出了書收回成本，再陸續出下去的願望也成了一個美麗的
夢。從 1909 年至 1917 年之間可以說是翻譯小說集的近 10 年的空白期。「不
意在此書中看出類似的傾向」，一位青年有志於「接班」，一次就推出上、中、
下三卷的成果，怎麼不使魯迅有「空谷足音」之感呢！出於興奮起的心情，
他將此書帶回紹興會館，與一位共同經受失敗的合作者周作人分享這種喜
悅。他和周作人是行家，因此在周瘦鵑所譯的 14 國的小說中，能指出「其中
意、西、瑞典、荷蘭、塞爾維亞，在中國皆屬創見，所選亦多佳作。」評語
這樣開頭也就令人折服。「又每一篇署著者名氏，並附小像略傳。用心頗為懇
摯，不僅志在娛悅俗人之耳目，足為近來譯事之光。」中國早期的譯作，不
寫明原作者，更不標姓氏的外文者是一個較為普遍的弊端。周瘦鵑的譯作則

〔註18〕鶴生：《魯迅與周瘦鵑》，轉引自周瘦鵑《一瓣心香拜魯迅》，收入《花前續記》
　　　　江蘇人民出版社 1956 年版。
〔註19〕周遐壽：《魯迅與清末文壇》，上海《文匯報》1956 年 6 月 5 日第 3 版。

極爲規範，甚至可供學者作研究之用，更何況有些原作者的「略傳」在中國也是第一次作介紹，也屬首創。批語作結說，「然當此淫佚文字充塞坊肆時，得此一書，……則固亦昏夜之微光，雞群之鳴鶴矣。」評語最後建議：「覆核是書，搜討之勤，選擇之善，信如原評所云，足爲近來譯事之光，似宜給獎，以示模範。」〔註20〕此後，周瘦鵑在 1947 年又出版了《世界名家短篇小說全集》（全四冊）。他後來在翻譯上所下的工夫，曾由胡適給予評價。

就我們所看到的材料，胡適涉及周瘦鵑的譯作曾有兩次談話。第一次是在一個宴會上，而在宴會上「歡談未暢，重申後約」；第二次談話是周瘦鵑對胡適的專訪。在兩次敘談中重點是切磋翻譯問題。

在 1928 年 3 月，胡適與周瘦鵑在一次宴會上相遇。「胡適博士健於談，語多風趣……承齒及本報（按即指《上海畫報》——引者注）謂每期必讀拙作，而尤激丹翁之詩……繼又道及拙編《紫羅蘭》半月刊與往歲中華書局出版之拙譯《歐美名家短篇小說》謂爲不惡。愚以大巫當前，不期爲之汗下數升焉。已而愚談及二十年前之《競業旬報》中有博士詩文雜作，署名鐵兒，已斐然可誦。博士謂所化之名，當不止此。當時共同合作者，有丹翁、君墨諸君。故至今尙珍藏數十冊，以資紀念云。」〔註21〕這雖然是在宴會上的談話，但也是周瘦鵑與胡適的一次「敘舊」：你談我 1917 年出版的《歐美名家短篇小說叢刻》，我就談你 1906 至 1909 年所編的白話報《競業旬報》。各人皆知對方的老底，豈非敘「舊」？因爲是周瘦鵑自己寫的文章，「謂爲不惡」是出於自謙，實際上是「不錯」或「很好」之謂也。而周瘦鵑說當時胡適之的文章「已斐然可誦」，就是稱贊他在 1906 年時，白話文也已經寫得很好的了。否則僅是評說當年胡適文章已寫得「斐然可誦」，豈非貶低了「大巫」嗎？而胡適當然也知道，就在他發表《文學改良芻議》的次月出版的《歐美名家短篇小說叢刻》已有很多篇小說用的是非常流暢的白話文譯成的（該書的 50 篇譯文中有 18 篇是白話文——引者按）。

1928 年 10 月，周瘦鵑又在胡適寓所書房中暢談兩小時。談及翻譯文學作品時，胡適拿出一本《新月》雜誌送給周瘦鵑。並「指著一篇《戒酒》道：『這是我今年新譯的美國歐·亨利氏的作品，差不多已有六七年不彈此調了。』

〔註20〕 魯迅、周作人評語，據《教育公報》第 4 年第 15 期，1917 年 11 月 30 日。
〔註21〕 周瘦鵑：《記許楊之婚》，《上海畫報》第 334 期第 3 版，1928 年 3 月 21 日出版。

我道：『先生譯作，可是很忠實的直譯的麼？』胡先生道：『能直譯時當然直譯，倘有譯出來使人不明白的語句，那就不妨刪去。即如這《戒酒》篇中，我也刪去幾句。』說著，立起來取了一本歐・亨利的原著指給我瞧道：『你瞧這開頭幾句全是美國土話，譯出來很吃力，而人家也不明白，所以我只採取其意，並成一句就得了。』我道：『我很喜歡先生所譯的作品，往往是明明白白的。』胡先生道：『譯作當然以明白為妙。我譯了短篇小說，總得先給我的太太讀，和我的孩子們讀。他們倘能明白，那就不怕人家不明白咧。』接著胡先生問我近來做甚麼工作。我道：『正在整理年來所譯的短篇小說，除了莫泊桑已得 40 篇外，其餘各國的作品，共 80 多篇，包括 20 多國，預備湊成 100 篇，彙成一編。』胡先生道：『這樣很好。工夫著實不小啊！』我道：『將來彙成之後，還得請先生指教。』」〔註22〕那就是指後來出版的 4 冊《世界名家短篇小說全集》了。

這第二次談話是兩位對譯技的一次交流，其中尤其是論及直譯問題。因為在譯《歐美名家短篇小說叢刻》時，周瘦鵑還是常用意譯的方法。這是中國早期譯風的一種「弊端」。但那時不少譯者卻不以為怪。在陳蝶仙為「叢刻」寫「序」時還表揚了這種譯風：「歐美文字絕不同於中國，即其言語舉動亦都干格不入，若使直譯，其文以供社會，勢必如釋家經咒一般，讀者幾莫名其妙。等而上之，則或如耶穌基督之福音，其妙乃不可言。小說如此，果能合於社會心理否耶？要不待言矣。……歐美小說，使無中國小說家為之翻譯，則其小說亦必不傳於中國，使譯之者而為庸手，則其小說雖傳，亦必不受社會之歡迎。是故同一原本，而譯筆不同，同一事實，而趣味不同，是蓋全在譯者之能參以己意，盡其能事。……人但知翻譯之小說，為歐美名家所著，而不知其全書中，除事實外，盡為中國小說家之文字也。」〔註23〕這是一則比較典型的倡導意譯的文字。但大概從 1918 年後，周瘦鵑在翻譯時，用直譯的手法逐漸佔了上風。這也是由於中國譯界逐漸從早期譯風走向較為成熟的直譯手法的影響所致。因此，在周瘦鵑與胡適談話時就請教了胡適翻譯短篇小說的經驗，可作自己「整理年來的短篇小說」時的借鑒。

〔註22〕周瘦鵑：《胡適之先生談片》，《上海畫報》第 406 期第 2 版，1928 年 10 月 27
　　　　日出版。
〔註23〕天虛我生：《歐美名家短篇小說叢刊・序》，見該書《序二》第 1～2 頁，中華
　　　　書局 1917 年版。

據不完全統計，周瘦鵑一生的譯作是 418 篇。〔註 24〕在這個統計中已經扣除了周瘦鵑「自暴其假」的數字：周瘦鵑在《遊戲雜誌》第 5 期（1914 年4 月）發表小說《斷頭臺上》時，有「瘦鵑附識」：「係爲小說，雅好杜撰。年來所作，有述西事而非譯自西文者，正復不少。如《鐵血女兒》、《鴛鴦血》、《鐵窗雙鴛記》、《盲虛無黨員》、《孝子碧血記》、《賣花女郎》之類是也」。但目前幾本主要書目工具書中都將以上創作歸類於譯作，這是編者沒有看到《遊戲雜誌》的「瘦鵑附識」的緣故。應該指出，這也是 19 世紀末 20 世紀初，中國有些作者常用的手段之一，他們將自己的創作冠於譯作拿出去發表；或者將譯作戴上創作的桂冠。但是他們卻不像周瘦鵑那樣「自暴其假」，竟「以假亂眞」。但研究這幾篇的「假」也可以從中看出周瘦鵑「作假」的目的（他集中造假的年代是 1912～1913 年），在《孝子碧血記》中他想說明外國也有孝子，因此中國今天更不應該「非孝」，如此等等。但是他後來覺得這樣做不好，還是「坦白」爲上。

綜觀周瘦鵑的翻譯成就，他在中國早期譯界是功勞卓著的。在解放以後，「我不再從事翻譯，因爲沒有機會讀到英美進步作家的作品；其他各國的文字，又苦於覿面不相識，那就不得不知難而退了。」〔註25〕

周瘦鵑的譯作爲我們打開了一扇照進「外部」陽光的世界天窗，同時他也通過翻譯吸取異域的營養，將「取經」所得的收穫運用到自己的創作中去，以提高自己的寫作水平。因此他說過：「吾們做小說的人，一見了歐美名家的著作，彷彿老饕見了猩唇熊掌，立刻涎垂三尺。」〔註 26〕他的創作是與他的翻譯同步地成長的。

（四）

周瘦鵑的創作在市民讀者群中影響巨大。從 1911 年他發表第一篇小說《落花怨》起，到 20 世紀 40 年代，可以說他與幾代市民讀者結爲「知友」。他從19 歲正式「下海」從事專業創作，「一時稿子滿天飛」，當時就被稱爲多產作家；他還先後擔任幾個大報大刊的特約撰稿人和編輯、主編，市民大眾文壇有足夠的空間供他馳騁，也吸引大批市民成爲他的忠實讀者。1944 年他編後

〔註24〕根據禹玲博士在她博士學位論文中的統計，未刊稿，特此致謝。
〔註25〕周瘦鵑：《我翻譯西方名家短篇小說訴回憶》，《雨花》1957 年 6 月號，1957年 6 月 1 日出版。
〔註26〕周瘦鵑：《噫之尾聲》，《禮拜六》第 67 期，1915 年 9 月 1 日發行。

期《紫羅蘭》時，曾刊登這樣的讀者來信：「（上略）母親不大看小說，但是當我說起您的大名時，他卻知道，在我看來，這真是一個奇蹟！但據母親告訴我，十幾年前，她正是您的一個忠實讀者。還有我的祖母也愛讀您的作品，在鄉下我們舊屋的板箱裏，藏著您編的許多書，祖母還將您在報上發表的文章，剪下來訂成本子（這些都是我母親告訴我的，或者有些含糊，只恨我生得太晚了，沒瞧見）。在我們家裏，從祖母至我，讀您文章的已是三代了。（下略）」周瘦鵑的感言是：「一家三代讀我那些拙劣的文字，孫女士要不是在哄我，那我真該感激零涕啊！」〔註27〕發表這樣的讀者來信當然有自我標榜之嫌，可是對編者而言，只要不是虛假的，「標榜無罪」，誰不想自己編的雜誌擁有廣大的讀者群呢？而且這樣的來信也決不是「孤證」。張愛玲第一次見周瘦鵑時也談到她母親喜讀周瘦鵑的小說，周瘦鵑轉述道：「據說她的母親和她的姑母都是我十多年前《半月》、《紫羅蘭》和《紫蘭花片》的讀者，她母親正留法學畫歸國，讀了我的哀情小說，落過不少眼淚，曾寫信勸我不要再寫了，可惜這一回事，我已記不得了。」〔註28〕張愛玲的敘述應該是真實的，可作為有力的「旁證」。周瘦鵑收到此類「勸告」恐怕也太多了，多到無法記憶。有的人還當面婉言相勸，他的至友陳小蝶甚至多次在文中請他「節」哀。周瘦鵑有時也「作秀」地做一篇《喜相逢》的「大團圓」小說，說他也要「破涕為笑」了。但他在小說結尾又自諷道：「這一篇圓滿的小說正不讓『私訂終身後花園，落難公子中狀元』的老套。」實際是他根本不想「改弦易轍」，相反，像張愛玲母親這樣的「勸告」從另一個角度去看，是對作家的「鼓勵」與「褒獎」。他的小說能對讀者有如此強烈的震撼效應，這正是作家要獲取的理想效果，他肯「善罷甘休」？

周瘦鵑確是一位「哀情巨子」。他的言情小說「輒帶哀音」，這當然與他的身世有關，於是，「瑟瑟哀音，流於言外，滔滔淚海，瀉入行間」。而這種受封建家庭和專制婚姻之害的情節在當時的市民社會中具有典型意義。像周瘦鵑這些哀情小說是很能引起上海里弄居民的共鳴的，他們會覺得這些哀情小說就像他們鄰里間發生的悲劇、甚至是自己親嘗的身世的生動再現。他們會用自己的親歷、親見與親聞去豐富周瘦鵑的哀情小說，從而將他視為自己的「知心人」。周瘦鵑的那篇《留聲機片》所得到的反響是截然不同的，新文

〔註27〕 周瘦鵑：《寫在〈紫羅蘭〉前頭》，後期《紫羅蘭》第 11 期，1944 年 2 月出版。

〔註28〕 周瘦鵑：《寫在〈紫羅蘭〉前頭》，後期《紫羅蘭》第 2 期，1943 年 5 月出版。

學家批判他，但有的青年卻視他爲知己。嚴芙孫介紹了這樣一件實事：「《禮拜六》108 期上登的那篇《留聲機片》是一篇刻骨傷心之作，大凡略有一些情感的人，看了無不動於中的。武進梁女士，遇人不淑，懨懨成病，臨死前幾天，讀了《留聲機片》，私語伊的同學道，瘦鵑眞是我的知己，居然把我的心事借他的一枝筆襯托出來了，我死可以無憾了。」〔註29〕這其實是一篇「非寫實小說」，周瘦鵑是專爲那些「失戀的同道」們寫的。他有他的「構思」：「《西廂記》云：『治相思無藥餌』。是以古往今來，人之患相思病者，往往不治。此病根荄，每在心坎深處，有觸即發，苦痛萬狀，與麻瘋病、肺癆病同足制人死命。今之仁人君子，有設麻瘋病院、肺癆病院者矣。其亦能別設一相思病院，以拯彼浮沉孽海中之苦眾生乎？」〔註30〕這篇「非寫實小說」就是周瘦鵑「幻想」中的「相思病院」。當時他家中正好買了「新玩意兒」留聲機，他就用留聲機片來幫情劫生向情人倩玉傳情，也是他們的最後的訣別。「相思病院」終於沒有治好情劫生的致命傷。而武進梁女士也患上了這種「不治之症」，她對那位「束手無策」、卻又「同病相憐」的「醫生」周瘦鵑表示了由衷的感激。

除了周瘦鵑的善唱「生命的哀歌」和讀者用自己的心聲與哀歌「共鳴」之外，使他的作品能受到如此熱烈歡迎的還有一個原因，那就是在民初的年代裏，當人們從辛亥革命的振奮與衝擊中回到原來的生活正常狀態中來時，感到新與舊的紛爭中的許多問題都未能得到解決，於是又充滿了失望與沮喪；而青年人最敏感的愛情、婚姻、家庭等問題，傳統勢力所製造的阻力還是那樣強勁。於是「民初的上海，人們在文化上都希望尋求新的東西。一般市民的文化興趣也同晚清有了明顯不同，無論是小說還是戲劇，哀情纏綿的東西比以前更受歡迎。鴛鴦蝴蝶派小說、家庭倫理新劇等在這個城市中有了更多的愛好者，當然這種情形和正在變化著的市民結構也有莫大的關係。」〔註31〕歷史學家認爲在民初彌漫著失望情緒，於是哀情是一種存在於廣大市民中的「時代色調」。而當在「五四」時期，歷史學家還發現了「周瘦鵑們」處在一個相當微妙的「尷尬」境地：

〔註29〕 嚴芙孫：《周瘦鵑》，轉引自王智毅《周瘦鵑研究資料》第 168 頁，天津人民出版社 1993 年版。

〔註30〕 周瘦鵑：《相思話》，《紫羅蘭》第 2 卷第 3 期之《紫羅蘭畫報》（單頁，不標頁碼），1927 年 1 月 18 日。

〔註31〕 熊月之主編：《上海通史·第 10 卷·民國文化》第 5 頁，上海人民出版社 1999 年版。

「在五四時期的新文化運動人士眼裏『鴛鴦蝴蝶派』主要是指民初的豔情小說（當時對哀情小說的另一種稱呼——引者注）。他們對鴛鴦蝴蝶派小說的批判主要上基於道德上的，認為這類小說『貽誤青年』、『陷害學子』。對於民初豔情小說一些保守的人士早在新文化運動以前就提出了批判，他們認為豔情小說是『青年之罪人』：『近來中國之文人，多從事於豔情小說，加意描寫，盡相窮形』，『一編脫稿，紙貴洛陽』，青年子弟『慕而購閱』，結果『毀心易性，不能自主』。豔情小說造成了；『今之青年，誠篤者十居二三，輕薄者十居七八』。新舊人士一樣反對豔情小說，只是新文化人士認為那是復古的禍害，舊派人士認為那是趨新的弊端。」〔註32〕復古保守派的指責是不難理解的，那麼新文學界怎麼會與復古保守派同調的呢？這是由於他們不懂得「哀情」風靡一時，是因為當時西洋的悲劇理論剛傳入中國，經過王國維等人的鼓吹，使它成為了一種悲情新類型，他們以為國民通過悲情的強刺激，反而可以使他們振作精神，促使他們去探尋改變現實之路。周瘦鵑等人所寫的「哀情小說」撥動了青年們在愛情與婚姻上的反封建的敏感的神經，在民初，他們是與時代合拍的，也表現出了民初時期的「現代性」。「哀情小說」在市民中得到廣泛的響應，市民認為這是他們「自己的文學」，甚至幾代人都成為它的固定的讀者群體。這也就是新文學界對哀情小說雖然進行如此嚴厲的打壓，而這些作品仍然能成為現代都市文學的「濫觴」，暢銷不衰。

周瘦鵑的「哀」也不光表現在愛情與婚姻問題上，他還有一定的政治敏感性。那就是他「哀」國家之貧弱，貧弱到將要被列強「瓜分」的邊緣。這種「哀」的最強烈的表現就是他的愛國小說。從他的第一個短篇《落花怨》中，我們就看到外國人指著我們的鼻子，罵我們是「亡國奴」。在這方面，周瘦鵑有一種「超前的危機感」：「在那國難重重國將不國的年代裏，我老是心驚肉跳，以亡國為憂，因此經常寫作一些鼓吹愛國的小說和散文，例如《亡國奴日記》、《賣國奴日記》……皆在喚醒醉生夢死的國人，共起救國。此外還寫過假想中日戰爭的《祖國之徽》和《南京之圍》，後來『八一三事變』發作竟不幸而言中……」〔註33〕在寫《亡國奴日記》之前，他曾研究了韓、印、越、埃、

〔註32〕熊月之主編：《上海通史‧第10卷‧民國文化》第61頁，上海人民出版社1999年版。

〔註33〕周瘦鵑：《筆墨生涯鱗爪》，香港《文匯報》1963年6月17日，「姑蘇書簡」專欄。

波、緬的亡國史，在這本書的封面上印著「毋忘五月九日」——那是袁世凱承認喪權辱國「二十一條」的國恥日。在「跋語」中他寫道：「吾豈好爲不祥之言哉！將以警吾醉生夢死之國人，勿應吾不祥之言陷入奴籍耳。嘗憶十年前英國名小說家威廉・勒苟氏草《入寇》一書，言德意志之攻陷英國。夫以英之強，苟氏尙爲危辭警其國人，今吾祖國之不振如是，則此《亡國奴之日記》烏可以不作哉？」在 1919 年 5 月 4 日後，他請中華書局重印此書，一天就銷去四千餘冊，並一再再版，銷數達四五萬冊之多。許多學校向學生推薦，作爲課外讀物。五四運動中他又寫了《賣國奴日記》，痛斥曹汝霖、陸徵祥等的賣國行徑，語多激烈。當時沒有出版社敢印，他於 1919 年 6 月自費出版。1919 年 6 月 4 日北洋政府爲鎮壓學生運動，實行大逮捕，關押了 1150 名學生。周瘦鵑於 6 月 11 日的《申報》上發表題爲《晨鐘》一文，聲援被捕學生；文章是「爲北京幽囚中的學子作」。他將北京的學子比作「晨鐘」，這「晨鐘」是「少年中國的福音，喚大家犧牲一切，救這可憐的中國，……我們少年精神不死，中國的精神永永不死。」在這些愛國作品中以《亡國奴日記》爲最佳，不僅有對「矮子兵」種種暴行的揭露與控訴，還有中國人民不屈的反抗與鬥爭。因此，我們不應該將周瘦鵑的「哀」僅僅限於反封建家庭與專制婚姻，他也將這個「哀」擴大到國族的被屠戮與被凌遲，他的「哀」與「痛」磨擦出了愛國主義耀眼的火花。

在上海進入工商社會與資本積累的初始期中，舊的傳統道德正在被遺棄，而資本社會的新型商業倫理又尙未建立，在那時，周瘦鵑還「哀」萬商之海中的人們的「義利觀」的失衡，社會上普遍地存在一種信仰危機和物慾私念的失度膨脹，周瘦鵑通過《舊約》、《最後一個銅元》等小說企望建構一種新的價值理性與法理觀念。1921 年周瘦鵑發表《舊約》時，正值上海遭受「信交風潮」之時，這一風潮不僅在經濟史上留下了重重一筆，連《辭海》中也爲此立了專條：「1921 年上海發生的一次金融風潮，是年初，投機商人先後集股開設幾家交易所和信託公司，以其本身所發股票，在交易所上市買賣，並在暗中哄抬股票價格，獲取暴利。……僅在當年夏秋間的幾個月內，即成立交易所一百四、五十家，信託公司十多家，一時股票大量上市，形成投機狂潮。不久市面銀根日緊，股票價格暴跌，交易所信託公司紛紛倒閉，釀成嚴重金融風潮。」周瘦鵑在那年 9 月上旬，在《禮拜六》上發表此文之日，正值交易所大發展之時，他已預感到危機的臨近。他就用小說中的胡小波的頻於身敗名裂的處境警告那

些狂熱的投機市民們，正如書中的洪逵一所訓示的：「你爲甚麼也妄想發財，陷到這個陷阱中去？要知我們既在這世界中做人，應當勞心勞力的去做事，得那正當的血汗代價，……」胡小波悔悟後，兢兢業業工作，誠誠懇懇守信，終於事業上有了大發展。作爲一位市民作家，他關心的是市民的「民生議題」，他發揮民間導向，在義利失衡時傳播一種市民的新型商業倫理價值觀。在《最後一個銅元》中的「我」窮到乞食爲生，但他不偷不搶，還是用出賣自己的力氣，好使久餓的肚子換得一頓飽飯，他還用剩餘的錢幫助丐友，最後靠了「最後一個銅元」，爲自己找到一個自食其力的差使。在建立新型義利觀的議題中，周瘦鵑「哀」的是人們迷失了終極價值，而他就用一種勵志的正面形象去激發良知，以社會的新型責任倫理加以制衡。

　　但是一個「哀」字概括不了周瘦鵑，作爲一位都市小說的初期代表作家，他還是一位繪製新型都市空間藍圖的能手。例如，他的一篇 3300 字的短篇小說《對鄰的小樓》就因形式創新、空間感強、視角獨特而在國外引起了熱議。這還得從筆者主編的一套《中國近現代通俗作家評傳叢書》（12 冊）說起，這套叢書介紹了 46 位通俗作家，每位作家都附有他們的代表作。其中就有周瘦鵑的 7 個短篇。哈佛大學李歐梵教授選了其中若干篇代表作作爲研究生的教材。他在一篇文章中寫道：「即以通俗小說爲例，內中不少作品是可以細讀的。我在哈佛任教時曾用范教授主編的《中國近現代通俗作家評傳叢書》中所選的晚清民初通俗小說代表作作爲教材，與研究生在課堂上詳細討論某些『文本』之中的形式創新，甚至包括其中都市空間意識和敘事者的視角，周瘦鵑的短篇小說──《閣樓小屋》（即《對鄰的小樓》，在國外譯爲《閣樓小屋》）──被我們視作此中的『經典』，……我認爲更重要的是這些小說對於都市日常生活的大量描述，像是一個萬花筒，其本身就是一個巨幅圖像……」〔註34〕這篇小說的題材就發生在周瘦鵑的身邊──他在一篇文章中曾介紹說：「北窗外有對鄰的小樓。我在《半月》雜誌中曾做過一篇短篇小說，叫做《對鄰的小樓》，即是指此而言。」〔註35〕細讀這篇作品，我們就可對周瘦鵑小說的都市空間意識和敘事者的視角有一種新的感受。可見，我們對周瘦鵑小說的研究還有許多可以進一步挖掘開拓的廣闊領域。

〔註34〕拙著《中國現代通俗文學史（插圖本）‧李序》第 9 頁，北京大學出版社 2007年版。

〔註35〕周瘦鵑：《我的書室》，《申報》1924 年 12 月 17 日第 17 版。

周瘦鵑的小說在當年受到新文學家的嚴厲批評，如《父子》。認爲他宣揚「愚孝」，還有的小說鼓吹婦女「從一而終」。但是隨著時代的進展，周瘦鵑也在小說創作中逐漸清除了這種封建意識。在《說倫理影片》一文中，他寫道：「平心而論，我們做兒子的不必如二十四孝所謂王祥臥冰、孟宗哭竹行那種愚孝，只要使父母衣食無缺，老懷常開，足以娛他們桑榆晚景。便不失其爲孝子。像這種極小極容易做的事，難道還做不到麼？」〔註36〕在這裡他很明確地劃清了「孝」與「愚孝」的界線。在周瘦鵑的腦中，對「從一而終」本來有著兩種思想的起伏碰撞。在《禮拜六》第110期他簽發陳小蝶的《赤城環節》時，加了按語，說黃節婦實有其人也實有其事。「叔季之世，倫常失墜，堅烈如黃節婦，百世不易覯也。……於戲節婦，可以風矣。」可是事隔半月，在112期上他自己寫了一篇《十年守寡》，對小說中的王夫人的「失節」表示了充分的同情：「王夫人的罪，是舊社會喜歡管閒事的罪，是格言『一女不事二夫』的罪。王夫人給那鋼羅鐵網縛著，……我可憐見王夫人，便蘸著眼淚做這一篇可憐文字……」可見他既歌頌節婦，也同情「失節」的婦女，思想上不無矛盾。但是到他寫《娶寡婦爲妻的大人物》時，他已明確地跳出了自相矛盾的境地：「娶寡婦爲妻，在我們中國是一件忌諱的事，而在歐美各國，卻稀鬆平常，不足爲奇。」他舉出「美國的國父華盛頓」、「法國怪傑拿破崙」、「英國海軍中第一偉人奈爾遜」和「美國前總統威爾遜」等多人，都是娶寡婦爲妻，這「既無損於本人的名譽，也無礙於本人的事業。我國只爲人人腦筋中有了不可娶寡婦的成見，而寡婦也抱了不可再蘸的宗旨，才使許多『可以再嫁』的寡婦都成了廢物，……與其如此，那何妨正大光明的再蘸呢？然而要寡婦再蘸，那麼非提倡男子娶寡婦爲妻不可。」〔註37〕在此文中周瘦鵑不僅根除了封建殘餘思想，而且爲破除千年迷信說項。

在周瘦鵑的創作中，散文是他常用來抒發自己感情或與讀者傾心交流的工具。作爲一位園藝盆景大師，周瘦鵑散文以他寫四時花序爲頂尖佳品；同時以他的豐富閱歷和掌故知識，撰成四季民俗佳節，也斐然可誦；而他筆下的遊記小品，能引領讀者進入大自然的恬靜世界，讀者可以在書房中憑藉這些優秀的散文臥遊於山水勝景之間。這三組題材，可說是周瘦鵑的散文中「三

〔註36〕周瘦鵑：《說倫理影片》，《〈兒孫福〉特刊》，1926 年 9 月 15 日，大東書局出版。

〔註37〕周瘦鵑：《娶寡婦爲妻的大人物》，《上海畫報》第 109 期第 2 版，1926 年 5 月 10 日出版。

絕」。而在解放之後，他的散文的基調是欣然樂觀的：「祖國獲得了新生，國恨也一筆勾消了。到如今我已還清了淚債，只有歡笑而沒有眼淚，只有愉快而沒有悲哀。」〔註38〕在他的花花草草的散文中，在在都以他的一顆愛心作為「文之精魂」：「我性愛花木，終年為花木顛倒，為花木服務；服務之暇，還要向故紙堆中找尋有關花木的文獻，偶有所得，便晨鈔暝寫，積累起來，作為枕中秘笈。」〔註39〕他常說自己「愛花若命」，他愛花，也愛那些頌花的詩詞，他在「晨鈔暝寫」之餘，還要「在花前三復誦之，覺此花此詩，堪稱雙絕，真的是花不負詩，詩不負花了。」〔註40〕因此，周瘦鵑的散文滿蘊著文化色彩與知識味汁。具備了這些內涵之後，他的寫花木的散文才會在相同的深層結構中顯示那百花爭豔的精彩：他寫一種花，往往從這花有多少別名說起，然後，此種花又包含著多少品種，再從那的美的形狀、豔的色彩與沁人的香味著筆，在這敘述中他又鑲嵌著晶瑩剔透的詩詞，而最後他總要說到「我蘇州園子裏」，「吾家紫羅蘭庵南窗外」，「吾園弄月池畔」……說出自己的許多栽培的心得來。

　　周瘦鵑「因愛好花木而進一步愛好盆景，簡直達到了熱戀和著迷的地步，以盆景為好朋友，為親骨肉，真有『不可一日無此君』之感。」〔註41〕他之所以成為一個盆景迷是因為在園藝盆景中可以發揮他的「創造美的天性」。他用筆創造美，用自己的所編的刊物創造美之外，他還要用盆景的「肢體語言」和「鬱勃生命」創造出一幅幅活色生香的「立體畫」來。那也是一種「創作」，是一種對美麗生命的潛心追求和頂禮膜拜，他要把大自然的美濃縮到一個小小的盆子中去，成為一件「縮龍成寸」的藝術珍品。盆景對周瘦鵑而言是一種業餘愛好，但作為一個業餘的盆景愛好者能達到如此高的造詣，這是和周瘦鵑的「胸有丘壑，腹有詩書」的境界是分不開的。除了要對種樹栽花有豐富的知識與技能之外，他認為還要取法乎上：「一方面是自出心裁的創作，一方面是取法乎上，依照古今人的名畫來做，求其有詩情，有畫意，例如明代沈石田的『鶴聽琴圖』，唐伯虎的『蕉石圖』，近代齊白石的『獨樹庵圖』等，也有參考近人攝影來做的，例如延安的『寶塔山』一角，『珠穆朗瑪峰』一角

〔註38〕周瘦鵑：《紅樓瑣話》，《拈花集》第 93 頁。

〔註39〕周瘦鵑：《花木的神話》，《拈花集》第 274 頁。

〔註40〕周瘦鵑《縴約姜尾春》，《拈花集》第 312 頁。

〔註41〕周瘦鵑：《詩情畫意上盆來》，香港《文匯報》1963 年 5 月 10 日「姑蘇書簡」專欄。

等，我曾取毛主席沁園春名句『江山如此多嬌』作爲總題。當我做這些山水盆景時，總有一個願望，就是要在一個小小的淺淺的盆子裏，表現祖國的錦繡河山，是多麽的偉大，多麽的美麗！」〔註42〕他不僅創作美，而且還要傳播美，他將自己的「周家花園」開放，供所有願意鑒賞和領受這種美的人敞開大門。「一年四季，我的園地上，參觀的來賓絡繹不絕，我的文章未必爲工農兵服務，而我的盆景倒眞的爲工農兵服務了，甚至有二十個國家的貴賓，先後光臨，給與太高的評價。尤其覺得榮幸的，國家領導人如董必武副主席、周恩來總理和夫人、陳毅、陸定一、李先念、薄一波、譚震林、烏蘭夫六位副總理，班禪副委員長一家以及劉伯承、葉劍英元帥等，也紛紛登門觀賞，蓬蓽生輝。葉元帥先後來了三次，更爲難得，曾在我那《嘉賓題名錄》上題句道：『三到蘇州三拜訪，周園盆景更新妍。』」〔註43〕後來，朱德委員長也光臨周家花園，而且還贈送給他兩盆名貴的蘭蕙。周瘦鵑不是一個以盆景爲禁臠而孤芳自賞的「創作家」。盆景對他來說，不僅是發揮他的「創作欲」的載體，他也從中渲泄著自己的愛國情懷。那是在解放之前，他參加「中西蒔花會」的那一段經歷。他參加過 1939～1940 年春秋各二次「蒔花會」，第一次得了第二名，有外籍參觀人士還以爲這是日本人的作品，周瘦鵑挺身而出，說明是中國人，他們連忙握手道歉。第二、三次，皆奪得總冠軍；正當他想「三連冠」時，由於外國評判員的不公，想方設法要阻止中國人取得「三連冠」的美譽而將他壓低爲「亞軍」。周瘦鵑憤而退出蒔花會，並在上海靜安寺開設「香雪園」，展出精心栽培、製作的花卉、盆景，以示與外籍人士操縱的蒔花會抗衡，參觀者陸繹不斷，一時傳爲美談。在解放後，他的盆景的照片與介紹文字譯成英、俄文流傳國外，還攝成電影，在國內外映播。

　　無論是小說、散文，旁及他的業餘愛好盆景，都顯示了周瘦鵑的創造性的才能。

（五）

　　周瘦鵑還是一位編輯大家。在民國時期，編新文學刊物最多的要算蘇州人葉聖陶，而編通俗文學報刊最多的要數蘇州人周瘦鵑。他在 1913 年 19 歲

〔註42〕周瘦鵑：《詩情畫意上盆來》，香港《文匯報》1963 年 5 月 10 日「姑蘇書簡」
　　　　專欄。
〔註43〕同上。

正式下海成為職業作家後，1914 年《禮拜六》創刊，他幾乎每一期都刊載一篇著譯。1916 年 21 歲，他受聘於中華書局，任《中華小說界》和《中華婦女界》撰述與英文翻譯。1918 年因中華書局改組而脫離。在這期間，他除出版譯作《歐美名家短篇小說叢刻》外，又與嚴獨鶴等合譯了《福爾摩斯偵探案全集》，共 44 案，分 12 冊發行。這其間，他還在《新申報》與《新聞報・快活林》兼任特約撰述。從 1916 年 11 月至 1919 年 1 月在《新申報》發表文章 133 天次共計 95 篇；在 1917 年 1 月至 1918 年 3 月在《快活林》發表文章 133 天次共計 123 篇。在 1919 年 5 月起任《申報》特約撰述，從 1919 年 5 月 31 日起至 1920 年 3 月 31 日止，他在《申報・自由談》發表文章 194 篇。經過《申報》幾乎近一年的考察，從 4 月 1 日起，史量才就「量才」錄用，正式聘任他主持《自由談》。正如周瘦鵑晚年所回憶的：「我得意洋洋地走馬上任，跨進了漢口路申報館的大門，居然獨當一面的開始做起編輯工作來。⋯⋯這在我筆墨生涯五十年中，實在是大可紀念的一回事。」〔註44〕

他稱編《自由談》時是「神仙編輯」，每天只要花二小時即可，看小樣大樣都由其他人分工承擔。於是他又兼任了 1921 年復刊的《禮拜六》週刊的主編，那年的 6 月份起，他又與趙苕狂合編《遊戲世界》；同年 9 月他自掏腰包，創刊了半月刊《半月》；從 1922 年 6 月起他還別出心裁創辦了他的個人小刊物《紫蘭花片》月刊，精緻玲瓏的 64 開本，每期刊登 20 多篇文章，全是他個人的著譯；而在那時，他還兼任先施公司所辦的《樂園日報》的主編。如此算來，在 1922 年，他身負五、六個報刊的主編確是實情。另外的一個編刊高潮是 1925～26 年，同樣是在《自由談》任內，他主持過《上海畫報》；那年 9 月，他又任《紫葡萄畫報》（半月刊）編輯；1925 年《半月》改名《紫羅蘭》；他每次創辦雜誌或為雜誌改版，皆力圖以全新面貌出現；在 1926 年 2 月他又被《良友》畫報聘為主編，不過他主持《良友》的時間很短。他在這一波高潮中又同時任擔過五種雜誌的主編。周瘦鵑真可稱得上是一代「名編」。

周瘦鵑最得心應手的是編《自由談》副刊以及《半月》和《紫羅蘭》一類的刊物。在副刊方面最顯出他功力的是他在正式進《申報》前的將近一年「考察」期內，稿件的質量皆比他在《新申報》和《快活林》中的文章要高出

〔註44〕周瘦鵑：《筆墨生涯五十年》，香港《文匯報》1963 年 4 月 24 日《姑蘇書簡》
專欄。

黎當時僅 28 歲，先後留學過日本和法國。他主編『自由談』後，在當時如火如荼的形勢下，大膽革新，並邀請許多左翼文化人士為『自由談』撰稿，使得該副刊在社會上十分引人注目。『自由談』的趣味的變化，實際上是社會思潮、社會趣味的變化，是時代在一份報紙上留下的烙印。」〔註 45〕《上海通史》作這樣的解釋是非常合情合理的。史量才是非常會「量才」的老闆，他知道要周瘦鵑轉這個彎是不合適的。而黎烈文剛從法國回來，史與黎家又是世交，他對黎有一定的瞭解。於是他將一個名牌副刊讓給了這股世界左翼思潮，以示他並非不想跟上時代。可是他也絕對不會「拋棄」市民讀者，因此，他另闢《春秋》，讓周瘦鵑去發揮他的專長。史量才對周瘦鵑說的話，其中 4 個字最為重要：希望兩個副刊能「各顯神通」。

為這次周瘦鵑的撤離《自由談》，在以後的中國現代文學史中就盡情地對周瘦鵑主持的《自由談》，扣了不少帽子，例如熱衷於「茶餘飯後的消遣」、專喜「奇聞軼事的獵奇」、有「鴛鴦蝴蝶的游泳與飛舞的黃色傾向」等等。這些論調都只能算是「受蒙蔽的抄襲」行為。當時上海的經濟正有著健康發展的勢頭，中間階層生活相對安定，「茶餘飯後的消遣」就是今天的所謂「休閒」，算不得是一種罪狀；副刊對奇聞軼事的興趣，也是一種承續古代「拍案驚奇」的傳統，正如朱自清所說的：「先得使人們『驚奇』，才能收到『勸俗』的效果，所以後來有人從『三言二拍』裏選出若干篇另編一集，就題為《今古奇觀》，還是歸到『奇』上。這個『奇』正是供人們茶餘酒後消遣的。」〔註 46〕男女社交公開，戀愛自由等等，正是當年的熱門話題；至於一張全國性的大報怎能讓「黃色」大行其道呢？看到這些帽子在中國現代文學論文中「飛舞」倒使我們感到權威者的誤導，比反面人物的造謠更加危險。

周瘦鵑主持的《自由談之自由談》、《隨便說說》、《三言兩語》等專欄，皆發表了不少時評，短短一、二百字，嘻笑怒罵，令人忍俊不禁。1923 年 1 月到 1926 年 6 月，周瘦鵑在《自由談》中開闢了《三言兩語》專欄，他上至總統、遍及各地軍閥，旁涉國會議員，都敢於指名道姓地進行諷刺和抨擊，體現了當時相對的「言論自由」。例如在 1923 年 12 月 21 日，他尖銳諷刺吳佩孚喜恬不知恥地唱高調：

〔註 45〕熊月之主編：《上海通史·第 10 卷·民國文化》第 30、36 頁，上海人民出版社 1999 年版。
〔註 46〕朱自清：《論嚴肅》，《中國作家》1947 年創刊號。

如今吳大頭也像煞有介事的說起殉國家殉法律殉國會死而無憾的話來了，不知怎樣總覺得有些不配。我看大頭要是真有這種烈性，就請他殉一下子，讓全國的國民來給他立銅像開追悼會罷。

對當時曹錕演出的賄選醜劇，周瘦鵑對「豬仔」議員們也極盡譏刺之能事，他將被收買的國會議員比作妓女：

我聽說上海賣淫的妓女，有長三、麼二、雉妓三等之分。不過，我們所謂神聖的國會議員，有人收買，也把他們分做了三等：六千、四千、三千，不是個小數目。料他們得了這筆錢，少不得要打情罵俏，曲意獻媚了。唉，國會議員啊，你們可要去拿這筆錢麼，可還要掛著神聖的招牌麼？

在「五卅慘案」後。1925 年 6 月 1 日他在《三言兩語》欄中寫道：「地上一抹一抹的血痕，被一夜雨水沖洗去了，但願我們心上的所印悲慘的印象，不要也和血痕一樣淡化。」他對慘案發生後的憤慨言論決不止於這一篇。對北京女師大事件，周瘦鵑也發表自己的看法：

章士釗為了女師大女生廝守著學堂不肯走，他一時倒沒有法兒想。這也是他福至性靈，鬥的計上心來，便召集了三四十個壯健的老媽子，浩浩蕩蕩殺奔女師大而去。末了兒畢竟馬到成功，奏凱而歸。這種雷厲風行的手段，我們不得不佩服他。但是女學堂不止女師大一所，起風潮亦在所難免，照區區愚見，不如組織一個常備老媽子隊，專為應付女學堂風潮之用，免得臨時召集，或有措手不及之虞……但不知密司脫章可能容納我這條陳麼？」（1925 年 8 月 29 日刊）

在「三一八慘案」後，周瘦鵑又寫道：「我看了北京慘案中死傷的調查表，不禁嚇了一跳，想段大執政的手段，委實可算得第一等辣了。任是那震動中外的『五卅慘案』，也沒有死傷這樣多的人啊！唉，外邊人要殺，自己人又要殺，這真是從那裏說起？」（1926 年 3 月 27 日刊）凡此種「三言兩語」都可說是代表了上海市民的民意。「受蒙蔽的抄襲者」讀過之後，或許會覺得他們得去先去看看《申報》原件，再下斷語了。

當時還有一種說法，就是周瘦鵑私心太重，老是登熟人的文章，所以要請他「下臺」。首先，周瘦鵑也為此種情況苦惱。他曾說自己做了「文字公僕」，一天到晚為他人作嫁衣裳，「又為朋友太多，不能不顧到感情，只好到處討好，

而終於不能討好，偶一懈怠，責難立至，……在我已覺得鞠躬盡瘁，而在人還是不能滿意。唉，好好先生做到這個地步，可已做到山窮水盡的地步了。」〔註47〕只要稿子質量達到要求，採稿中有照顧朋友之嫌，也是不能避免的，他自承有此傾向。可是也不能一概而論，張愛玲並不是他的熟人，鳳兮當時也是一位素不相識的文學青年；至於秦瘦鷗的稿件，當時他還名氣不大，很難上大報，秦的朋友告訴他：「最重要的是要先請『自由談』編輯周瘦鵑過目，希望他在編輯委員會議時說幾句好話，否則很難通過。……後來，申報編輯部會議時，周瘦鵑是出名的好好先生，竭力推薦……」〔註48〕可見他也培養了一些新進的作家。20 世紀 20 年代，《申報‧自由談》刊登畢倚虹的《人間地獄》，成為上海人的「樽邊談片」，是 30 年代《快活林》刊登張恨水《啼笑因緣》的預熱；而 40 年代，《申報‧春秋》發表秦瘦鷗的《秋海棠》是《啼笑因緣》熱的延伸，都曾被編輯界傳為美談的。臺灣有位作家認為張愛玲找周瘦鵑是找錯了門。我們卻說是找對了門。周瘦鵑不僅給予她高度評價，而且能指出她受了中國的那部作品的影響，而又喜愛那位外國作家的風格。「我把這些話一說，她表示心悅神服，因為她正是 S.Maughm 作品的愛好者，而《紅樓夢》也是她所喜讀的。」〔註49〕像一名醫生，把過脈後說得如此準確，豈非找對了門嗎？

　　周瘦鵑作為編輯大家，在中國現代文學編輯史中應該有他的地位。以上僅就《申報‧自由談》為中心說說他的編輯工作的概況。至於他編的《半月》和《紫羅蘭》等均是通俗期刊中的精品。〔註50〕

　　解放以後，在有關領導的關懷下，他又拿起筆來，用散文抒發他的歡愉心情。如果要用最簡潔的兩個字來概括，那就是一心一意地「歌德」。即使是在「政治掛帥」和「政治標準第一」的年代裏，他的產品也是經得起挑剔的。可是在文化大革命中他受到如此殘酷的待遇，多次輪翻批鬥、抄家、遊街……人格受盡侮辱，肉體屢遭摧殘，令人寒心。他愛花如命，他將盆景視為親骨肉。可是這些他的「最愛」毀於一旦。在這文革的充滿獸性的世界裏，1968 年他含

〔註47〕周瘦鵑：《幾句告別的話》，《上海畫報》三日刊第 431 期第 2 版，1929 年 1 月 12 日出版。

〔註48〕陳存仁：《我與秦瘦鷗》，香港《大成》第十八期，1975 年 5 月出版。

〔註49〕周瘦鵑：《寫在〈紫羅蘭〉前頭》，後期《紫羅蘭》，第 2 期。

〔註50〕可參看拙著《中國現代通俗文學史（插圖本）》第 9 章第 3 節《〈禮拜六〉的復刊及〈半月〉、〈星期〉、〈紫羅蘭〉的創辦》，北京大學出版社 2007 年版。

冤而死。一個熱愛生命，熱愛美的作家，非得接受如此悲慘的下場，至今人們還深感痛惜和哀悼，今天我們也不可能為他說更多的憤慨而不平的話語。他投井自沉前，一定回顧了他的一生，擔心過他活著的親人以後如何度日；他也會盤算過，這個世界怎麼會使他如此大起大落，哪些是假相，哪些才是真容。總之我們無法去瞭解他當時的思緒。我們只能借用他生前曾寫過的一段話表達他訣別人世時的心聲：「我本來是幻想著一個真善美的世界的，而現在這世界偏偏如此醜惡，那麼活著既無足戀，死了又何足悲？」〔註51〕

周瘦鵑沒有熬到撥開烏雲見青天的日子。在粉碎「四人幫」和清算極左路線之後，以經濟建設為中心，市場經濟的商業倫理重新定位與市民社會的逐步回歸就像是一對孿生子，而市民社會的回歸也就是「個體本位」在一定範圍內的得到承認。市民們今後就可以用多元價值與自主權利去進行適度的自由選擇。人人都說「上海人懷舊」，前幾年所謂「海上舊夢」大行其道，其實這「舊夢」就是新社會人人早就應該享受的權利，那就是：每個人都是一個個體，每個個體在法律允許的範圍內都是自由的。這怎麼是「懷舊」呢？那才是真正的「盼新」。於是過去周瘦鵑在市民社會中從事的事業和積累的經驗，就有了新的價值。說得更透徹一點，那就是周瘦鵑的成功經驗又部分地「復活」了。他過去辦過《禮拜六》雜誌，遭到過多少的非難與譴責，可是現在有那麼許多「週末版」。我們難道連「週末」就是「禮拜六」這個常識也不懂嗎？周瘦鵑的某些經驗不是就「復活」在今天的「週末版」之中？

《上海通史》是這樣估價當年的上海的：上海「客觀上充當了世界文明輸入近代中國的橋梁。……上海以市場消費為本質特點的都市生活方式，成為民國時期『上海生活』的魅力所在。……由各地移民組成的近代上海人既參與創造了上海，也被上海所塑造。他們是都市文化的結晶。他們的眼界、夢想、思考和行為方式，代表了近代中國人突破傳統文化圍城，面向世界的勇氣和雄心。……人類文明成果的傳播已突破地域自閉狀態，全球一體化的潮流已不可阻擋；中國融入世界文明演進主流，推進工業化、都市化進程的發展方向已不可逆轉。」〔註52〕在當年，周瘦鵑活躍於上海灘，他是輸入文明、共同塑造都市化的上海的最積極的「媒體人」。說得再直白一點，周瘦鵑用媒體、用他的文藝作品宣揚了「時尚」的上海生活。他對「人類文明成果

〔註51〕周瘦鵑：《楊彭年手製的花盆》，《拈花集》第 276 頁。

〔註52〕熊月之主編：《上海通史‧第 9 卷‧民國社會》第 438～439 頁。

的傳播已突破地域自閉狀態」，作出了貢獻。他的「大時尚」就是他翻譯了《歐美名家短篇小說叢刻》等眾多的外國優秀作家的作品，他步魯迅、周作人的後塵，在「五四」之前就努力突破中國的自閉狀態，將國外的文明引進中國來。他還有許多介紹「小時尚」的作品，過去不為我們所理解，認為這是他的「玩物喪志」。但這實際上這些也是「民國時期『上海生活』的魅力所在。」在周瘦鵑的作品中有著許多時尚元素。例如他對電影的推廣，甚至涉及到現在時常談到的熱門話題「賀歲片」；他在自己的報導中對跳舞熱、時裝表演、寵物展覽；都一一作過恰如其份的報導，從而增添了都市的「摩登」氣息。更不必說那花卉與盆景的專攻了。講到跳舞，在上世紀 20、30 年代，曾是上海一大新景觀。某報報導過這股熱潮：「今年（指 1928 年——引者注）上海人的跳舞熱，已達沸點，跳舞場之設立，亦如雨後之春筍，滋茁不已。少年淑女競相學習，頗有不能跳舞，即不能承認為上海人之勢。」〔註 53〕可是因此卻惹出了許多桃色事件，本埠新聞中也天天報導，當時有一本名為《如此天堂》的影片，提出舞廳是「天堂歟，地獄歟？」，實際上將舞廳比作「地獄」，若干通俗作家僅從道德層面上去加以譴責，只有周瘦鵑說得既與「世界文明接軌」，又要大家「警惕野蠻之風」。他解釋道：「其實跳舞並非壞事，歐美的上流社會，以跳舞為社交上必要之事，國家的慶祝大典中，也總得有跳舞之一項，並且是極莊嚴鄭重的。不幸跳舞一到了上海，就被認為罪惡，實在也為的上海一般以營業為目的跳舞場，大半為蕩子妖姬所盤據。」〔註 54〕在周瘦鵑的散文中已有《新裝鬥豔記》、《雲裳碎錦錄》（分別刊 1926 年 12 月 21日、1927 年 8 月 15 日《上海畫報》）等關於時裝表演的文章，雖然當時還不是走 T 臺，但恐怕是上海最早舉行的時裝表演了；而後者是寫陸小曼與人合夥開「雲裳時裝公司」的報導。《上海畫報》是 3 日刊，周瘦鵑每期都發表一篇文章，就像現在某名人 3 天發表一篇「博客」一樣，1926 年 3 月 4 日《上海畫報》中，他在《樽邊偶拾》一文中討論過「賀歲影片」，今天此種類型的影片已司空見慣，當年卻是個時髦話題；在 1926 年 5 月 7 日的《上海畫報》中談上海最早的寵物比賽《狗賽會中》；而在 1926 年 6 月 30 日則介紹《美國之模特案》，講的是分清藝術與淫穢之區別。除此之外，作為一位市民大眾文

〔註 53〕 轉引自熊月之主編《上海通史・第 9 卷・民國社會》第 177～178 頁。
〔註 54〕 周瘦鵑：《發人深省的〈如此天堂〉》，載《〈如此天堂〉特刊》第 1 頁，大東書局，1931 年 10 月出版。

學的代表人物，周瘦鵑的文章時刻顧及客觀、公正、眞實、及時、有趣的原則，在他的文中有一種對世俗的關懷，他重視市民中的民生課題，也在社會轉型中對新倫理觀作反覆的探討。他欣賞時尚，同時也尊重中國傳統美德，他遊走於現代與傳統之間，這是市民最能接受的道德尺度與生活準則。而新文學家中不少人住的是亭子間，市民是他們的鄰居，可是他們以爲四周都是庸俗不堪的「俗眾」，與他們在精神上格格不入。他們對市民社會的認識空缺，對市民社會的許多現代性內涵，顯得冷淡與漠視，這或許是某些新文學家的歷史的局限性。我們反觀今天現實中的市民們的一切時尚元素，難道我們不覺得周瘦鵑所報導與抒寫的時尚，又部分地「復活」了嗎？我們今天的媒體人，正在自覺或不自覺地運用周瘦鵑的成功經驗。

在本文開端，我們就認定在「上海市民大眾文壇上，周瘦鵑可說是最有代表性的作家」。我們之所以連「之一」這樣的字眼也不加，是因爲他的代表性經由魯迅等文學巨匠欽定的。在 1936 年，魯迅等 21 人簽名於《文藝界同人爲禦侮與言論自由宣言》上時就確認包天笑與周瘦鵑爲「鴛鴦蝴蝶派」作家中的代表人物。1936 年，包天笑 61 歲，周瘦鵑 42 歲，他們代表著市民大眾文壇上的兩代作家。無可爭議，周瘦鵑當時可算是市民大眾文學少壯派的代表人物。他的著、譯頗有成就，特別是作爲一位「名編」，在民國期間，他幾乎撐起了上海市民大眾文壇的「半爿天」；而在當前，市場經濟復甦與市民社會逐步回歸中，周瘦鵑成功經驗的「復活」現象也日益明顯，他的經驗的影響力隨著時間的推移將會更進一步地凸現！

朱瘦菊論

「最近看了《歇浦潮》，認為『美不勝收』；又看包天笑的《上海春秋》，更是佩服得五體投地。……很想寫篇文章，討論那些上海小說。」

夏濟安（已故旅美學者）——轉引自夏志清《愛情・社會・小說》，

純文學出版社（臺北）1970 年版 232～233 頁。

「我告訴她最近看了《歇浦潮》，叫好不置。很少碰到這樣好的小說。她說聽到你這樣說，高興極了，因為一直沒有人提過這本書，應該有人提一提。……真的，《歇浦潮》是中國『自然主義』作品中最好的一部……她說，真高興你看到這些，真該寫下來，比你寫我更要好，更值得做。」

旅美學者水晶夜訪張愛玲，與張愛玲的對話。

引自《蟬——夜訪張愛玲》，轉引自子通、亦清主編《張愛玲評說 60 年》

中國華僑出版社 2001 年版 148～149 頁。

「所謂『鴛鴦蝴蝶派』的小說大約可說是中國近代發生的產物，是市民文化的代表。……在『鴛鴦蝴蝶派』小說中，有一支叫『社會小說』，《歇浦潮》是其間有代表性的一部。」

王安憶《上海的故事——讀〈歇浦潮〉》，

引自《王安憶讀書筆記》，新星出版社 2007 年版 64 頁。

（一）小引

國內外都有人常提及朱瘦菊，每一談起，總對朱瘦菊百萬字的長篇小說《歇浦潮》有所褒讚或承認其在市民文學中具有突出的代表性。據我所知，

在粉碎「四人幫」後，至少已有四個出版社重印了這部百萬字的長篇：即 1991
年上海古籍出版社版、1998 年湖南文藝出版社版、2000 年中國戲劇出版社版
和 2010 年上海文藝出版社版。而後兩個版本特別值得注目：中國戲劇出版社
所印的《歇浦潮》是涵蓋在一套大型的《皇家藏書》中，此書共 32 卷，有介
紹說，這套《皇家藏書》是對歷代帝皇藏書的一次總結，裝幀極爲精心，高
檔進口面料包脊，絲網精印，封面燙金與燙銀結合，精製書盒，老字號榮寶
齋精心裝裱，總售價 8800 元。但奇怪的是這套叢書中竟有三部民國市民通俗
小說，即《歇浦潮》、《人海潮》、《廣陵潮》，介紹中說明爲（清）溥儀藏書。
可見這位廢帝在空閒時讀過這三部小說，大概想籍此瞭解民國的「民間潮
流」。而 2010 年的上海文藝出版社版是上海作協和上海文學發展基金會在上
海世博會期間面向世界推出的整套 130 卷大型叢書——「海上文學百家文
庫」：「凡是從 19 世紀初期到 20 世紀中葉，曾經在上海生活、工作並在文學
史上取得重要成就或產生過較大影響的已故作家均可入選。」一般是一位作
家占一卷，也甚至是幾位作家合一卷；其中占兩卷的，新文學家有 4 位，即
魯迅、郭沫若、茅盾和巴金；而市民通俗作家的也是 4 位，即李伯元、吳趼
人、朱瘦菊和周天籟。這並不是說，朱瘦菊與魯迅等人可以並駕齊驅，而是
說明《歇浦潮》有助於我們去透視清末民初的上海社會，或者說，要瞭解辛
亥革命後的上海的某一社會側面是繞不過這部百萬字的長篇的。但是每當國
內外學者論及朱瘦菊時往往都有一種相近似的遺憾：「朱瘦菊也許是目前鴛鴦
蝴蝶派重要作家中存世資料最少的幾位之一，連他的生卒年，目前都只能暫
付闕如。」〔註1〕我在 2000 年的「《中國近現代通俗文學史》國際學術研討會」
上，宣讀過一篇《關於海上說夢人——朱瘦菊》，也談及朱瘦菊忽然於 20 世
紀 30 年代在文壇上「失蹤」的事，到處搜索，只在鄭逸梅的文章中找到過一
小段文字：「他後來廢棄小說家言，從事電影導演，自從大中華、百合影片公
司停止業務後，他卻長袖善舞，做鋼鐵生意，現在不知怎麼樣了。」〔註2〕我
的這篇稿件宣讀後印成油印稿，因爲覺得資料不全，未敢公開正式發表。但
國外的論朱瘦菊的文章〔註3〕中，已轉引了我的這段文字，並注明范伯群「未

〔註1〕袁進：《朱瘦菊卷·後記》，見下卷第 1300 頁，上海文藝出版社 2010 年版。
〔註2〕鄭逸梅：《說林掌故錄》，《上海生活》第 4 年第 2 期，1940 年 2 月 17 日出版。
〔註3〕Theodore Huters: *Bringing the World Home: Appropriating the West in Late Qing
and Early Republican China* (Honolulu: University of Hawai`i Press. 2005) 胡志

發表手稿」。我在文中也提及因找不到朱瘦菊的後人或有關的文字資料而感到遺憾。我當時在文中說，或許有一天竟在「踏破鐵鞋無覓處」時，竟會有「得來全不費工夫」的機會！這一天卻在我 10 年的等待後降臨了。我尋覓不到他的家屬，他的後人竟主動光臨寒舍了。誰說天上不會落下餡餅！有時也會的吧？現在我可以較全面地講述這位市民大眾文學作家的生平，進而試論他的主要作品的價值。

（二）「填補」朱瘦菊生平的「空白」

朱瘦菊（1892～1966）〔註4〕原名朱俊伯，朱瘦菊、海上說夢人均是他的筆名；後將朱瘦菊「升格」為本名。祖籍江蘇啓東呂四港，祖上為漁民，後發家從事沙船業。沙船是一種平底大型帆船，遇沙灘不易擱淺，是內河和近海的重要運輸工具。上海吳淞港是沙船帆檣林立的集散地，朱瘦菊的祖父就攜全家遷居上海。朱瘦菊自小就讀於書塾，16 歲進報館做練習生。憑著他刻苦自學的精神，不僅在筆墨上得到長進，而且通過補習夜校還掌握了英語。報社是以眼觀四路，耳聽八方為「專業」，而朱瘦菊就憑著他敏銳的感應神經，對上海的三教九流、五光十色的社會探幽奇，深得其奧。王鈍根說他「索豐度瀟灑，愛交遊，多聞上海社會詼秘之事」。〔註 5〕培養朱瘦菊開始練筆和做編輯工作的是撰寫《海上繁華夢》的著名前輩作家孫玉聲（海上漱石生）。我們現在能看到朱瘦菊的最早的文字是 1914 年在孫玉聲主編的大型月刊《繁華雜誌》上，該雜誌雖然僅出版了 6 期，但朱瘦菊在每期上均在多篇文章，除一些短文和滑稽故事外，也開始撰寫短篇小說，翻譯探險小說和福爾摩斯的偵探小說《赤環黨》等；該雜誌的最後一欄是「遊戲專欄」，幾乎是由朱瘦菊和他的朋友錢香如「唱雙簧」，每期這一專欄就由他們二人全包了下來，用各種需動小腦筋的遊戲取悅於讀者，這也說明了朱瘦菊才能的多面性與他靈動善巧思的智慧。同年，他在孫玉聲編的週刊《七天》中任編輯，同時連載他

德：《把世界帶回家——西學中用在晚清和民初中國》（火奴魯魯：夏威夷大學出版社 2005 年版。）書中的第 9 章為《關注大眾視野：〈歇浦潮〉和都市觀》，可參看。

〔註 4〕朱瘦菊於 1892 年 9 月 21 日生於上海，這一確切日期是他的外孫朱正心先生通過無錫市公安戶卡查實的；於 1966 年 12 月 30 日在武漢逝世。這是朱瘦菊的另一位外孫王衛先生通過武漢市公安戶卡查實的。

〔註 5〕王鈍根：《歇浦潮·序二》

的第一部中篇小說《歡場三月記》。他在《禮拜六》上發表的短篇小說，為主編王鈍根所賞識。當王鈍根主持《新申報》副刊時就約他撰寫長篇連載小說，在《新申報》創刊後的第 4 天——也即 1916 年 11 月 23 日開始連載長篇小說《歇浦潮》，由於它的內容精彩，可讀性極強，小說連載了 5 年之久，至 1921 年發表到 90 回時，才因讀者的呼聲極高而將全書結集由新民圖書館出版單行本。正當因《歇浦潮》的連載使朱瘦菊的聲名大震時，他的另一狂熱的願景也得到了兌現，作為影迷，他不僅熱衷於看外國電影，也想為國產電影的最初學步貢獻自己的力量。在 1920 年，朱瘦菊與友人但杜宇等人創辦上海影戲公司，還任上海影戲研究會負責人。實際上，他對影劇的編導技藝研究有助於他小說創作中的人物塑造的細膩靈動，在結構調度上更進退有度；而他小說創作的經驗，也會對他研究電影編劇的情節設置有所借鑒，更有助於掌握起伏張馳的節奏。他在文藝上的雙棲角色構成了良性互動和相輔相成的促進。

這正是朱瘦菊年富力強、多頭競發的歲月。他在連載《歇浦潮》的同時，於 1917 年出版長篇小說《此中人語》及該書的「續編」，在封面上還標明內容是「拆白黨之黑幕」。這部作品出現的背景是由於在 1916 至 1918 年《時事新報》用大量的篇幅發表「黑幕徵答」，報章書刊界掀起了一股黑幕狂潮。寫《歇浦潮》的朱瘦菊當然也會趕趁這個商業行為的潮頭，以黑幕小說相號召。《此中人語》是寫一個拆白黨浪子的詐騙過程及其落魄後的自懺。1917 年先由上海遊戲書社出版，1918 年又標以「警世小說」的名義由新民圖書館發行。1918 年起，他又與另外三位在市民大眾文學界的巨子有了更密切的合作。他先在包天笑主編的《小說畫報》上連載長篇小說《市井檮杌史》，但剛發表了五章，初顯題材上的嶄新苗頭時，就因雜誌停刊而夭折，以後也未見賡續。1921 年他在周瘦鵑主編的《半月》雜誌創刊號上起，開始連載另一部長篇《剩粉殘脂錄》，這部小說連載到 1924 年 1 月——《半月》第 3 卷第 9 號的第 46 回時也戛然中斷；但這與《市井檮杌史》的中斷不同，其原因複雜，也極有趣，我們待下面分別剖析小說時再詳談。1922 年他在嚴獨鶴、施濟群主編的《紅雜誌》上連載《新歇浦潮》，長篇全書 90 回，近 60 萬言。

1924 年對朱瘦菊說來是個「重點轉移」的年份。如果說在 1924 年前他的著力點還在小說創作上；那麼在 1924 年後，由於他發起成立百合電影公司，而將主要精力轉致於電影事業中去。最初上海影戲公司的主打影片《海誓》，他因傾力於小說創作而未任編導。但到了 1925 年，為了擴充實力，百合電影

公司又與大中華電影公司合併，改組為大中華、百合影片公司，朱瘦菊時任總經理兼劇務股第三組導演。這副重擔也是使他成為一位文藝家兼企業家的角色。他一生編劇、導演或編導雙兼之電影故事片共 24 部。還曾與顧肯夫、程步高合作主編《電影雜誌》，這是 20 世紀 20 年代中期最主要的電影刊物之一。1930 年該影片公司改組，於是他「淡出」電影界。其時朱瘦菊突然有資金可以從事「實業救國」了，從文藝家兼企業家發展為創辦鋼鐵廠的工商企業家。他之所以能創辦美藝鋼鐵廠與他的第二次婚姻頗有關係，因此我們得轉而簡敘他的家庭狀況。

朱瘦菊第一次結婚的夫人張桂珍為他生育了二子一女。但當《歇浦潮》暢銷後，卻又發生了一段羅曼史。有一位女「粉絲」俞時芬（又曾用名朱慧英），簡直以朱瘦菊為她的偶像級的崇拜對象。一定想要見一見這位小說家。經人介紹後，見了風度翩翩的朱瘦菊，二人竟發展成一對情侶，女方雖比朱瘦菊小 24 歲，但竟非朱瘦菊不嫁。女方的家庭是蘇州洙泗巷的巨富，結婚時陪嫁豐厚。據說後來女方分家時，要他們在三、五百畝土地和相同值的工廠股票間作出選擇時，有掌控企業經驗的朱瘦菊鼓動妻子選擇股票。寫作品和拍電影為朱瘦菊所產生的「價值」是有限的，妻子的豐厚陪嫁和分得的股票卻能輔助他可作工商企業家的資本。在 1941 年出版的《現代工商領袖成名記》一書中，對朱瘦菊創辦的美藝鋼鐵廠還贊許有加：

> 美藝鋼鐵公司，是朱瘦菊先生在民國 19 年獨資所創辦的。……
> 美藝公司在初創的二年中，他的出品，還是要經手於外商的，所以他就自設發行所，而改良廠內的出品。該廠所出品的傢具，不但經濟美觀，並且非常的耐用，因此各公司都紛紛採用，同時他所出品的檔案箱、紀錄箱更是科學管理上的不可缺少的工具。……他為應付真正的提倡國貨的需要，而熔合實業與藝術為一體。他的貢獻真可說是真正腳踏實地工作的了。〔註6〕

其實，在贊許他的工廠時，美藝早已在抗戰之初內遷重慶了，現在除生產原有的產品外，還生產軍隊所需的軍用刺刀。因此，對他的這種表揚也或許是有弦外之音的吧。抗戰之初，朱瘦菊憑著他的一股愛國熱情，毅然將工廠遷往重慶。在他的指揮下，由他的長子與次子具體操作。長子畢業於商科，次子學成的是工科，二人就在重慶經營。而朱瘦菊就隱居於上海租界。他又

〔註 6〕徐鶴椿著：《現代工商領袖成名記》第 34～35 頁，上海新風書店 1941 年版。

重整筆墨,在周瘦鵑主編的(後期)《紫羅蘭》上連載長篇《金銀花》。在太平洋戰爭爆發後,因為他是名人,敵偽維持會一再來動員他「出山」,均被他一一回絕了。申言他只在家作「寓公」,吃老本,連小說也不再寫了。勝利後,工廠在重慶當地賣去後,準備再到上海來投資,可是除發放工人的遣散費外,由於兒子社會經驗欠缺,餘資被人捲逃一空,這在經濟上是一大打擊。其時他又出山為國泰電影公司編寫了《美人血》和《呂四娘》兩部電影。

上海解放後,由於敵人的海上封鎖,物資供應困難,於是動員市民向農村疏散。在敵偽時期,朱瘦菊曾在上海市郊朱家角由親戚代其經營過一個農場。而解放後無錫太湖邊上的仁慈療養院歇業,登報招請辦農場合夥人,朱瘦菊就去函應徵。而這位療養院的主人是過去上海《文華》圖書月刊的發行人陸步洲。二位文化人談得投機,朱瘦菊就毅然出售上海愚谷村(愚谷村里弄現為上海保留的「優秀歷史建築」)的三上三下的家宅,作為農場的投資。在 1949 年 8 月 11 日的上海《亦報》上,刊登了一則《朱瘦菊無錫辦農場》的報導:其中有「文化人下鄉辦農場,是很好的工作表演(現),朱瘦菊能夠遠離都市,親事耕耘,這是值得其他的文化人向他學習」等語。合同是土地所有者投資土地,由朱瘦菊先獨資開墾三年,如有效益,土地所有者再投資金。但農場第一年還得雇工開荒,後種 500 棵挑樹,還種植烏臼樹,據說烏臼子能提煉高級航空油料。誰知土地主人的成份被劃為工商地主,國家按政策徵收其土地。朱瘦菊所下的大量血本,還未得收益,就搬出了農場,暫居無錫張巷。他過去曾認識馮雪峰,寫信求援。於是預支了部分稿費,請他撰寫太平天國題材的長篇小說。但編輯閱稿後說內容思想反動。由於原稿散失,我們也無法判斷。不過有一點倒可以肯定,作為一個寫《歇浦潮》一類小說的舊文人,要寫好當時能看得上眼的「太平天國」長篇小說,實在是緣木求魚。朱瘦菊的貧困清苦生活一直堅持到 1962 年,夫妻二人決定暫時「解散」家庭。其時長子已逝世,朱瘦菊到武漢去投靠次子生活。妻子和她親生的兒女靠在紡織廠工作的兒子的微薄工資生活。他的次子原是武漢軋鋼廠總工程師,因 1957 年反右中受到衝擊,也只能在工廠裏借一間小屋給朱瘦菊棲身。至 1966年冬,朱瘦菊因避寒,總是趁軋鋼工人未下班時先到工廠浴室泡身取暖。12月 30 日那天一個人在浴室中昏厥,也無人在身旁扶救,待工人下班時,才在浴池中發現這位昔日的暢銷小說家和電影編導的屍體。晚年的朱瘦菊生活是淒涼而令人惋歎的。其時在文化大革命中,他的在常州工作的兒子朱文鍾暫

將骨灰盒深埋在他的妻弟的自留地中。但那塊自留地幾經重劃變遷後成了別人家的宅基地，在建房挖牆基時見是骨灰盒就另地掩埋了。最後在一大片新建的房屋中，也無法辨認掩埋的所在。現在常州橫山橋清明山公墓中與夫人合葬的僅是朱瘦菊的衣冠冢。

（三）論朱瘦菊的代表作《歇浦潮》

　　一部長篇小說能在一個報紙上連載 5 年之久，且長盛不衰，在中國可算是少數的特例。稍後，張恨水在北京《世界晚報》上連載《春明外史》和在《世界日報》上連載《金粉世家》也曾獲此種「長壽」的殊榮。〔註7〕至於《歇浦潮》的讀者，有著名的教授和作家，對其佳評甚多；在「特殊」讀者中還竟還有末代皇帝；在普通讀者中，居然還因此找到了紅顏知己。它出版後，在 16 個月中就再版了 4 次，也可謂是暢銷了。它受《廣陵潮》之啓發而定名爲《歇浦潮》，影響之大卻不低於《廣陵潮》，這是因爲朱瘦菊除了自己的藝術才華之外，他搶佔了一個時代「衝浪」運動的最佳海域——上海。「歇浦」即黃歇浦，那是黃浦江的一個別名——相傳戰國時楚春申君黃歇疏鑿此浦而得名；上海稱爲「申城」也就因它是春申君的封地。既然《廣陵潮》不稱「揚州潮」，那麼朱瘦菊也就用古稱取名了。但正因爲黃浦江在開埠以後，新潮迭起，波瀾壯闊，再加上朱瘦菊這位弄潮兒妙筆生花，能跳騰於龍門之上，發揮了搶佔的地域優勢之利，這就比以揚州爲主要背景的《廣陵潮》更加叫座了。

　　夏濟安教授因病逝而沒有寫出他對那些上海通俗小說的評價。但水晶夜訪張愛玲時。張愛玲對《歇浦潮》的盛讚以及水晶對小說的評價是很值得關注的：

> 　　我告訴她最近看了《歇浦潮》，叫好不置（止）。很少碰到這樣好的小說。她說聽到你這樣說，高興極了，因爲一直沒有人提過這本書，應該有人提一提，同時我又指出，《怨女》裏「園光」一段，似是直接從《歇浦潮》裏剪下來的，她立刻承認有這樣一回事，並沒有因此不豫。……她還記得書中寫的最好的是賈少奶、賈琢渠、倪人俊的姨太太無雙，這和我的看法一致。我還說我喜歡作者塑造

〔註 7〕當然也有更長的，如濯纓的 365 萬字的《新新外史》在天津《益世報》連載了 12 年（1920～1932）。

的吳四奶奶、君如玉、賈寶玉、玉玲瓏、媚月閣，以及錢如海的太太薛氏，開變相「堂子」的白大塊頭等人，她聽了莞爾一笑。真的，《歇浦潮》是中國「自然主義」作品中最好的一部，我說，可惜作者的「視景」（vision）不深，沒有如《紅樓》那樣悲天憫人，也不像《海上花》的溫柔敦厚。所以作者所看到的，只是人性狹隘的一面，也就是性惡的一面，使人覺得這本書太過 cynical（憤世嫉俗，嘲罵譏刺──引者注）了，不能稱作偉大。她說，真高興你看到這些，真應該寫下來，比你寫我更要好，更值得做。我說《歇》書的海上說夢人已經等了 40 年，讓他再等幾年不遲。

看來，我們不能讓朱瘦菊再等下去了。他們對話中所說作品的優點及不足的評價還是恰如其分的，而他們重點談及的是對人物形象的塑造，我們將留在下面再作分析。這裡先想介紹的是在這部豐富多彩、頭緒紛繁的百萬字的長篇中，朱瘦菊從政治、經濟和文化三個領域中展開了小說的 4 大線索及其內在關聯，以顯示辛亥年間「歇浦海域」中的幾股有特色的「潮頭」。在政治方面雖然提到了當時還存在宗社黨的復辟蹤影，但更主要的是通過暗殺宋教仁事件，引起二次革命為一大線索，反映了國民黨與袁世凱的明爭暗鬥，既揭示了國民黨內部的複雜性，又暴露了袁氏的特務恐怖統治。在經濟上，不法商人利用新生的商業增長點進行瘋狂的詐騙活動，這一線索以錢如海為典型人物，用富國水火人壽保險公司這個中國人自辦的新興行業，利用一般商人還不懂正常行規的疏漏，處心積慮地以監守自盜的伎倆，獲取鉅額不義之財。就文化領域而言，在這辛亥年間新舊交替之時，舊中有「新」，新中有「舊」，也分出兩條線索，其一是以汪晰子為主席的「舊學維持會」，遠遠一嗅就覺酸氣撲面，這些遺老遺少又因在科舉制度的廢除而無法施展自己的抱負，但求官心切，就又混入了國民黨內成立了一個國民黨第三分部，披上了一層新的外衣；其二是以新的面貌出現的文明戲由於混進了拆白、流氓分子而趨向墮落，有的劇團竟起了質變。這 4 條線索又往往相互糾纏交錯，於是展現了辛亥年間的上海社會中多側面的畸變形態。例如，舊學維持會竟會在政治舞臺上像變形蟲一樣地遊走於國民黨與袁世凱之間，尋求做官的捷徑。而商業投機家又與一群官僚政客、賭棍拆白、紈絝子弟、蕩婦淫娃沆瀣一氣。其實這 4 大線索的交匯是可以寫成一部史詩式的巨著，但是朱瘦菊卻將其寫成一部「自然主義」的傑作。將「人性惡」的一面寫得淋漓盡致，極盡譏刺

嘲罵之能事。憑著這 4 大線索及其多姿多彩的變異形態，加上小說中人物的
栩栩如生，使名教授與大作家亦覺其社會意義與藝術價值之所在；但是朱瘦
菊也要使小市民讀者與它天天唔對，欲罷不能。他趁寫《歇浦潮》時，在第
62 回中就曾宣告自己寫小說也是爲了娛樂讀者：「我們做小說的空口白嚼，無
非爲博看的人賞心樂意。若教人花錢買了小說看，反要耽愁受悶，如何說得
過去。所以我常說一班做哀情小說的沒有心肝，就是這個意思。」

　　在人物塑造方面，朱瘦菊筆下有許多鮮活的形象，不過最成功的形象倒
不一定是政界或商界的人物，而是一些上海的小市民與灰色人物。張愛玲隨
口報出來的賈少奶、賈琢渠和無雙，水晶又加添上的一串名字，就都是此類
人物。賈少奶是個連姓名也沒有的人，只知她是賈琢渠的妻子，但在小說中
要算她最會翻手爲雲，覆手爲雨了。她爲了掩蓋自己有外遇，就得將別個知
道她的秘密醜事的人也拉下水。媚月閣這位「一心想從良」的妓女就被她引
進由她設計的圈套，可是一旦發現這個圈套將要套不住媚月閣時，她又借魏
少奶之口，將「套中人」媚月閣「現行」的見不得人的事當眾揭露出來，使
媚月閣顏面掃地；然後賈少奶爲了將自己洗刷得乾乾淨淨，毫無嫌疑，又去
鼓動媚月閣報復，使魏少奶也當眾受到奇恥大辱，以致讓媚月閣將她當作最
知心貼意的益友。整過過程設計之精巧，每能手到擒來，百發百中。於是她
就在張愛玲記憶中成了「鮮活」的第一號人物。至於她的丈夫賈作渠，朱瘦
菊的評語是「高級拆白黨」：「這種高級拆白黨也沒有職業，在賭與騙中撈好
處。」小騙處處得利，大賭可以在短期內撈取五萬元的鉅款。朱瘦菊稱他與
賈少奶「倒是天造地設的一對」。在上海這個資本社會的夾縫中，竟然有這樣
的「遊手好閒」的角色得以優遊自得、堂而皇之地掛上賈公館的招牌，眞可
令人嘖嘖稱奇。

　　小說也並非寫政界、商界和文界人物不成功，例如商界的錢如海，實際
上是這部長篇的頭號要角。從第 1 回起至第 36 回斷斷續續地寫他將自己在堂
子裏的相好無雙轉讓給租界大亨倪人俊做姨太太；而當他看到美麗、善良且
有貞操觀念的小孤孀邵氏時，就饞涎欲滴地下了水磨工夫，不僅自己裝成有
情有義、善解人意的男子，而且動員了「業餘媒婆」張媽與邵氏相依爲命的
婆婆一起，攻下了有防守之心的邵氏這座「碉堡」，服服帖帖地租了「小房子」，
做他的獵物。但這只是他在生活上的「牛刀小試」；朱瘦菊主要要將他塑造成
商界巨奸。

　　錢如海是在上海這個「海」中如魚得水的冒險家，他先是靠開藥房善於賣假藥起家，但覺得這個局面還太小，施展不開；特別是他所購進的二三十萬的橡膠股票被牢牢套住，甚至有變成一堆廢紙的危險，他將徹底破產時，更需求得解脫。在有人逼債時，他就造了一種專盛鴉片的特製的木箱，以偽裝的假大煙作為抵押品，過了第一個難關。但總不能這樣長久地混下去吧。這時他的謀士——藥房副賬房杜鳴乾為他獻策：「我看上海各種營業，都沒有開保險公司的好。雖然外國人創設已多，不過中國人仿辦的還少。」杜鳴乾算了一筆賬給錢如海聽，例如水火保險，收人家數十兩銀子，要承擔賠幾千兩的風險。殊不知一千戶中難得有一、二戶失事；人壽保險亦然，入了此類保險，要定期追加付費，不能延宕拖欠。富人們總要千方百計使自己的財產固若金湯，他們又將自己的性命看得最值錢，保險公司只要多聯絡富戶，「每月可坐收數萬保費，有這筆鉅款，豈不可以大大做些賣買。本錢由別人出，賺頭卻是自己得。」說得錢如海心中熱呼呼的，馬上發起創辦一個「富國水火人壽保險有限公司」。收了 90 餘萬股金，自己雖說是投資 10 萬，但這僅是虛報之數，實際做的是無本生意。不過他用此新興行業的正當途徑賺錢還覺不解渴，最後用非常惡劣的「監守自盜」的手法，將自己的 30 箱「假大煙」，在自己保險公司投保，然後放一把火將倉庫燒毀，向自己的公司索賠。在這場他與杜鳴乾精心策劃的火災中還燒死了一個小夥計，真是喪天害理，當「大功」告成後，他得了 40 萬元賠款，補損橡膠股票的虧損而有餘。他知道自己的圈內人與德國銀行無交易出入，就將錢存入德國銀行中。可是當晚錢如海觸電身亡。後來他的謀士杜鳴乾就與他的夫人薛氏成了姘頭，家財就掌控在杜鳴乾手中。而國民黨中有一批敗類以偽造的「討逆司令部」的名義要敲詐杜鳴乾，遭杜的拒絕，就在他家丟了一個假炸彈，這種東洋甩炮只使杜鳴乾受了點皮外傷，可是將他嚇成個神經病患者，終身不治。40 萬元的存摺對薛氏說來不過是一張洋文花紙，不知為何物，束之高閣，任它蟲蝕鼠咬。在第一次世界大戰中，因對德宣戰，銀行也就撤回德國去了。作者的結論是：「其來不正，其去異常」。

　　在張愛玲與水晶對話中，他們對薛氏形象也頗感興趣。也真可謂有其夫必有其妻。她在對於錢如海與邵氏所租的「小房子」的處理真是另有一功。當她探得具體地址後，就去「拜訪」，甜言蜜語說得滴下糖汁來。第二天還搬來許多家中的新式傢具，幫同布置；還派她的心腹傭人來服侍邵氏婆媳二人。

以後又以家中缺人照顧而勸邵氏搬回她大房中去,並將家用賬目交給邵氏經管,使邵氏成了有實權的主人。善良的邵氏哪裏知道她的陰謀,在半年時間內她不斷背地裏向丈夫訴說邵氏的壞話,終於將邵氏逼到尼姑庵裏去削髮爲尼。當杜鳴乾患神經病後,她將杜丟給了杜的髮妻,自己與對門的鄰居——臺基鹹肉莊的鴇母白大塊頭結爲良友,她本來就只有一個「惡毒的靈魂」,現在就跟著白大塊頭出賣自己和女兒的肉體了。

在舊學維持會的一條線索上,作者輪番運用誇張和寫實的筆法揭露這班醜類的既迂腐又狡詐還無恥的行徑。他們作爲「聖人之徒」的面貌出現時,當然是迂腐得可笑的,因此不免可以誇張一番。但他們個個視金錢與仕途爲第二生命,因此什麼卑鄙無恥的手段都使得出來。其中又以舊學維持會會長汪晰子與最活躍的骨幹衛運同爲典型。汪晰子爲了吞沒女兒的未婚夫的五萬元遺產,就不惜令女兒抱牌位結婚。爲了競選議員,衛運同出點子說可以賣通「鄉愚」來投票。每人發一張汪晰子的名片,還附贈一張麵票,囑他們按名片上的名字填選票。汪晰子看到國民黨的勢力不小,就將舊學維持會改成了國民黨第三分部。在二次革命中,上海冒出了一些「野雞司令部」,汪晰子與衛運同就混入其一,任參謀長和軍需官,拿了募捐簿到處敲詐勒索,化爲私肥。等到二次革命失敗就又千方百計將這個司令部的名冊騙出來,一把火燒掉後,就買了不少犒賞品到盤踞在製造局內的北軍司令部進行慰勞。汪、衛二人聽到北京有楊度提出改國制問題:擁護袁世凱稱帝。據說做了上海頭名「勸進者」可作知縣甚至省長,他就馬上將國民黨第三部的黨員召集起來,以舊學維持會的名義起草電報,發電「勸進」;可是衛運同匆匆趕來密報會長,頭功已被商會會長搶去,並因發電報而做了道尹。於是汪晰子就上臺慷慨激昂地演說,反對帝制、擁護共和。黃萬卷等會員怪汪晰子變得太快,調子與昨天商議的大不同,他卻說,你們思想太舊,我昨天是試試你們的,看你們到底是什麼貨色。至於衛運同後來見袁世凱的勢力佔了統治地位就乾脆做了袁家密探,捉到一個黨員按黨內的地位高低可得鉅額獎金,於是他就專以賣黨爲生了。這就是朱瘦菊筆下的舊學維持會的一班小丑及他們和政治掛鈎後的種種表現了——都是令人不齒的變形蟲。

小說從第 40 回開始,涉及國民黨的篇幅就較多,特別是第 44 回發生了宋教仁被刺案之後。自從袁世凱獲取政權之後,在他的利誘下國民黨內部也必然會發生分化,有些投機分子原以爲辛亥革命以後,做了「草字頭」是可

以飛黃騰達，做官發財。殊不知袁世凱上臺之後，「大總統卻是國民黨的勁敵。表面上雖常以和衷共濟爲言，暗中無一日不張牙舞爪圖謀挫折國民黨中勢力，以固自己根本，所以各地都派著偵探，而且偵探之外還有秘密偵探，……故上海國民黨的一舉一動，北京政府無不知道，講到上海國民黨，乃是一個總名，內中分子極其複雜。」（第 41 回）在 1916 至 1921 年《歇浦潮》連載時，國民黨還是孫中山先生領導的革命政黨，可是朱瘦菊一貫按照通俗文學「存眞」的寫作態度，對國民黨就有自己的看法：因爲同盟會在辛亥革命中也利用了會黨的力量，在轉化成爲國民黨時也有小黨派的加入，成分當然是相當複雜的。而朱瘦菊筆下所寫的國民黨員卻正好是那些「複雜分子」。其中若干人是不必經過份化就是天然的投機者，例如汪晰子國民黨第三分部麾下的衛運同。他在租界內找到了民黨分子尤儀芙，先是試探，後是利誘，這席對話是非常精彩地步步深入摸底盤算的，看他是不是眞肯「賣黨」，然後交給他的任務就是將黨員誘出租界，袁世凱的爪牙就可以在華界逮捕他們，處以極刑。因爲當時黨員都利用租界的「縫隙效應」，在租界內活動。按照西方的法律，在租界內只要不私藏軍火和製造炸彈之類，言論是自由的，並受法律保護，宣傳革命也不例外，因此，民黨分子都避居租界，絕不涉足華界。而袁氏的偵探要抓捕他們就得千方百計將他們誘入華界。不過如有盜案等罪犯，租界當局捕獲後才肯移交給華界政府處置。衛運同賣身投靠袁世凱的偵探機構之後，策反尤儀芙，命他將黨人誘出租界。袁政府政府的重賞價目表是分三等：「重要黨人拿獲一名賞洋一千，其次六百元，又次三百元。」如有所獲，則由二人分贓。在《歇浦潮》中就有聲有色地寫了幾場誘捕，誘捕不成又用栽贓的辦法，誣良爲盜，矇騙捕房，將民黨分子引渡到華界去處置。在第 50 回中作者借書中人物談國魂之口說：「我知道內地偵探，因我們都是民黨中人，貪功圖賞，意欲將我們賣與政府，又因我們身在租界，無法逮捕，才生出誣良爲盜的法兒，想蒙蔽捕房，當作盜案辦理，允許他們引渡，說什麼請解清江浦歸案，只消一到內地，就可由他們做主了。」這些情節，一方面看到當時南北政治鬥爭的尖銳複雜，另一方面將當年的租界的兩面性中的「縫隙效應」也如實的寫了出來。但作者也寫了有些國民黨人，不去利用這種「縫隙效應」，積極展開革命活動，進行革命宣傳，而是投機革命，幹了許多壞事。在小說中寫道：「我說的這班革命黨，都是口頭革命黨，不是政治革命黨，他們也同做生意一樣，存的金錢主義。設如探知某人財產富有，膽小

怕事，便寫封信給他，請他助些軍餉。」他們仗著自己不住在中國官場的勢
力範圍之內，爽性捐出革命黨的頭銜，又因自己是無名小卒，於是就盜用黨
中偉人的名義，自稱「討逆司令部」，向富商大賈「籌措」軍餉，一開口極少
就是三千五千，遇到膽大不予理睬的，就再寫警告信，甚至用東洋甩炮冒充
炸彈，進行恫嚇；有身價的人，誰不愛惜性命，自然不敢再抵抗，只好就範。
在朱瘦菊的小說中，也常提到革命偉人的名字，但他們都是不出場的人物；
而在小說中出場活動的大多是些口頭革命黨，或是在鬥爭尖銳時，消極頹喪
的灰色人物。即使設法懲辦叛徒尤儀芙的民黨分子，也不是為了崇高的革命
目的，而是著眼於你千方百計要出賣我們的性命，我們也非得讓你活不成才
安逸。其中只有談國魂的妹妹談國英，當他哥哥喪失鬥志時，她雖無民黨的
身份，卻憑著她的勇敢與機智，將叛徒尤儀芙引到民黨分子的伏擊地殺死了
他。這當然也是大快人心的事，可惜他們在主觀上僅是以報復為目的而已。
案發後，這幾個也沒有少幹壞事的民黨分子經商量就逃往日本。到日本以後
何以為生？他們計議，可以像在國內一樣，用國人騙國人的手法，生活一樣
會過得逍遙自在。在小說中對這幾個民黨分子評價是：「這班人猶如白露時節
的雨，到一處壞一處。他們赴東之後，自然又有許多離奇光怪的事跡，不過
與我《歇浦潮》中無涉，我也何用煩絮。」朱瘦菊在小說中的民黨分子並無
突出的人物，僅是「群像」而已。他接觸不到民黨革命偉人，所見的大多是
口頭革命分子和投機叛變分子，因此對國民黨的整體是並不看好的。

　　朱瘦菊一方面寫出租界的「縫隙效應」，但在他筆下租界又是一個藏污納
垢的場所。許多喪天害理、駭人聽聞的事，皆在租界中得以發生。而小說在
這方面的主線之一就是寫若干文明戲演員的腐朽生活，以及他們對社會腐蝕
力的可怕後果。他筆下的吳美士、王漫遊和裘天敏三人堪稱對女界的「強烈
腐蝕劑」。可惜的是作者沒有寫出原意是傳播文明的新劇種，它怎麼會如此迅
速的墮落以致不可救藥。他只是簡單地提及，當時上海娛樂圈裏多出了一個
新生兒，名目叫做文明新劇，「這新劇二字，並不是初次發現，不過早幾次創
辦的人都是些留學生，自命高尚，剿襲日本戲劇的皮毛，演來不合滬人心理，
故此都不免失敗而去。此番卻是個善於投機之人發起，收羅了一班大膽老面
皮的人物，況且不論他程度資格，只消講幾句死話，便可粉墨登場。」作者
並不著墨於早期文明戲啟迪民智的歷史作用，也不涉及它的墮落過程。由於
這種新劇沒有一定的程序也不必有唱功做功的訓練，因此演藝的門檻是很低

的，這樣就容易使一班無賴子弟的混入，內容就會走「迎合」低級趣味的路子。於是像鄭正秋和徐卓呆等文壇先進就「退出」這一領域，不肯與之為伍，前者成為開拓中國的電影事業的先鋒，後者則從事專業寫作而成為著名的通俗作家；而「進入」這一圈子的人則每況愈下，以至於形成了《歇浦潮》中的那種腐化墮落的局面。戲院裏只要有了這幫善弔膀子的演員，就如蠅逐臭般地吸引妓女和姨太太皆前來捧場。最後一直寫到文明戲演員在上海開「男堂子」的醜行。小說中對這般的烏煙瘴氣，只能常用這樣的說詞：「做書的乾乾淨淨的一枝筆，不願意寫他們齷齷齪齪的現象。」因此，我們也無需去多加分析了。不過仔細分辨一下，他的筆下的人物倒也不是類型化的，他們情況各別，性格有異，手法也常常出新。這是與有的庸俗筆墨不同的地方。

以上的 4 大線索時或分叉，時或匯合，形成色彩斑爛的潮汐與漩渦，大海中有碧波與浪花，但朱瘦菊讓我們飽覽的是歇浦潮湧向上海灘塗的泡沫、泥沙和沉渣。這是他內心憤世嫉俗的感慨在小說中的呈現。

至於這一代表作的藝術含量當然是可以得到相當肯定的。夏濟安所評價的「美不勝收」，想來有兩種含意。一是開闊了他的視野，一般說來作為著名教授，他對日常的民間生活是隔閡的，對小市民生活也並不會有很多瞭解，因此小說對這一社會層面的全景式的展現他是會感到特別的享受，這是社會意義上的「美不勝收」；同時也相信他對藝術欣賞方面也會與張愛玲有共同的感愛，那就是人物塑造的鮮活性。張愛玲是喜歡以「小市民」自居的：「每一次看到『小市民』的字樣，我就局促地想到自己，彷彿胸前佩著這樣的紅綢字條。」但憑她對小市民社會的瞭解，憑她對藝術性的感悟，她也覺得朱瘦菊對人物的刻畫是質量上乘的。她也承認受過朱瘦菊的影響，曾經套用過他小說中「圓光」的情節。張愛玲開過一張她曾熟讀的小說的名單，其中就有《歇浦潮》。因此，他們的見解有時是不謀而合的。例如，張愛玲認為，「婊子無情」並不一定是「常理」：「當時至少在上等妓院……破身不太早，接客也不太多……女人性心理正常，對稍微中意點的男子是會有反應的。」而在《歇浦潮》第 80 回中，做過高等妓女的林紅鈺也說：「當初做堂子生意名為賣淫其實卻重在應酬一道，嫖客來了，務使他們流連忘返，樂不思蜀……至於留客人住夜，每月中難得一二次，不比近來一班倌人，專靠皮肉吃飯。」因此在有的狹邪小說中，「妓院」與「肉林」是並不同日而語的。朱瘦菊筆下即使像無雙和媚月閣這樣的人，也是有血有肉的形象，她們有過墮落，也不

時清醒，要回覆自己「人」的樣子。而《歇浦潮》的情節架構看得出也是受過韓邦慶的《海上花列傳》的「穿插藏閃」手法的影響的。在情節結構上能做到擒縱自如，調度有方，使 4 大線索中的種種事件穿插遊走於百萬言長篇之中，毫無呆滯之感。不過在「藏閃」的技巧上，與韓邦慶相比，好像還稍欠火候。韓邦慶的情節安排往往能「劈空而來」但又留有懸念，接著是逐步釋放後續情節，直到小說全體盡露，乃知前文並無半個閒字。就這種「藏閃」手法而言，朱瘦菊畢竟還沒有達到韓邦慶的爐火純青的境界。《歇浦潮》的結尾，可說是草率而笨拙的，它最後匆匆地用一個婢女之口，交代了許許多多的人物的下場。在這一點上，韓邦慶就高明得多了。當讀者希望知道韓邦慶筆下的人物的結局時，他卻說，我已將他\她們的性格向你們和盤托出了，你們難道還不能預測他\她們的未來嗎？然後他只在「跋」中略為輕輕點撥幾句，卻將想像的餘地交給了讀者，韓邦慶「撤退」得多麼瀟灑自如。而《歇浦潮》到 90 回後還在推出新的人物、敘述新的事件，朱瘦菊恨不能將他知道的種種上海的怪誕故事都告訴讀者，但又想將每個人物的下場很落實地告訴大家，以致最後匆促結尾，不免成為整部作品中的敗筆。

　　《歇浦潮》出版之後，不僅暢銷，而且引起了讀者紛紛對書中的人物的「對號入座」；且有一位以「我亦潮中人」為筆名的人見諸於文字了，於是朱瘦菊就趕快寫了一篇《對於〈歇浦潮〉索隱的話》，在《晶報》連載了 4 天。他寫道：「我做這一部《歇浦潮》信手拈來，原不曾有什麼人影射，偏勞一班讀者們大費猜測，不好了，現在居然跳出個『我亦潮中人』來索隱了……我們東塗西抹，原無成心……固不必果有其事，亦何嘗實有其人。」〔註 8〕一般說來，作為作者總喜歡發表類似的聲明。但有人作為原型也是作家常常所藉重的必需，這是不必諱言的。例如，《歇浦潮》書前有 4 篇「序言」，其中第一篇的寫序者是袁克文（寒雲），他就是書中第 21 回至第 31 回的重要人物「方振武」。影射的是袁世凱的次子，民國 4 公子之一，也是一位書酒風流的才子（他的書法是出眾的），他與上海的通俗文壇中人來往甚密。我在讀這 10 回書時，很佩服朱瘦菊的「秉筆直書」，寫方振武在滬上的放浪形骸以及被一班吮癰舐痔者所包圍的生活。哪知袁克文很坦率地承認了，而且就寫在「序一」之中：「不佞曾遭冤謗，遁跡南遊，俯仰湖山，流連風月。著愁無地，遣怨當時。傖傖之

〔註 8〕海上說夢人：《對於〈歇浦潮〉索隱的話》，見《晶報》1923 年 10 月 15 日～
　　　　24 日（第 2 版）。

徒，偶從徵逐。說夢人狀怪之餘，不佞亦經牽帥，間有乖實，差非過誕。其所記予素知者，音容則若晤焉，言動之微，靡或遺謬。不佞知者既若是，其不知者亦必非妄言虛構者比也。且紀述行事重於勸懲，丁茲道德墜微，賴有此以警濟爾！」袁克文自認當時受父兄的冤屈，因內心苦悶，曾過著放浪不羈的生活，描寫雖或有出入者，但也並不過份。他有著與「傖儈」之間的來往。讀小說時，這些人醜態宛如就在眼前。他認為這樣的小說重在「勸懲」，實有益於社會道德的提升。這正與朱瘦菊在小說第 1 回開端所寫的「滿腹牢騷，一腔熱血，意欲發一個大大願心，仗著一枝禿筆，喚醒癡迷，挽回末俗」是一致的。袁克文不僅為其寫序，而且還為《歇浦潮》題寫了書名。

（四）論《新歇浦潮》及其他

《新歇浦潮》是在《紅》雜誌上連載的一部 90 回 57 萬字的長篇小說。乍一看來，似乎與《歇浦潮》不可同日而語。《歇浦潮》的 4 大線索都有顯著的社會意義，而《新歇浦潮》主要是寫一群紈絝子女們的朝秦暮楚的「愛情遊戲」。好像是一部缺乏起碼的社會價值的社會小說。但如果細讀並加以思索，我們或許能感到為什麼朱瘦菊還要沿襲《歇浦潮》這一「舊」名，再敢加上一個「新」字。用我們今天的話來說，實際上朱瘦菊在這部小說中所關心的是人們的「意識形態」問題。上海是歐風東漸登陸的「灘頭陣地」，當這股西風強勁吹到中國時，上海的青年在意識形態上會引起潮湧，他／她們對「文明」、「自由」等過去陌生的新名詞有哪些新的反應？因此名之曰《新歇浦潮》是相稱的。小說的主角是張大小姐，一位東方養尊處優、無所事事的大家閨秀，她對文明自由作了歪曲的理解，就率性而為；與此同時，她妹妹張二小姐，是位女學生，她對文明自由有正確的理解，作為主角的陪襯，我們就知道朱瘦菊對這股新潮是有他自己的恰如其分的判斷的。這一點是很可貴的。在許多通俗小說中往往是在寫女學堂或新式學校時，總是亂象叢生，對當時的女學生也易於採取諷刺的態度。例如李涵秋的《廣陵潮》中，就寫新派女學生的自由無邊，解放過渡；張恨水在《春明外史》中寫到愛美戲劇學校也確實有點烏煙瘴氣。但朱瘦菊筆下的張二小姐，是想將她塑造成一個很正派的女學生的形象。

這本《新歇浦潮》還竟有一個德文譯本。先是由日本學者神谷麻利子提供了一張德譯本的封面和扉頁的照片，後由定居在比利時的朱瘦菊的孫女，

買到了 1931 年出版的德文本。大概是因爲《歇浦潮》的書名不知如何翻譯是
好，因此就將書名譯爲《張小姐》，副題是《今日中國的女孩》，譯者係弗蘭
士·庫恩。譯者稱其爲「上海風情小說」。那麼我們也就將二位主角張大小姐
和張二小姐作爲我們的主要分析對象。

張小姐們皆是「閥閱千金」，她父親在北京交通部當一個司長，所生姐妹
二人居滬奉母。張大小姐算是箇舊式女性，她家居無所事事，每日與一般女
友太太小姐們鬥衣衫、炫裝飾、泡牌桌、進戲院，揮霍無度。但是趁著社會
風氣的變更，借著文明自由的歐風登陸，她率性而爲，幹出舊式女子所無法
想像的事來。她幼年時就由父母爲她訂了婚約，她既不反抗，卻將婚約丟在
一邊，棄置腦後；又隨時結交男友，而且多次主動向男友求婚，還覺口說無
憑，非要男友立下筆據。可是這些男友都是「繡花枕頭」，連寫個筆據的文化
也不具備。她的唯一的求偶標準就是帥氣「美少年」。她的求婚對象之一周少
雄，雖然是個學生，卻將書包丟在自備汽車後箱裏，天天在外胡作非爲。而
且他的女友又不止一人，自從少雄與 TT 勾搭上了之後，張大小姐竟敢到他家
中去向少雄的父親周樹雄告狀。周樹雄原是清朝的總督大人，標準的鐵杆遺
老，就反而責問她：「你是女，他是男，你留他在家玩耍，究竟存著什麼意思？
用的是何名義？……你若是堂子中的姑娘，倒也不必說了，偏偏你是位千金
小姐，常言千金之子不逾越，照你這般年紀，更當深藏閨中，不見外人才是
正理。卻來插身干預別家男子的事，哈哈！這是哪裏說起呀？」歪曲理解文
明自由的張大小姐被正宗的封建衛道士的一番言論打得狼狽逃竄。她的另一
位求婚對象，因爲爭風吃醋而被打成重傷，只得作罷。她在火車包廂中認識
了一位大少爺，二人很有「發展前途」，這男友卻又被仇人打了三槍，躺在醫
院中養傷。而她的婚約對象，卻由北京來滬，準備入贅她家。此人雖然也出
巨族，但因是「小七子」，他家也就願意屈就。可是有人告訴張大小姐，未來
的丈夫是個「黑麻子」。這如何讓喜歡「美少年」的張大小姐能夠忍受？由他
母親出面向他父親張上達「核實」，回答是幼年時是好好的，後來生過天花，
才有缺陷。但閥閱之家的婚約是要講「信用」的，賴婚是萬萬不可的。好一
個敢作敢爲的張大小姐，她親自出馬，自我介紹是「張二小姐」，到男家所暫
居的旅館中去討回「庚帖」，那時她用的就是歐風傳入後的理直氣壯的「自由
結婚」的招牌：「我家姐和府上的一位少爺訂婚這件事，原是家父在京時候與
貴府面洽的，依著古禮既有父母之命、媒妁之言，當然沒有什麼反對的餘地

了；只是現在民國時代，不比前清，在上者專制稱雄，在下者惟能委屈從命。此刻國事尚且要徵求民意，何況這等婚姻大事，焉能不先取兩方面的同意，無論父母、媒妁都不能擅專。想你老伯素號開通，諒於這句話也表同情的了。」然後她步步緊逼，也說得冠冕堂皇，說是先解除婚約，讓他們二人從朋友做起，然後相互瞭解對方，此時才水到渠成等等之類。最後只好將庚帖還給她。這一回與上次到周府告狀可不同了，張大小姐凱旋班師。

　　然而父親張上達卻不答應，堅決要與她脫離父女關係。這時張大小姐的「文明」舉動就是採取父女平等式的談判。脫離父女關係可以，先得給她十萬元。她去找個好丈夫再來認父母；或者將十萬元直接劃到尼庵中去，她削髮爲尼。在母親的干預下父親打消了原來的念頭，不脫離父女關係了，但她說十萬元還是不可少的：你在北京，萬一有個三長兩短，就有外人來歸宗認祖，接受遺產，女兒不得分產，我們兩姐妹就一無所有了（這講的又是封建古禮）。母親一聽也覺有理，變得馬上要張上達立刻寫下遺囑。遺囑寫好後只好先給她二萬元現款。於是張大小姐除了再去找「美少年」之外，又滿足了她久久所存的另一樁心願，那就是一輛嶄新款式的名牌汽車。她家中原有一輛馬車她是堅決不坐的，像她這樣漂亮人物，沒有汽車出風頭就與身份太不相符了。她最後鬧到與一位外國商人爲一顆 10 克拉火油鑽的戒指，多次收到法院的傳票，弄得到處躲藏。張上達就乾脆將上海的家撤掉，將妻子與張大小姐帶到北京去了。朱瘦菊寫上海小說有個「規則」，凡是離開了上海，就不在「歇浦」的「潮」中了，一走了之，就不必再交代後續的情事了。在塑造張大小姐時，朱瘦菊也不是一味將她貶損，並非用畫「臉譜」的手法，她也有敢作敢爲到令人覺得不失爲戇直的一面。他自己出馬去與「準公婆」談判，而且將「庚帖」現拿到手，這個場面讀來令人忍俊不禁，覺得她辦事也乾脆利落。而她要詐父親十萬現款，他父親諷刺她說，你錢再要多些，「恐怕你連最高問題也想運動運動，還打算做中華民國女總統哩。」她的回答是「有了錢，也許要幹一幹呢。」（當時的總統是要用錢賄選的）。她就拿這股不知天高地厚的架勢與她父親對壘。另外如她在自己要揮霍的錢也很緊張時，能以「一念之仁」借 100 元給墮落的李少奶，讓李少奶到廣東去與丈夫團聚，重新做人，也使我們感到她對並無多大交情的朋友還是肯講義氣的。因此，張大小姐也不是一個「邪惡」的少女化身。家庭教育的缺失，母親的寵愛，交友的不慎，對文明自由的曲解，再加上個性的張揚，使她成了一個只會揮霍

的寄生物，在混濁的海潮中隨波逐流。但她在我們心目中是一個鮮活的形象。

朱瘦菊筆下的張二小姐的性格卻與姐姐截然不同：「二小姐卻省儉異常，粗服亂頭，布裙革履，往來的大抵女學生之流。自己也在女學堂中讀書，平常頗反對她姐姐的行為，無奈母親鍾愛，許其揮霍，二小姐也無可如何，故此大小姐請客也沒有她的名分，然而請了她也不肯來呢。」但她的容貌卻超過張大小姐萬倍。周少雄可看得呆了，想棄其姐而就妹，可是連邊也靠不上去。不過她也有苦悶，她的戀愛對象因學校中來了一位時尚的 GG 而移情別戀了。她對這個戀人的品格有了新的認識，就與之解除了婚約（此類婚約大概也不通過父母，而是自由戀愛的結晶），這其中的心情當然是很不愉快，竟致抱了「獨身主義」。在小說中寫到當時的女學堂，當然也有些解放過度的學生，她的同學吳國良受人欺騙，腹中結了個「自由果兒」。二小姐和同學魏麗娟卻肯仗義挺身而出為她找醫生打胎。她們三人同時請了一星期的假。可是有人想陷害她們三人，寫了一張明信片到學校。那時寄到女校的紮信，都是要經過校長的檢查才能到收信人的手中。校長發現了其中的疑竇，三人就有被開除或受嚴厲處分的危險，好才被她們一一化解。最後吳國良也在深得教訓後成了一位很正派的數學老師。朱瘦菊處處拉大她與姐姐的不同品性。最後她的一位姓黃的幼年同伴，外地負笈歸來，此人的學問品行都是二小姐素來所欽佩的，而且家道小康，不比豪門兒郎的浮華奢侈。他追求二小姐，而二小姐也不願犧牲自己所抱的宗旨，定想獨善其身，一再婉拒。最後對方竟要以死相拼了。二小姐內心纏鬥了良久，覺得對方是個規規矩矩的少年，態度也極誠摯，自己對他的「性情學藝，兩無批評」，算得上是天定良緣，應稱美滿了。於是也就放棄了她所抱的「獨身主義」，喜結連理了。「不過還有一樁美中不足，就是這姓黃的本身雖新，他家庭中卻很頑固。二小姐過門之後，新舊不相容，只可搬出來另組新家庭，這是後話。」這其實也是二小姐有新思想的表現，她是不肯受什麼「三從四德」的束縛的。不過按朱瘦菊的設定，她是作為張大小姐的「對比物」而存在，給她的筆墨畢竟是不多的。

在《新歇浦潮》中，也有其他次要的線索，甚為精彩動人，否則僅有姐妹二人的對比也寫不成一部近 60 萬字的長篇。總要在她們二人身上直接間接派生出其他種種事端。在這裡我們限於篇幅，只說明在歐風登陸的前沿陣地，對文明自由的兩種不同的理解與態度。我們的論述只要能證實，這乃是朱瘦菊要寫的意識形態之「潮」在滬上的涇渭分明的表現就夠了。

　　朱瘦菊的短篇極少，他的其他的 6 部中長篇中，在藝術上最成熟的大概要算是 1943 年在周瘦鵑所編的（後期）《紫羅蘭》上的長篇《金銀花》了。這「金銀花」，據說能治百病；但它並非是藥名，乃是「金鎊、銀洋、美女」的縮寫代稱。洋行小職員石品三認為這三樣東西乃是「人生的真意義」。他自尊心極強，工作也很努力，但是在洋行中他只是個最起碼的「小寫」，天天被高級職員「王大寫」差來喝去。他幻想的是如何早日飛黃騰達，能滿足這人生的真意義。他最恨他的舅舅徐少卿，過去曾受過他父親的提攜，父母在他幼年時曾與舅舅有過口頭婚約：將來長大後，與他表妹結為夫妻。可是現在舅舅成了巨富，而他父親早逝，家道中落。兩家門第懸殊，現在也就勢利萬分了。但有一天他舅舅突然光臨寒門，重提了這件早年有約的婚事，這使他喜出望外，舅舅還將他銀行的庶務主任之職留給了他。「金銀花」喜從天降。可是這場速戰速決的婚事的當天，她昔日的表妹，今天的妻子，在新房中考問他對愛情的忠誠之後，就告訴她，自己與有婦之夫發生過性關係而肚子裏已有 4 個月的身孕。以後他也只為「人生的真意義」而在養尊處優的表妹作福作威之下，甘受種種屈辱，直至看到表妹與那有婦之夫的「死灰復燃」。萬分的苦悶心情與他的自尊心天天相搏，最後神經崩潰而被送進了精神病院，「金銀花」沒有包治百病。美娟與他離婚後，他在精神病院中渡他的殘生。「人生的真意義」究竟是什麼，朱瘦菊向青年們提出了一個大「？」號。這篇作品只有 12 章，線索較為單純，但具有較高的藝術性。也能算是不做企業家之後，朱瘦菊回歸作家生涯的結晶。

　　朱瘦菊不像某些通俗作家，寫作品不完成的比有首有尾的還多。他總是有始有終地寫完他的中長篇。但是也有兩部未竟之作，值得我們作一番探討。其一是《市井檮杌記》本是一個很可關注的好題材。那就是寫上海開埠不久，外國騙子擬在中國商界設下偷天換日的騙局。這的確是當時滬地的一個特殊的題材。上海原稱「冒險家的樂園」。「據工部局 1864 年 9 月的報告，英美租界內有 360 名『下流的外國人』，……他們蔑視一切法律與權威，來上海的唯一的目的就是盡快發一筆橫財，……一位在上海發跡的外國強盜說：『我愛上海，甚至超過我的祖國。』其原因就是『上海使我成為一個體面的紳士，而在故鄉我只是一個一文不值的壞傢夥。』」〔註 9〕這是一部很值得期盼的長篇小說，可是因包天笑的《上海畫報》的停刊，而中途夭折了。

　　　　　　　　　　　　　　　　　　　　　　　　

〔註 9〕（英）愛狄密勒著，包玉珂譯：《冒險家的樂園》第 12 頁，第 214 頁，上海
　　　　文化出版社 1956 年版。

　　另一部《剩粉殘脂錄》在周瘦鵑的《半月》上連載，但寫了 46 回，作者和編者都沒有說明任何原因，就突然無疾而終了。在小說的開端作者寫道，人人都愛嬌花嫩蕊，怎麼我倒寫起剩粉殘脂的半老佳人來了呢？這是因為「雖說已是脂粉飄零，珠黃人老，然而風流遺韻，軼事正多」。小說的男主人公陳大貴雖然出身望族，但父親管教甚嚴，自己手邊只有八十兩銀子，卻想去嫖滬上第一名妓花笑紅。他事先作了設計：一是與一班朋友約了到花笑紅處打牌，籌碼十兩的要喊作一千兩，餘此類推，顯得豪闊萬分，至於打牌的頭錢由他一人支付；二是他先到花笑紅妓院附近的錢莊上存五十兩銀子，說明天只要來條有他的簽名，就照付不誤。第二天牌戰方畢，他就用抽水煙的紙媒捻滅了拆開，草草寫上「即付來人紋銀五十兩」，然後簽上大名，龜奴一會兒工夫，果然取來一錠元寶。陳大貴就以此為賞給下人作了頭錢。這下可一鳴驚人，比一班用了成千上萬的嫖客更受恭維。不日他這隻「紙老虎」被一雙慧眼的花笑紅看穿了。可不僅不厭棄他，反覺此人是能混出名堂來的「當代英雄」，日後一定大有作為。她願意嫁給陳大貴，而且拿出自己的大筆私蓄來讓他到北京去買官。陳大貴知道雖然父親也有老相識在北京，但「官場重錢財不重交情」；二是「官場走腳路，走老爺的不如走太太的更為便捷」。他得知最紅的章中堂的最得寵的七姨太是上海妓院出身，與花笑紅的養母相熟，就自己假造一封花笑紅的信去求見，將花笑紅讓他來京作運動費的價值鉅萬的珍珠翡翠獻上，他的孤注一擲果然收到奇效，章中堂委了陳大貴好幾任優差。陳大貴又上條陳，說是泰西輪船火車為當代交通便捷之利器，於是章中堂就任他為總辦。後來他又趁庚子之亂後，兩宮回鑾，他又花十餘萬兩銀子進貢，大得西太后賞識，就此一日三遷，官陞不次。可是花笑紅實在沒有福氣，她竟在陳大貴「天天向上」時因病一命歸天。於是陳大貴就有另娶續弦太太之意。這才是輪到「剩粉殘脂」出場了。真所謂「無謊不成媒」。這位續弦的來歷不凡。她原是一位書塾教書匠的女兒，年齡也並不小了。為了促成這一樁婚姻大事，先造了一張與陳大貴命相極相配的假八字，算命先生果然說是「天作之合」。但陳大貴一定要見一見女方本人。她不過是中人之貌，但邀了一位美女，約定陳大貴在幾時幾刻經過她家門口，她在門前相候。當然，那時未婚女婿要登堂入室是不允許的，在門前一睹芳容，已是破例之舉了。那天她請美女立在門前正面，自己倒只是背門而站，二人裝作親切交談，她只能讓陳大貴看個背影。陳大貴還以為此美人才是張氏，滿心歡喜。成婚之

後，張氏知道老太爺在家中有絕對權威，就拚命取悅於老太爺，陳大貴倒頗有孝心，也就既成事實，一切從命便了。張氏既有這點心計手腕，也就慢慢收拾二位陳大貴的寵妾，從此在陳府就一統天下，爲所欲爲了。這些情節的可讀性簡直能對讀者產生一股「震攝力」。可是故事發展到第 13 回後，情節就離開了陳公館，漸漸去寫那些嬌花嫩蕊、濃脂豔粉了。這使讀者甚爲不解，善於掌控線索發展的朱瘦菊怎麼像學生作文般地「走題」了？雖然情節還是很吸引讀者，令人眼花繚亂。例如，滬上的時髦人每年總要在春天到西湖一遊。杭州禁煙極嚴，這使富家癮君子甚感不便，但住進某尼庵，就像有「治外法權」一般，比住湖濱大飯店還舒適。杭城火車站出口處查夾帶鴉片極爲厲害，可是尼姑可引你走綠色通道；如在外面犯了事，尼庵主持與警察局長相熟，如逢局長在牌桌上，她就給省長得寵的三姨太通話，啥事也能擺平。朱瘦菊並不寫什麼僧尼之間的淫亂等老套；尼庵成了一股政治潛勢力，比法力無邊的菩薩更能保祐上海來的老爺太太們。可是「剩粉殘脂」又在哪裏呢？直到第 40 回，才又重寫陳公館裏的光景與「剩粉殘脂」的緊張活動。那時陳大貴已病入膏肓，張氏正在搜索，陳大貴有無秘密遺囑。陳大貴在臨終前又見許多冤魂向他索命，自知曾禍國殃民，因此說要將自己的遺產的一半做慈善事業。這一下可急壞了張氏，計謀自己主動出擊，成立婦女慈善會，省得損失鉅額的一半家產；而且又聽說，做慈善事業最能賺錢。這婦女慈善會的鑼鼓剛敲響，小說就中斷在第 46 回上。據鄭逸梅說：這部小說「似乎隱射某巨家的閨閣秘事」。〔註10〕被影射的巨家當然是極爲不快的。據朱文鍾先生告訴筆者說，寫到第 46 回，連朱瘦菊夫人俞時芬也對朱瘦菊說，你們這些作家怎麼能這樣呢？將人家的陰私也登在報上出人家的醜。朱瘦菊連忙辯解說，我也是有虛構的。夫人就說，這樣就真真假假都算到人家的賬上去了。人家對你也是不錯的呀！這巨家某些事恐怕是有盛宣懷府上的影子，而朱瘦菊與盛家也是有來往的。不僅巨家會記恨在心，就是家庭內部也有人「造反」了，朱瘦菊還能寫下去嗎？而從第 14 回至第 39 回，朱瘦菊的「走題」也就找到了原因，他認定這一巨族之中的某些事加以生發，是寫一部長篇的好材料，但正因爲有來往，既想寫又不敢放筆大寫，猶抱琵琶半遮面。本來內心就有矛盾，夫人一表反對，這小說成了永遠無法竣工的「爛尾樓」。

〔註10〕 鄭逸梅：《說林掌故錄》，《上海生活》第 4 年第 2 期，1940 年 2 月 17 日出版。

（五）國產電影篳路藍縷的開拓者

朱瘦菊是我國國產電影篳路藍縷的拓荒者之一。在有關的電影史上，記載了他 1920 年和但杜宇合作成立上海影戲公司，拍攝了一部文藝片《海誓》，是當時國產的三部電影長片之一。同年他還組織了「上海影戲研究會」，成為該學術團體的負責人。在正式出版的文字資料上我們僅能看到這些簡略的文字。但是最近由他的家屬向我提供了一份 8000 字的朱瘦菊的《述上海影戲公司創立經過》的原稿，此稿寫於 1957 年 8 月，這可能是朱瘦菊應中國電影雜誌之請所寫的一篇回憶錄。此件信封上的寄發郵戳是 8 月 1 日，北京收到的郵戳是 8 月 3 日。但當時正是從大鳴大放過渡到反右的轉折時期，這篇稿件是發不出的了。不過倒使我們能看到了今天僅存的唯一一份朱瘦菊的手稿。文中他自述當年是「戲影迷」。還經常和友人：擅畫月份牌的美術家但杜宇議論看過的各種中外影片。「杜宇認為中國影戲必須由中國人自己掌握，才能希望進步。」因為外國人投資辦電影公司目的就是為了投機，甚至拍一些有損於中國國體的、越醜惡越好的片子到外國去賺大錢，比如纏腳、斬首等等。那時僅有的亞細亞公司是美國人投資的，演員是請的文明戲演員來扮演，拍的是《打城隍》一類鬧劇。因為是「默片」，因此比舞臺上演得更做作。兩人談得起勁就想自己來拍電影。朱瘦菊是位攝影愛好者，有幾個錢就花在攝影器材上，照相設備一應齊全，不過就是沒有看到過「活動影片機」。後來經人介紹，有人願將自己從美國帶回來的一架「愛腦門」業餘攝影機出讓，連同千餘尺底片一共要價 350 元。他們二人就合買了這架機器。由於底片有限，只能由但杜宇一人摸索試鏡頭。到 1920 年秋，他們就決定開拍第一部影戲，最低成本是暫定 1000 元，5 人合股，每股 200 元。那時《歇浦潮》已與新民圖書館訂約，他就預支了 200 元稿費；又介紹但杜宇為這 100 回小說各畫 1 幅插圖，每幅 2 元，這樣但杜宇的股金也就有了。另外是準備演男主角的周國驥算一股，再邀了兩位友人各各承擔。過去的國產電影，女主角均是男扮女裝，他們堅決要找一位女子扮演女主角。由於封建思想在當時甚為嚴重，即使女子自己願意，家庭也不同意，光為找女演員就經過了幾個月的折騰，最後總算找到了一位年輕美麗、聰明活潑、還受過中等教育的殷明珠。她由於婚姻上的挫折很希望能衝破舊禮教的束縛，自己闖出一條奮鬥之路來。她也愛看電影，還喜閱讀電影雜誌，很企慕外國女明星在事業上的成就。由於殷明珠的參加，但杜宇重新調整了電影故事，以求適合女角的個性，並將片

名定爲《海誓》。幾乎是用了一年時間，影片才告完成，因爲那時拍片要由天氣來決定，全憑強烈的天光才能開拍。除了外景，其他都在但家的天井中拍攝，布景全由自己動手製作，木匠泥瓦匠就是自己。影片於 1922 年 1 月 23 日假座「夏令配克大戲院」上映，觀眾均有好評，特別認爲攝影技術有上乘的表現。這也算是中國第一部文藝長片。就在這一年，後來成爲著名導演的史東山也放棄了他的電報局練習生的職業，成爲上海電影公司的演員。他們有時找不到合適的女演員，就拍「童星片」，因爲那時外國電影中一度曾是「童星片」的流行期。公司拍片到一定階段，就覺得這架業餘機餘機容量太小，在拍外景時換片很不方便，那時有人願將一部較大容量的機器出讓，索價 1100 元。朱瘦菊就將《歇浦潮》的版權賣斷給世界書局老闆沈知方，得 800 元，大家一湊，就更新了攝影機。總之，朱瘦菊說，上海影戲公司沒有一天不在艱難困苦中掙扎的。我們用「篳路藍縷」的 4 個字形容他們的起步階段是完全配得上的。

　　1924 年春，由朱瘦菊發起，由顏料商吳性裁投資成立百合影片公司。據《民國影壇》一書中的記載，1925 年 6 月百合公司又與大中華電影公司合併，改組爲大中華、百合影片公司，「朱瘦菊任總經理，合併後以人材濟濟和組織有方而聞名。……『大中華、百合』的拍片組合方法也與眾不同，在總經理朱瘦菊之下，製片部門分作三組，每組導演兩人，實行編導合一，導演兼提供劇本，以兩個月拍完電影，輪流工作，各有休息和慎重編著劇本的機會，各組出品的影片均標有組名。這種特殊的方式是『大中華、百合』的首創。」〔註11〕1926 年末和 1927 年，影壇曾掀起一股「古裝片熱」，其中不乏粗製濫造者。但「也有少數公司的部分古裝片的製作是比較精心和負責的……特別值得一提的是 1927 年『大中華、百合』拍攝的《美人計》和『上海影戲』拍攝的《楊貴妃》。前者取材於《三國演義》中的劉備渡江赴甘露寺相親的故事。由朱瘦菊編劇，陸潔、朱瘦菊、王元龍、史東山聯合導演……公司不惜投下鉅資，歷時一年方告完成，該片是這一時期古裝片製作最認眞，藝術質量也最好的一部。」〔註12〕從《民國影壇》的文字中，我們可以知道朱瘦菊不僅爲國產電影的拓荒作出過貢獻，而且作爲著名的小說作家，通過電影拍攝的實踐活動，成爲中國早期國產電影的著名的編導。隨後通俗作家參與編劇和

〔註11〕朱劍、汪朝光編著：《民國影壇》第 40 頁，江蘇古籍出版社 1997 年版。
〔註12〕《民國影壇》第 46 頁。

爲「默片」寫說明的也大有人在，但是能作爲導演，活躍於電影圈的，恐怕
爲數極爲個別。而作爲作家，最早能編劇並勝任導演的，朱瘦菊爲國內第一
人；後來徐卓呆與汪優游成立「開心影片公司」時，也曾導演過幾部滑稽片，
但他與汪優游的聯袂，各有分工的側重，徐卓呆以編劇爲主，而汪優游則主
要任導演。由此可見，朱瘦菊不但是小說家，也擅電影編導；而作爲大中華、
百合公司的總經理，他又是一位文藝企業家，他得爲公司的正常經營和企業
的贏虧承擔責任。值得稱道的是他在領導「大中華、百合公司」時，這個文
藝企業還是較爲符合電影藝術的生產規律的。從 1923 年起至 1930 年，朱瘦
菊共編劇或編導電影 22 部，1948 年他又導演了兩部電影，他的電影生涯共有
24 部電影的出品。在 1934 年出版的《中國電影年鑒──1934》〔註13〕中有一
張很詳細的《電影從業員調查》，從中可以知道，自從 1930 年大中華、百合
公司與聯華影片公司合併改組後，電影從業員中就再也沒有出現過朱瘦菊的
名字了。他既然改行成爲工商企業家，一度遠離了文藝圈，當然連鄭逸梅這
樣的「文壇百事曉」也就難於查考到他的下落了。直至敵僞時期，他隱居上
海，再爲他老友周瘦鵑所編的刊物寫過連載小說《金銀花》；抗戰勝利後又短
暫地回到過電影界任編劇。那時的電影編導大多是新的一輩人馬了，因此，
在報紙上介紹朱瘦菊時，提及他爲國泰公司編《呂四娘》一劇時，就稱他爲
「老一輩劇作者中碩果僅存的一個」了。

　　至於朱瘦菊所拍的電影，現在只能在《中國電影大典》中看到一些故事
梗概。在北京的國家電影資料館中，也只存有一部無片頭的殘缺不全的《兒
孫福》。這部影片，是由朱瘦菊編劇，史東山導演，曾在上海轟動一時，大東
書局還爲它出版過單行本的特刊，贊揚有加。但是朱瘦菊編導的一部《風雨
之夜》，卻在近期內意外在日本東京「現身」，這部片長 9 本的電影，在日本
也只存其中的 8 本，所缺的也是片頭的一本拷貝。日本學者佐藤秋成曾在東
京國立近代美術館附屬電影中心觀覽過。據他說是日本已故著名導演衣笠貞
之助的收藏品，現由他的後裔於 2006 年捐獻給該電影中心。佐藤秋成曾發表
過文章，介紹《風雨之夜》。佐藤秋成評論說：「電影史上歷來將朱瘦菊劃入
小市民電影的範圍內來探討，認爲他的作品偏重於傳統道德宣傳，以區別於
他的同事陸潔、顧肯夫的『歐化傾向』，這與朱氏出身『鴛鴦蝴蝶派』不無關

〔註13〕這部年鑒由中國教育電影協會出版，南京正中書局發行，它並不只是局限於
　　　　1934 年的中國影事，其中也有 1934 年之前的許多資料。

係。」秋成查閱了《申報》對《風雨之夜》的評價是「一部絕妙的社會影片，謂朱氏的影片如同其社會小說，頗能將社會上的種種怪現狀描繪出來，繪聲繪色……」，而《新聞報》中的評論卻以為「觀後卻『樂而不淫，哀而不傷』。」但秋成自己則認為朱瘦菊還是受到好萊塢「劉別謙筆觸」的影響：「劉別謙（Ernst Lubitsch）是荷李活（好萊塢的又一種音譯——引者注）電影史上最重技巧的導演之一，所謂『劉別謙筆觸』，李歐梵說，是指劉氏『人間喜劇』的詼諧、幽默和機智，實可謂點睛之筆也！朱瘦菊對影片人物的刻畫以及對小道具的處理，頗有劉氏風格。其塑造的幾個『懼內』的小市民形象，不僅體現了上海男人的特點，還與劉別謙筆下的人物有著異曲同工之妙。……中國早期的無聲電影大多毀於戰災與人禍，所剩寥寥無幾，而『鴛蝴派』作家編導的影片更屬珍稀可貴，《風雨之夜》塵封異國 80 餘載，僥幸免於災難，可稱奇蹟！該片保存良好，影像清晰，狀態極佳。至於該片何以東渡扶桑，至今仍然是個謎。」〔註14〕現存的這 8 本拷貝可以放映 1 小時 30 分鐘。

在過去中國的某些電影史上，對通俗作家所編導的電影，批判極為苛嚴。認為是鴛鴦蝴蝶派作家所編製的影片是反映了帝國主義和封建買辦階級的思想意識，並扣上了「逆流」的帽子。朱瘦菊編導的電影當然也不能幸免。這當然極「左」思潮在中國電影史上的表現。在中國早期電影中當然也有庸俗的東西，但有些是屬於「幼年性」的表現，其中也有優秀和較優秀的產品。其實中國早期電影純粹是一種市民文藝，是一種廣大市民的都市娛樂。作為一種文化產業，它是要靠票房的贏餘回籠資金，才有再生產的條件。中國早期的電影的「原始積累」就是要靠市民「掏錢」養育它，才能將這個呱呱墜地的嬰兒餵大。當時，中國的知識分子對國產電影是不感興趣的，而上海的一批大電影院都是外國電影的地盤。如果查一查《魯迅日記》，他看《夏伯陽》等一類的蘇聯片，也看好萊塢美國娛樂片等。但在他的日記中恐怕查不到看過國產片的記載。因此，中國早期的電影工作者就覺得出路是在於和通俗作家合作，拍出符合市民興趣的影片來，擴大受眾面，降低經營風險，才不致使新生兒因斷奶而餓死，剩下的只是一隻空搖籃。在這一過程中，朱瘦菊應該算是這批通俗作家中「觸電」的先行者，包天笑等一大批人還在其後發揮作用。中國的電影要直到 20 世紀 30 年代初，在「9‧18」和「1‧28」之後，

〔註14〕秋成：《朱瘦菊與他的電影作品〈風雨之夜〉——中國無聲電影東京鑒定手記》，載（香港）《明報》2011 年第 6 期。

在國難聲中民眾群情激昂，而左翼文化人也開始認識到電影作爲意識形態利器的巨大作用，這才很快步入了一個左翼電影的主流期。但即使我們要將左翼電影比作一位健全的青年，那麼我們也不應否定電影過去的童少時期，歷史是不容割斷的，特別作爲電影這樣技術含量特高的綜合藝術領域。空搖籃裏是跳不出一個茁壯的青年小夥子來的。

（六）簡單的結語

朱瘦菊對舊社會的現實是極端不滿的。他在寫《新歇浦潮》的第 1 回時，發表了對當時社會醜惡面的譴責，我們可以將他它看作是爲什麼要寫百萬言的《歇浦潮》的一個總結：

> 縱目社會，在在黑幕高張，商界則機詐萬端，女界則怪誕百出，政界則蠅營蟻附，軍界則虎噬狼吞，以視當年有加無已。「信義」兩字，何須計及，「廉恥」一道，久已無存。作者蒿目時艱，憂懷如焚，心長力短，爲之奈何！不得以再整禿穎，重翻舊案。豈是鯫生好事，故以饒舌爭長；實緣世變多端，聊託芻言寓諷，所謂欲罷不能，因而再爲馮婦。

他雖深惡痛絕，但「也無非希望書中人悟其已往之非，與以自新之路」。因此，他從寫《歇浦潮》起，才開始用「海上說夢人」這一筆名。〔註 15〕他曾對兒子朱文鍾解釋道：「海上說夢人」的意思是人們都在做夢，有的夢金錢，有的夢陞官，有的夢美女，我就將他們的夢演成小說；但「說夢」是爲了「醒夢」，是爲了讓夢中人「夢醒」。他將芸芸眾生者的夢串演成小說，人們看了當然會感到「賞心樂意」，但是他卻希望「仗著一枝禿筆喚醒癡迷」，起點懲勸作用，也許讓讀者也會反躬自問，我是否也是夢中人？

那麼，朱瘦菊在「勸善懲惡」時所用的武器是什麼呢？他每當寫到一個惡人受到懲罰時，就要說一番「因果報應」的道理。例如，在《歇浦潮》第69 回的回目是「富貴由天金易得，死生在數命難逃」中，作者寫到錢如海觸電身亡後，就歷數他的罪孽：「計誘邵氏，始亂終棄，和此番起意縱火，傷害無辜，這兩樁便是他莫大的罪孽，所以得此結果。正是：善惡到頭終有報，只爭來早與來遲。」其實錢如海的觸電身亡，純屬偶然，僅是作家爲了宣揚

〔註15〕他原名朱俊伯，在開始與文字打交道時，以「瘦菊」爲筆名。在《繁華雜誌》發表多篇著譯均用瘦菊，在《七天》上連載《歡場三月記》時亦然。正式用「海上說夢人」是始於《歇浦潮》。

「因果報應」的刻意安排。又如在第 88 回：「孽報難逃惡奴結局」中，寫杜鳴乾發神經病終身不治，作者就說「所以為人在世，金錢不可強求，富貴窮通，都是前生注定。非分謀來，反容易遭喪身之禍。如海、鳴乾二人，便是世間貪多務得的殷鑒。正是：萬事俱由天作主，一身都是命安排。」特別是在第 100 回的結末一章，更是作了一番強調：

> 好才書中的許多老奸巨猾，都已得到了報應，足以昭示來者。至於一班姦淫造孽的新劇家，雖然還未有令人快心的結果，但善惡到頭終有報，惡跡既彰，老天未必能輕與容恕。目前快意，日後餓鬼道中，捨此誰屬。諸君不必性急，盡可拭目以俟。還有那些名門閨眷，恣意瘋狂，渾忘廉恥。別人羨她稱心，我卻以為即是她們的報應。家主居官不正，誤國殃民，故老天使她妻女穢德日彰，醜聲四布，此非惡報而何？

在朱瘦菊的小說中，這種「天道好還」的言論比比皆是。「天道好還」，典出《老子》；當然，作惡多端，中國古代就認為「多行不義則自斃」。因此在勸善書之類的《太上感應篇》中，就有「禍福無門，惟人自召。善惡之報，如影隨形」的說法。應該承認，「因果關係」是客觀存在的，即所謂「種瓜得瓜，種豆得豆」。但要靠老天爺來「施報不爽」，這種思想也未免太「傳統」了。中國歷來就存在著這種帶有迷信成分的古老教義：「天地有司過之神，隨人所犯輕重，以奪其算。」可見，朱瘦菊還是有「勸善無力，懲惡靠天」的陳舊觀念，在這他小說中乃是一種局限性的表現。不過朱瘦倒並不相信「輪迴」之說，他認為作官的在千萬人頭上盤剝來的錢，被子女窮奢極欲浪吃浪用，弄得惡聲四播就是「天公報施不爽」的「現世報」。

朱瘦菊寫的是「在在黑幕高張」的社會，因此，有人就認定他是「黑幕小說」作家，因而就否定他的小說的社會意義，當然也就認為無藝術價值可言。筆者以為對黑幕小說是不能一概加以否定的。在 1916 年 10 月到 1918 年 11 月的 25 個月中，上海《時事新報》有一專欄，名曰「黑幕徵答」，還在徵答過程中搞什麼「黑幕大懸賞」，一度搞得「熱火朝天」，於是又出籠了一批《繪圖中國黑幕大觀》之類的書籍。筆者翻閱這 25 個月的報紙，也瀏覽了此類《大觀》的東西，我覺得這些並非是小說，而是一些「答案」式的簡單的敘事文，根本不屬於文學類；至於「詆毀私敵」的小說，也不一定叫黑幕小說，有的就可算是「造謠小說」。我認為「黑幕」與「曝光」是一組相互依存

的對立詞語。即使在現在聽到「曝光」二字，還是很有威懾力的。因此凡是能將黑暗的事物暴露於光天化日之下，而又具有一定的藝術性的小說，就是優秀的揭黑小說。現在的某些揭穿官場暗箱操作，貪腐累累的小說，何嘗不是「黑幕小說」，不過我們名之曰「官場小說」而已。因此，在中國文學界的那種「談黑色變」是一種不正常的現象。我們應該為那些優秀的揭黑的「黑幕小說」撐腰；而對朱瘦菊的揭露黑幕的小說也應持肯定態度。〔註 16〕我認為朱瘦菊的小說雖有其「天道好還」之類的局限，但還是瑕不掩瑜，而應該給予充分肯定的。當年就有人評論，說他的《歇浦潮》「將與孫玉聲先生之《海上繁華夢》同傳不朽」。〔註 17〕但我覺得《歇浦潮》的價值與藝術性是超越了《海上繁華夢》的。雖然朱瘦菊的起步是由孫玉聲所培養的，但他青出於藍而勝於藍。《海上繁華夢》情節淺露直白，伏筆太嫌明顯，人物性格又單調，主要是寫杜少牧如何跌入花叢陷阱，他周邊的圈內人又如何施展各種詐騙手段等等，在社會價值與藝術性上是與《歇浦潮》不能相比的。但水晶評價《歇浦潮》時，還是將它放在一個恰當的「檔次」上的：「《歇浦潮》是中國「自然主義」作品中最好的一部」，但他提出它的不足之後，有說服力地指出它卻「不能稱作偉大。」但筆者認為《歇浦潮》可與《廣陵潮》媲美，或者可說是「毫不遜色」。過去我們一直對《廣陵潮》評價較高，認為其他「潮」字尾的小說都是《廣陵潮》的模仿之作。其實朱瘦菊不過在書名上借用了這個「潮」字，但他的社會意義和藝術性與《廣陵潮》相比，決不會在《廣陵潮》之下的；再說他所選定的「海域」又遠比李涵秋所選的更具特色。一個是「揚人寫揚」，另一個是「滬人寫滬」。他們倒是寫各具地方特色的能手。因此，李涵秋的身影是罩不住朱瘦菊的身軀的。筆者還以為如果這部百萬字的作品，不學李涵秋的以地方古稱為書名，就叫它為「黃浦潮」，恐怕更能引起現今讀者的注目（現在能知道「歇浦」即「黃浦」者恐怕並不多）。夏濟安和張愛玲的讚揚使我們可以對他的成名作和代表作《歇浦潮》刮目相看；而王安憶起步時是知青作家，當她回到上海，需要擴充她的題材面時，也將《歇浦潮》定為瀏覽作品之一。如果我們要瞭解近百年前的上海的某一側面時，也恐怕應該去閱讀這部百萬長卷，將會得到更多的感性的知識。

〔註16〕 筆者論黑幕小說的文章《黑幕徵答·黑幕小說·揭黑運動》一文刊登在《文學評論》2005 年第 2 期，較詳細地發表對此問題的拙見。

〔註17〕 王鈍根：《〈歇浦潮〉·序二》。

　　當張愛玲希望水晶去評論《歇浦潮》時，水晶說：「《歇》書的海上說夢人已經等了 40 年，讓他再等幾年不遲。」以後也不知水晶寫過有關《歇浦潮》的評論否？但是再過 4 年，就是朱瘦菊開始連載《歇浦潮》的百週年紀念了。難道還能讓他再如此久久地等待嗎？那麼 2012 年正值朱瘦菊誕辰 120 週年，我們就趁他在 120 歲的生日之際，為他寫下以上的文字，以紀念他對市民大眾文學和國產電影所作出過的貢獻！

2012 年 10 月 15 日

　　此文蒙朱瘦菊的外孫朱正心先生供給許多珍貴的資料，又蒙朱瘦菊的哲嗣朱文鍾先生介紹朱瘦菊的生平，特表謝忱。